爱阅读课程化丛书/快乐读书吧

爱阅读

万 卡

[俄] 契诃夫 / 著
立 人 / 编译

无障碍精读版

课外阅读佳作，爱阅读课程化丛书

分级阅读点拨 · 重点精批详注 · 名师全程助读 · 扫清阅读障碍

天地出版社 | TIANDI PRESS

图书在版编目（CIP）数据

万卡 /［俄罗斯］契诃夫著；立人编译. — 成都：天地出版社, 2024.5
（爱阅读）
ISBN 978-7-5455-8322-9

Ⅰ. ①万… Ⅱ. ①契… ②立… Ⅲ. ①中篇小说–小说集–俄罗斯–近代②短篇小说–小说集–俄罗斯–近代
Ⅳ. ①I512.44

中国国家版本馆CIP数据核字（2024）第076081号

WAN KA

万　卡

［俄］契诃夫　著　　立　人　编译

—— 阅读 · 成长 ——

出品人　杨　政

项目统筹　田佰根　王　猛　万可彪　赵亚珍
监　　制　刘俊枫　王莉莉
营销策划　田金香　吴　淼
责任编辑　曾　真
装帧设计　宋双成
排版制作　书香文雅
责任印制　白　雪

出版发行　天地出版社
（成都市锦江区三色路 238 号　邮政编码：610023）
（北京市方庄芳群园 3 区 3 号　邮政编码：100078）
网　　址　http://www.tiandiph.com
电子邮箱　tianditg@163.com

印　　刷　三河市祥宏印务有限公司
版　　次　2024 年 5 月第一版
印　　次　2024 年 5 月第一次印刷
开　　本　700mm × 1000mm　1/16
印　　张　16　　彩插　0.375
字　　数　252 千
定　　价　24.80 元
书　　号　ISBN 978-7-5455-8322-9

庶务官之死

行乞者

挂在脖子上的安娜

套中人

宝贝儿

|总序|

北京书香文雅图书文化有限公司的李继勇先生与我联系，说他们策划了一套“爱阅读”丛书，读者对象主要是中小学生，这套书可以作为学生的课外阅读用书，希望我写篇序。作为一名语文教育工作者，为学生推荐优秀课外读物责无旁贷，在最近“双减”政策的大背景下，也更有意义。

一、“双减”以后怎么办？

前不久，中共中央办公厅、国务院办公厅印发了《关于进一步减轻义务教育阶段学生作业负担和校外培训负担的意见》，对义务教育阶段学生的作业和校外培训作出严格规定。这是一件好事。曾几何时，我们的中小学生作业负担重，不少孩子不是在各种各样的培训班里，就是在去培训班的路上。孩子们“学”无宁日，备尝艰辛；家长们焦虑不安，苦不堪言。校外培训机构为了增强吸引力，到处挖墙脚；有些老师受利益驱使，不能安心从教。他们的行为破坏了教育生态，违背了教育规律，严重影响了我国教育改革发展。教育是什么？教育是唤醒，是点燃，是激发。而校外培训的噱头仅仅是提高考试成绩，让孩子在中高考中占得先机。他们的广告词是“提高一分，干掉千人”，他们大肆渲染“分数为王”。在这种压力之下，孩子们面对的是“分萧萧兮题海寒”，他们不得不深陷题海，机械刷题。假如只有一部分孩子上培训班，提高的可能是分数。但是，如果大多数孩子或者所有孩子都去上培训班，那提高的就不是分数，而只是分数线。教育的根本任务是立德树人，是培根铸魂，是启智增慧，是让学生德智体美劳全面发展，是培养社会主义建设者和接班人，是为中华民族伟大复兴提供人才，而不是培养只会考试的“机器”，更不能被资本绑架。所以中央才“出重拳”“放实招”，目的就是要减轻学生过重的课业负担，减轻家长过重的经济和精神负担。

“双减”政策出台后，学生们一片欢呼，再也不用在各种培训班之间来回奔波了，但家长产生了新的焦虑：孩子学习成绩怎么办？而对学校老师来说，这是一个新挑战、新任务，当然也是新机遇。学生在校时间增加，要求老师提升教学水平，科学合理布置作业，同时开展课外延伸服务，事实上是老师陪伴学生的时间增加了。这部分在校时间怎么安排？如何让学生利用好课外时间？这一切考验着老师们的智慧，而开展各种课外活动正好可以解决这个难题，比如：热爱人文的，可以参加阅读写作、演讲辩论、学习传统文化和民风民俗等社团活动；喜爱数理的，可以参加科普科幻、实验研究、统计测量、天文观测等兴趣小组；也可以参加体育比赛、艺术（音乐、美术、书法、戏剧）体验和劳动教育等实践活动。当然，所有的活动都应以培养学生的兴趣爱好为目的，以自愿参加为前提。学校开展课后服务，可以多方面拓展资源，比如博物馆、图书馆、科技馆、陈列馆、少年宫、青少年活动中心，甚至校外培训机构的优质服务资源，还可组织征文比赛、志愿服务、社会调查等，助力学生全面发展。

二、课外阅读新机遇

近年来，“新课标”“新教材”“新高考”成为语文教育改革的热词。前不久，我看到一个视频，说语文在中高考中的地位提高了，难度也加大了。这种说法有一定道理，但并不准确。说它有一定道理，是因为语文能力主要指一个人的阅读和写作能力，而阅读和写作能力又是一个人综合素养的体现。语文能力强，有助于学习别的学科。比如：数学、物理中的应用题，如果阅读能力上不去，读不懂题干，便不能准确把握解题要领，也就没法准确答题；英语中的英译汉、汉译英题更是考查学生的语言表达能力；历史题和政治题往往是给一段材料，让学生去分析、判断，得出结论，并表述自己的观点或看法。从这点来说，语文在中高考中的地位提高有一定道理。说它不准确，有两个方面的理由：一是语文学科本来就重要，不是现在才变得重要，之所以产生这种错觉，是因为在应试教育的背景下，语文的重要性被弱化了；二是语文考试的难度并没有增加，增加的只是阅读思维的宽度和广度，考查的是阅读理解、信息筛选、应用写作、语言表达、批判性思维、辩证思维等关键能力。可以说，真正的素质教育必须重视语文，因为语文是工具，是基础。不少家长和教师认为课外阅读浪费学习时间，这主要是教育观念问题。他们之所以有这种想法，无非是认为考试才是最终目的，希望孩子可以把更多时间用在刷题上。他们只看到课标和教材的变化，以为考试还是过去那一套，其实，考试评价已发生深刻变革。目前，考试评价改革与新课标、新教材改革是同向同行的，都是围绕立德树人做文章。中共中央、国务院印发的《深化新时代教育评价改革总体方案》明确指出："稳步推进中高考改革，构建引导学生德智体美劳全面发展的考试内容体系，改变相对固化的试题形式，增强试题开放性，减少死记硬背和'机械刷题'现象。"显然就是要用中高考"指挥棒"引领素质教育。新高考招生录取强调"两依据，一参考"，即以高考成绩和高中学业水平考试成绩为依据，以综合素质评价为参考。这也就是说，高考成绩不再是高校选拔新生的唯一标准，不只看谁考的分数高，还要看谁更有发展潜力、更有创造性、综合素质更高，从而实现由"招分"向"招人"的转变。而这绝不是仅凭一张高考试卷能够区分出来的，"机械刷题"无助于全面发展，必须在课内学习的基础上，辅之以内容广泛的课外阅读，才能全面提高综合素养。

三、“爱阅读”助力成长

这套“爱阅读”丛书是为中小学生量身打造的，符合《义务教育语文课程标准》倡导的“好读书、读好书、读整本书”的课改理念，可以作为学生课内学习的有益补充。我一向认为，要学好语文，一要读好三本书，二要写好两篇文，三要养成四个好习惯。三本书指“有字之书”“无字之书”和“心灵之书”，两篇文指“规矩文”和“放胆文”，四个好习惯指享受阅读的习惯、善于思考的习惯、乐于表达的习惯和自主学习的习惯。古人说“读万卷书，行万里路”，实际上就是要处理好读书与实践的关系。对于中小学生来说，读书首先是读好“有字之书”。“有字之书”，有课本，有课外自读课本，还有“爱阅读”这样的课外读物。读书时我们不能眉毛胡子一把抓，要区分不同的书，采取不同的读法。一般说来，有精读，有略读。精读需要字斟句酌，需要咬文嚼字，但费时费力。当然也不是所有的书都需要精读，可以根据自己的需要决定精读还是略读。新课标提倡中小学生进行整本书阅读，但是学生往往不能耐着性子读完一整本书。新课标提倡的整本书阅读，主要是针对过去的单篇教学来说的，并不是说每本书都要从头读到尾。教材设计的练习项目也是有弹性的、可选择的，不可能有统一的“阅读计划”。我的建议是，整本书阅读应把精读、略读与浏览结合起来。精读重在示范，略读重在博览，浏览略观大意即可，三者相辅相成，不宜偏于一隅。不仅如此，学生还可以把阅读与写作、读书与实践、课内与课外结合起来。整本书阅读重在掌握阅读方法，拓展阅读视野，培养读书兴趣，养成阅读习惯。

再说写好两篇文。学生读得多了，素养提高了，自然有话想说，有自己的观点和看法要发表。发表的形式可以是口头的，也可以是书面的，书面表达就是写作。写好两篇文，一篇“规矩文”，一篇“放胆文”。“规矩文”重打基础，“放胆文”更见才气。“规矩文”要求练好写作基本功，包括审题、立意、选材、构思等，同时还要掌握记叙文、议论文、说明文、应用文的基本要领和写作规范。“规矩文”的写作要在教师的指导下进行。“放胆文”则鼓励学生放飞自我、大胆想象，各呈创意、各展所长，尤其是展现自己的应用写作能力、语言表达能力、批判性思维能力和辩证思维能力。“放胆文”的写作可以多种多样，除了写大作文，也可以写小作文。有兴趣的还可以进行文学创作，写诗歌、小说、散文、剧本等。

学习语文还要养成四个好习惯。第一，享受阅读的习惯。爱阅读非常重要。每个同学都应该有自己的个性化书单，有的同学喜欢网络小说也没有关系，但需要防止沉迷其中，钻进“死胡同”。这套“爱阅读”丛书，就给中小学生课外阅读提供了大量古今中外的名家名作。第二，善于思考的习惯。在这个大众创业、万众创新的时代，创新人才的标准，已不再是把已有的知识烂熟于心，而是能够独立思考，敢于质疑，能够自己去发现问题、提出问题和解决问题，需要具有探究质疑能力、独立思考能力、批判性思维和辩证思维能力。第三，乐于表达的习惯。表达的乐趣在于说或写的过程，这个过程比说得好、写得完美更重要。写作形式可以不拘一格，比如作文、日记、笔记、随笔、漫画等。第四，自主学习的习惯。我的地盘我做主，我的语文我做主。不是为老师学，也不是为父母长辈学，而是为自己的精神成长学，为自己的未来学。

愿广大中小学生能借助这套“爱阅读”丛书，真正爱上阅读，插上想象的翅膀，飞向未来的广阔天地！

顾之川

2021 年 10 月 15 日

写于京东大运河畔之两不厌居

· 作家生平 ·

安东·巴甫洛维奇·契诃夫（1860—1904），19世纪末俄国伟大的批判现实主义作家。出生于塔甘罗格市，祖父是赎身农奴，父亲开了一家杂货铺。1876年杂货铺破产，契诃夫全家迁居莫斯科。

1879年，契诃夫完成高中学业，他获得了奖学金得以进入莫斯科大学医学系。这年年底，他写成了短篇小说《给博学的邻居的一封信》，这是他的处女作。1884年契诃夫大学毕业，他一边在医院认真工作，一边用业余时间写短篇小说。他的早期作品都触及社会问题，深受读者喜爱，如《胖子和瘦子》《苦恼》等。

契诃夫后期转向戏剧创作，主要作品有《伊凡诺夫》《海鸥》《万尼亚舅舅》等，都反映了俄国大革命前夕一部分小资产阶级知识分子的苦闷和追求。

1904年6月，契诃夫因肺炎病情恶化，前往德国的温泉疗养地巴登维勒治疗，7月15日逝世。

· 创作背景 ·

本书收录的作品来自契诃夫创作的前后两个时期。在19世纪80年代的俄国，庸俗无聊的幽默刊物风靡一时。那时候，契诃夫也写过一些诙谐幽默的短篇小说，多是无甚价值的笑料和趣事，但随着视野不断开阔，思想不断提升，他的作品逐渐成熟，继承了俄罗斯文学的民主主义优良传统，针砭当时社会的丑恶现象。

1

爱阅读 AI YUEDU

19世纪80年代后期及90年代初期，俄国的解放运动进入无产阶级革命的新阶段，活跃的民主精神影响着契诃夫。他的民主主义立场日益坚定，对社会生活的观察更为深刻，对酝酿中的革命的预感也日益明朗，从漆黑的现实中渐渐看到隐约的“火光”。他的创作进入了一个新的阶段。

· 作品速览 ·

书中收录了契诃夫的《变色龙》《文学教师》《套中人》《牡蛎》《万卡》等18篇短篇小说。

《胖子和瘦子》（1883）、《万卡》（1886），再现了“小人物”的不幸和软弱、劳动人民的悲惨生活和小市民的庸俗猥琐，表现了作家对穷苦劳动者的深切同情。而在《变色龙》（1884）中，作者鞭挞了忠实维护专制暴政的奴才及其专横跋扈的丑恶嘴脸，揭示出黑暗时代的反动精神特征。

《套中人》（1898）揭示了19世纪80年代反动力量对社会的压制及他们的保守和虚弱，并鞭挞当时存在的套中人习气。在《醋栗》（1898）和《姚内奇》（1898）里，他刻画自私自利、蜷伏于个人幸福小天地的庸人空虚和堕落的心灵，并指出人所需要的不是3俄尺土地，也不是一座庄园，而是整个地球，整个大自然，在那广大的天地中，人才能尽情发挥他的自由精神的所有品质和特点。

· 文学特色 ·

契诃夫的短篇小说语言精练，篇幅简短，风格质朴，情节简单，不靠悬念吸引读者，却有一种震撼心灵的力量。契诃夫的短篇小说灵感多来自普通人习以为常的生活现象，他发现可取之处并加以创作，让这些小说在艺术上取得了很高的成就，受到了全世界人民的喜爱。

2

阅读准备

“作家生平”，走近作家，一睹作家风采；“创作背景”，了解作品创作的时代背景；“作品速览”，把握故事全貌、主题意蕴；“文学特色”，发掘作品深刻的文学价值，以增进理解，提高阅读效率。

名家心得

我撇开一切虚伪的客套肯定地说，从技巧上讲，他，契诃夫，远比我更为高明！

——列夫·托尔斯泰

这是一个独特的天才，是那些在文学史上和在社会情绪中构成时代的作家中的一个。

——高尔基

毫无疑问，契诃夫的艺术在欧洲文学中是属于最有力、最优秀的一类的。

——托马斯·曼

读者感悟

在读过契诃夫的小说集之后，我更能体会到俄国那个时代的社会风气。《变色龙》告诉我们，在沙俄专制政府统治下的旧时代，人还不如一只权贵家的狗有尊严。《醋栗》抨击了那些自私自利、追求庸俗理想的人。《套中人》告诉我

243

爱阅读 AI YUEDU

们沙俄独裁统治下的社会有多么阴暗，无数的人选择躲进套子里而不愿去反抗社会的不公。这些小说提醒我们要关注社会现实，不要陷入自己的空想。

阅读拓展

《带小狗的女人》是契诃夫的一篇爱情小说。这篇小说的开头在电影《朗读者》中被反复提到，从此声名大噪，让更多的人开始关注这篇小说。

真题演练

1. 万卡给（　　）写了一封信。
   A. 爷爷　B. 老板　C. 老板娘
2. 尼基丁是一名（　　）。
   A. 历史老师　B. 文学老师　C. 数学老师
3. “变色龙”指的是（　　）。
   A. 将军　B. 警官　C 工厂主
4. 狄奥夫的职业是（　　）。
   A. 警察　B. 画家　C. 医生
5. 胖子和瘦子是什么关系？

答案

1. A　2. B　3. B　4. C　5. 老同学

244

“读者感悟”，看看别人怎么想；“阅读拓展”，帮你丰富文学知识，增强艺术感受力；“真题演练”，考查阅读本书后的效果，是对阅读成果的巩固和总结。习题具有一定的延伸性和扩展性，对于没有回答上来的问题，读者可以借此发现阅读上的不足，心中带着疑问，为下一次的精读做好准备。

接受文学名著的滋养，读写贯通，读为写用，读写双升

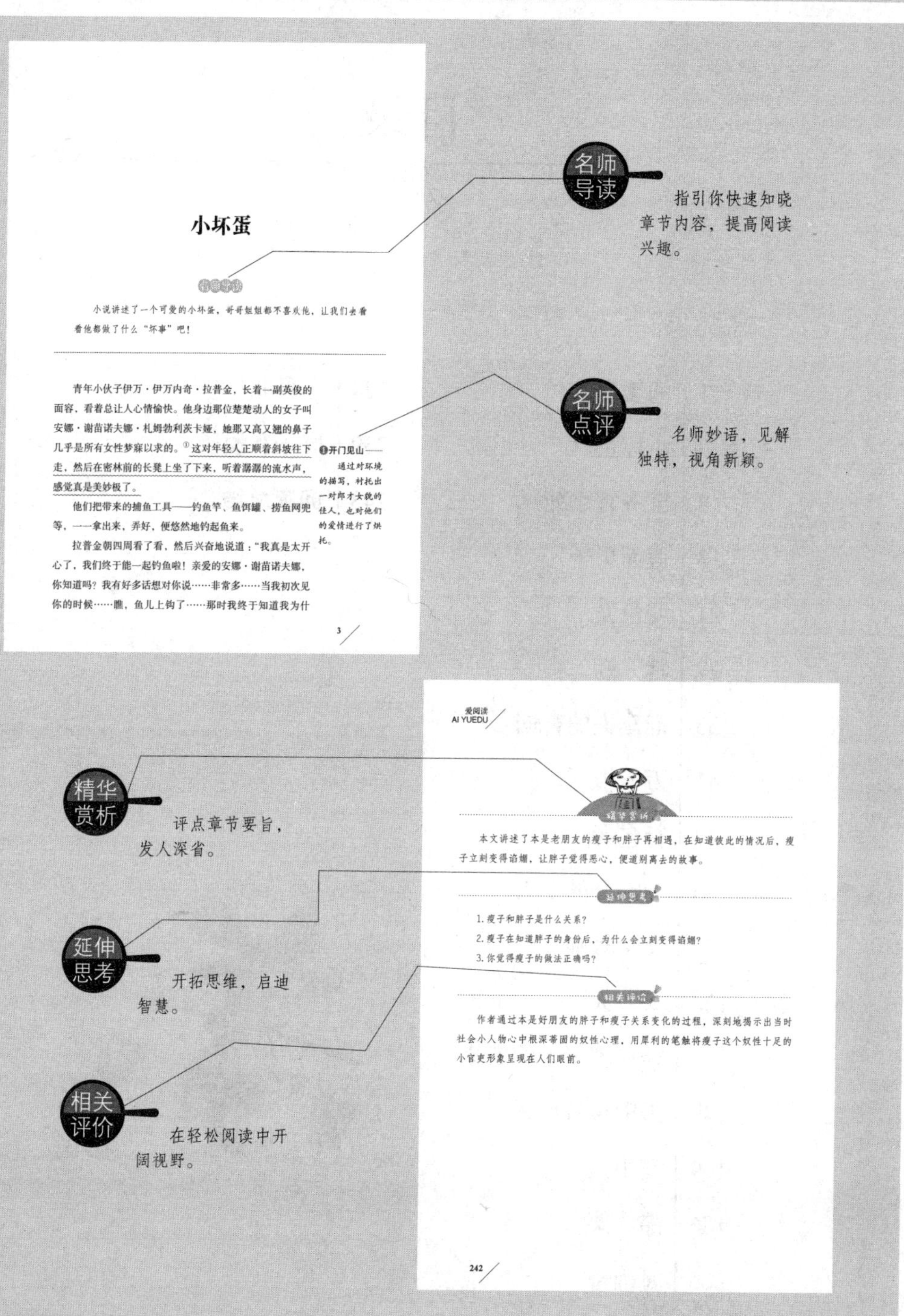

Contents

目录

·作家生平·

安东·巴甫洛维奇·契诃夫（1860—1904），19世纪末俄国伟大的批判现实主义作家。出生于塔甘罗格市，祖父是赎身农奴，父亲开了一家杂货铺。1876年杂货铺破产，契诃夫全家迁居莫斯科。

1879年，契诃夫完成高中学业，他获得了奖学金得以进入莫斯科大学医学系。这年年底，他写成了短篇小说《给博学的邻居的一封信》，这是他的处女作。1884年契诃夫大学毕业，他一边在医院认真工作，一边用业余时间写短篇小说。他的早期作品都触及社会问题，深受读者喜爱，如《胖子和瘦子》《苦恼》等。

契诃夫后期转向戏剧创作，主要作品有《伊凡诺夫》《海鸥》《万尼亚舅舅》等，都反映了俄国大革命前夕一部分小资产阶级知识分子的苦闷和追求。

1904年6月，契诃夫因肺炎病情恶化，前往德国的温泉疗养地巴登维勒治疗，7月15日逝世。

·创作背景·

本书收录的作品来自契诃夫创作的前后两个时期。在19世纪80年代的俄国，庸俗无聊的幽默刊物风靡一时。那时候，契诃夫也写过一些诙谐幽默的短篇小说，多是无甚价值的笑料和趣事，但随着视野不断开阔，思想不断提升，他的作品逐渐成熟，继承了俄罗斯文学的民主主义优良传统，针砭当时社会的丑恶现象。

19世纪80年代后期及90年代初期，俄国的解放运动进入无产阶级革命的新阶段，活跃的民主精神影响着契诃夫。他的民主主义立场日益坚定，对社会生活的观察更为深刻，对酝酿中的革命的预感也日益明朗，从漆黑的现实中渐渐看到隐约的“火光”。他的创作进入了一个新的阶段。

·作品速览·

书中收录了契诃夫的《变色龙》《文学教师》《套中人》《牡蛎》《万卡》等18篇短篇小说。

《胖子和瘦子》（1883）、《万卡》（1886），再现了“小人物”的不幸和软弱、劳动人民的悲惨生活和小市民的庸俗猥琐，表现了作家对穷苦劳动者的深切同情。而在《变色龙》（1884）中，作者鞭挞了忠实维护专制暴政的奴才及其专横跋扈的丑恶嘴脸，揭示出黑暗时代的反动精神特征。

《套中人》（1898）揭示了19世纪80年代反动力量对社会的压制及他们的保守和虚弱，并鞭挞当时存在的套中人习气。在《醋栗》（1898）和《姚内奇》（1898）里，他刻画自私自利、蜷伏于个人幸福小天地的庸人空虚和堕落的心灵，并指出人所需要的不是3俄尺土地，也不是一座庄园，而是整个地球，整个大自然，在那广大的天地中，人才能尽情发挥他的自由精神的所有品质和特点。

·文学特色·

契诃夫的短篇小说语言精练，篇幅简短，风格质朴，情节简单，不靠悬念吸引读者，却有一种震撼心灵的力量。契诃夫的短篇小说灵感多来自普通人习以为常的生活现象，他发现可取之处并加以创作，让这些小说在艺术上取得了很高的成就，受到了全世界人民的喜爱。

小坏蛋

名师导读

小说讲述了一个可爱的小坏蛋，哥哥姐姐都不喜欢他，让我们去看看他都做了什么“坏事”吧！

青年小伙子伊万·伊万内奇·拉普金，长着一副英俊的面容，看着总让人心情愉快。他身边那位楚楚动人的女子叫安娜·谢苗诺夫娜·札姆勃利茨卡娅，她那又高又翘的鼻子几乎是所有女性梦寐以求的。[1]这对年轻人正顺着斜坡往下走，然后在密林前的长凳上坐了下来，听着潺潺的流水声，感觉真是美妙极了。

❶开门见山 通过对环境的描写，衬托出一对郎才女貌的佳人，也对他们的爱情进行了烘托。

他们把带来的捕鱼工具——钓鱼竿、鱼饵罐、捞鱼网兜等，一一拿出来，弄好，便悠然地钓起鱼来。

拉普金朝四周看了看，然后兴奋地说道：“我真是太开心了，我们终于能一起钓鱼啦！亲爱的安娜·谢苗诺夫娜，你知道吗？我有好多话想对你说……非常多……当我初次见你的时候……瞧，鱼儿上钩了……那时我终于知道我为什

❶语言描写

通过拉普金羞涩而又饱含热情的告白，表现出拉普金对安娜的爱恋。

么而活了，终于明白可以让我为之奉献一生的神究竟是谁了……这条鱼应该不小……哈，上钩了……① 我第一眼看见你，就爱上你了，而且非常疯狂！……等会，等会再拉……亲爱的，你能诚实地告诉我吗？我到底有没有希望呢？……当然，我知道我并没有资格要求你也爱我，但是……快，快拉——"

美丽的安娜·谢苗诺夫娜将鱼竿使劲地往上提，然后空中闪过一条银绿色的小鱼。

"上帝呀，是一条银绿色的鲈鱼！不好，它要逃脱了！快点！"

话音刚落，鱼儿就摆脱了鱼钩，蹦到了草地上，然后朝水里跳去。"扑通"——鱼儿又回到水里了。

拉普金赶紧追过去，可是鱼没抓到，反而在无意间抓到了安娜·谢苗诺夫娜的手。安娜·谢苗诺夫娜本能地把手往回缩，可是已经来不及了。慌乱中，两人的唇贴到了一起！就这样，他们接吻了，一次又一次，接着就是海誓山盟、矢志不渝的情话。

这个时刻是多么幸福美妙啊！然而，世界上从来没有永久的幸福，有时候幸福不是自身有毒，就是被外界毒害。这不，一个笑声突然打破了两个相拥而吻的年轻人的甜蜜时光。

读书笔记

注释

鲈鱼：体侧扁，背部青灰色，腹部灰白色，背部和背鳍有黑斑，口大，下颌突出。生活在近海，秋末到河口产卵。

坠入爱河的两人循声看去，只见水里站着一个光膀子的男孩。这个男孩正是安娜·谢苗诺夫娜读中学的弟弟柯里亚。

柯里亚在水中瞪眼瞧着岸上的两个人，脸上露出了狡猾的微笑。

“呀——呀——你们在干坏事，我要跟妈妈讲！”

拉普金一听，脸唰地就红了。他吞吞吐吐地说道：“柯里亚，偷看别人……偷看别人是不正直的行为，我希望你做个正派的人……打小报告更是卑鄙、龌龊的行为……你一定是个光明磊落的人，对吧？”

①“让我光明磊落也可以，给我一个卢布！要不然，我可管不住自己的嘴哩！”柯里亚狡猾地说道。

拉普金不得不从裤兜里掏出一个卢布交给了这个“光明磊落的人”！柯里亚摊开湿漉漉的手，接过卢布，然后一握拳头，吹了个口哨，就钻进水里游走了。

从第二天开始，拉普金和安娜·谢苗诺夫娜就不停地给这个调皮的中学生献殷勤。拉普金给了他皮球、颜料，安娜·谢苗诺夫娜则呈上了所有药盒，后来又给他刻有狗头的袖扣等。

这一切都让柯里亚感到欢喜。于是为了得到更多的“欢喜”，这个小坏蛋便开始跟踪姐姐安娜·谢苗诺夫娜，只要姐姐跟拉普金在一起，身后必然有他的身影。哪怕一分钟独处的时间，柯里亚也不会给他们。

“真是个坏家伙！小小年纪就这样坏，将来还得了？”拉普金恨得牙痒痒。

读书笔记

❶语言描写

小坏蛋柯里亚终于出场了，并且做了第一件坏事，就是威胁自己的姐姐与其恋人，这使得美丽的爱情故事就此蒙上了一层“阴影”。

❶概括描写

小坏蛋得寸进尺，不仅要挟、监视他们，还向他们要各种东西。

[1]这对情侣在整个六月没有过过一天安生的日子。这个“跟踪狂”不是要挟他们，就是监视他们，向他们索要各种东西。最后，这个小坏蛋居然要求拉普金给自己买块怀表。这可如何是好？没办法，拉普金还是答应了这个无理的要求。

这天，大家都在吃午餐，仆人将鸡蛋饼端了上来。忽然，柯里亚哈哈大笑起来，还不停地向拉普金使眼色，说道：“嗯，是不是要我说出来呢？”

拉普金慌得满脸通红，以至于将餐巾当作鸡蛋饼塞进了自己的嘴里。安娜·谢苗诺夫娜呢？她早已起身跑回了房间。

这样的情况一直困扰着这对情侣，一直到八月末，拉普金终于鼓起勇气向安娜·谢苗诺夫娜求婚。真是甜蜜的时刻！在获得女方父母同意之后，[2]拉普金做的第一件事就是跑到花园里，找出了柯里亚，揪住他的一只耳朵。

❷动作描写

拉普金终于抱得美人归，不用再担心柯里亚的要挟。

柯里亚哭丧着脸求饶，但拉普金的手还没有松开，安娜·谢苗诺夫娜就跑了过来，她一把拽住这个小坏蛋的另一只耳朵。

在大人们眼里，这不过是这对未婚夫妇表达快乐的方式而已，可是，对于柯里亚而言，就是幸福日子的终结。他苦苦哀求道：

“放了我吧，我亲爱的姐姐和未来的姐夫！我知道，你们都是好人！我再也不敢了！哎哟，哎哟——”

“哈哈哈……”院子里响起了两个年轻男女的笑声。对他们而言，整个恋爱期间，没有什么比此时此刻揪住这个小坏蛋的耳朵更让人愉快的事了！

（1883 年）

本文讲述了调皮的“小坏蛋”柯里亚在撞破姐姐安娜的恋情后，借此要挟安娜和拉普金给自己提供好处，被拉普金在求婚成功后狠狠教育的故事。

这篇小说是契诃夫早期的作品之一，故事轻松幽默。

延伸思考

1. 安娜喜欢拉普金吗？
2. 为什么柯里亚要威胁拉普金？
3. 拉普金求婚成功了吗？

庶务官之死

名师导读

本文的主人公是一个庶务官，是一个胆小怕事的小人物。他因为一次意外事件，打扰了权贵，导致担惊受怕，最终郁郁而死。

---

❶开门见山

通过简短的话语，介绍了故事发生的地点是在剧院里。

这是一个美妙的夜晚，庶务官伊万·德米特里奇·切尔维亚科夫的心情同样很美妙。[①] 他手里拿着望远镜，坐在第二排的椅子上欣赏着《柯涅维勒的钟声》。没有什么比无忧无虑地看戏更让人感到幸福的事了——突然……好像很多故事里都避免不了“突然”这个词。不是作者们没有创意，而是生活中的意外事件本来就不可避免——突然这位悠然的庶务官呼吸停顿，皱起了眉头，两只眼睛转了起来，他立刻放下望远镜，低着头——“阿嚏！！！”

是的，这没有什么，只是打了个喷嚏而已，世界上所有的人都会打喷嚏，而且无论在什么场合打喷嚏都是再正常不过的事。农夫会打喷嚏，某某局长会打喷嚏，三品官员也会打喷嚏，每个人都会打喷嚏。因此我们这位庶务官先生也并没有什么难为情的举动，他拿起手绢擦擦脸，谦虚地看了看四周，他想知道自己的喷嚏有没有对别人造成困扰。

当他看到前排小老头的举动时，他突然忐忑起来。[①]因为这个小老头正在用自己的手套擦自己的秃头、脖子，不仅非常使劲，而且还小声地嘟囔着什么。

❶细节描写 暗示了庶务官的喷嚏打到了这个人的身上。

天哪，这个小老头是勃里兹扎洛夫，交通部的将军级文官！

庶务官切尔维亚科夫慌乱了，他想："一定是我的喷嚏溅到他头上了！真糟糕！即便他不是我的直属上司，但是我也不应该让人家尴尬，还是去道个歉比较妥当！"

"真抱歉，大人，打扰您了！我为刚刚不小心把喷嚏溅到您身上的冒失行为向您道歉，希望您能原谅……我真不是故意的……"

"没事……没事……"

"我向上帝保证，先生，我真的不是存心的……我……"

"哎呀，没事，您回去坐下吧！我想听戏呢！"

切尔维亚科夫感到非常难为情，他傻笑着回到座位上，心不在焉地看着舞台，可是，戏剧已经变得索然无味了。[②]他的内心惶恐忐忑，好不容易熬到了休息时间，他又急急忙忙跑到勃里兹扎洛夫的面前，挨着对方坐下来，然后克制着内心的慌张，小声地说道：

❷行为描写 体现了庶务官内心的恐惧。

"先生，抱歉！我再次请求您的原谅……我刚刚的确不是故意的……但愿您……"

"好了，好了。我已经忘了这事……你回去吧！别说了……"将军有些不耐烦地说道，下嘴唇不自觉地撇了撇。

❶心理描写

这是一大段庶务官的内心独白。在将军已经两次表示原谅他之后，庶务官不仅没有心安，反而更加疑神疑鬼，想出这么多自己吓自己的事情来，表现了他胆小怕事。

“我的天！”切尔维亚科夫更慌乱了，[①]他想，“他怎么可能忘了？眼里分明闪着凶兆！嗯，他根本不想再搭理我了，可是我的确是无心的……他生气也很正常，或许他现在不认为我是有意的，但谁能说他之后不会怀疑我的居心？得再找个机会解释解释……”

切尔维亚科夫回到家，告诉了妻子自己的冒失行为，妻子听了以后，先是惊恐万分，可一听说是别的部门的人，就放宽了心。可在切尔维亚科夫看来，妻子的态度显然过于轻率了。

妻子安慰他道：“不过，你也可以去道个歉，给人家解释清楚就行了！”

“对，你说得非常对，我也去道歉了，但是对方的态度实在是匪夷所思……他没有说一句好听的话。或许，当时的场合的确没有闲谈的时间吧！”

❷动作描写

在两次道歉之后，庶务官仍然十分害怕，所以这一次十分正式地打扮，专程登门致歉，显示自己对那一个喷嚏的歉意。

第二日，庶务官切尔维亚科夫决定登门向勃里兹扎洛夫道歉，以表达自己的真诚。[②]于是，他穿上新的制服，理好头发，就去了勃里兹扎洛夫的家。仆人将他领进接待室，将军就在接待室的中央坐着，他的周围围着许多求他办事的人。将军将这些人手中的文件一个个接过去，又询问起来，这时，他一抬头看见了切尔维亚科夫。

切尔维亚科夫立刻脱帽致意，礼貌地说道：

“将军，我是为昨晚的事而来的，在‘快乐之邦’戏院，我不小心打了个喷嚏……谁知唾沫不小心飞到了您的身上……真是万分抱歉……希望您……”

注释

匪夷所思：形容事情或人的思想、言谈、行为等离奇，超出寻常。

①“真是够了……上帝知道该怎么办！好，您有何事？”将军头也不抬地对着下一个求他办事的人员说道。

❶语言描写 自始至终，将军对庶务官的那个喷嚏都没有太在意。

切尔维亚科夫的脸色煞白，他想：“没有比这更糟糕的了，他甚至不愿意跟我说话了！天哪，他真的非常生气，我必须好好解释才行！”

切尔维亚科夫在一旁等着，当最后一个求将军办事的人走了之后，他走到了将军的跟前，说道：

“将军，抱歉！打扰了您工作。但我是带着满腔的悔过之心来到这儿的……希望您能理解，我的确不是故意的！我保证！”

读书笔记

将军已经对切尔维亚科夫无可奈何了，他挥了挥手，说道：

“算了吧，先生！您这是在跟我开玩笑吗？”说完，将军就离开了。

“上帝啊！这怎么可能是玩笑？”切尔维亚科夫想，“我一点儿开玩笑的想法都没有！他是堂堂的将军，怎么能这样误会人呢？既然如此，我还有什么必要在这里多费口舌呢？哼，见鬼去吧！我再也不上门了！嗯，回家写封信得了！”

②切尔维亚科夫在回家的路上，一直在想如何写这封信，可是他想破脑袋也不知道怎么写。最后，他还是打算第二天再登门道歉。

❷心理描写 庶务官决定写一封致歉信就此了事，可是出于对权贵的畏惧，仍是不由自主地选择第二天再一次登门致歉。

“抱歉，将军！昨天我打扰了您！”

将军抬起头，满脸无奈地看着切尔维亚科夫。

“我想说，您认为我在开玩笑真的是误会！我是诚心来道歉的，我那个喷嚏真的是无意间才……我从来没有想过跟

❶语言、神态描写

将军，实在已经厌烦了眼前这个唯唯诺诺的庶务官。本来只是一点小事，他却要三番五次地来打扰，将军怎么能不愤怒。

❷概括描写

庶务官最终死于自己的担惊受怕。而之所以这么害怕将军，是因为庶务官自己的懦弱和对强权的畏惧。

您开玩笑。您觉得我是那样的人吗？……开玩笑是无聊的行为，只有……”

①“滚！立马滚出去！”将军大喊起来，他气得全身发抖，面色发紫！

切尔维亚科夫吓坏了，但是他还是不敢相信自己的耳朵，他问道：“什么？”

“滚！马上从我的屋里出去！”将军捶胸顿足地重复道。

这下子，我们的庶务官感觉天塌下来了，他眼前一片漆黑，甚至双耳失聪，②他连滚带爬地出了将军的家门，步履蹒跚地回到了自己的家，躺在沙发上就咽了气，他甚至连制服都没来得及脱掉！

（1883年）

精华赏析

这篇文章描写了性格懦弱、畏首畏尾、胆小怕事的庶务官在因为一点小事得罪了将军之后，陷入内心的惊恐之中不能自拔，最终自己吓死自己的故事。作者讽刺了沙皇俄国社会小资产阶级小官员及其社会阶层唯利是图、畏惧权贵、鼠目寸光的特点。

延伸思考

1. 庶务官在剧院里看什么戏？

2. 将军有没有原谅庶务官？

3. 庶务官为什么会死去？

假面男子

名师导读

本文描写了假面男子占用公共阅览室寻欢作乐，人们从激烈反抗到最后得知假面男子是富豪时，竞相低三下四去赔礼道歉的故事。

慈善是很多俱乐部举办假面舞会或者说化装舞会的最佳由头。然而，并不是所有人都喜欢在舞会上戴着面具跳舞，在某个公共俱乐部的假面舞会上，就有这么几个人。

深夜十二点，阅览室的大桌子旁，围坐着五个不跳舞也没戴假面的学者，他们或专注地看着报纸，或眯眼打盹。

读书笔记

大厅里飘荡着卡德里尔舞曲的旋律，佣人们来来回回地跑个不停，叮当的盘碟声和嗒嗒的脚步声跟着响个不停。可是，阅览室里却鸦雀无声。

“这儿似乎更方便呢！”一个低沉嘶哑的声音忽然响起，听上去仿佛是炉子在说话。“来吧，到这里来，女

卡德里尔舞曲：舞曲名。

士们！”

❶外貌描写……

通过对假面男子的穿着和面具的描写，为后面文人们反抗他作了铺垫。

阅览室的门被推开了，走进来一个矮个子男子，①他戴着一顶插有孔雀翎的帽子，穿着车夫的号衣，脸上还戴着一个面具。紧跟着他身后的是两个戴着面具的女士，最后面是一个用盘子端着酒的佣人。“来吧！这儿多凉快啊！”假面男说道，“把盘子放桌上……女士们，请坐吧！”假面男说完就一屁股坐在了椅子上，然后将桌上的书本推到地上，说道：

❷语言描写……

假面男子蔑视的语气，体现了他的傲慢。

②“嗨，我说你们这些书呆子，一边凉快去吧！舞会可不是让你们读报或搞政治活动的场所……说你们呢，赶紧走吧！”

“岂有此理，我看还是您安静点吧。”那个戴眼镜的学者突然站起身，将假面男子打量了一番，说道，“这里不是小吃部，也不是什么喝酒享乐的地方！这里是阅览室，阅览室！知道吗？”

“开什么玩笑！不能喝酒？难道天花板会塌，还是桌子会晃？莫名其妙……赶紧走吧，我可没工夫在这儿跟你们纠缠！我看你们看的报纸也够多了，脑子也够使了，又何必再在这里浪费时间？最主要的是，你们在这儿实在太碍眼了，就这样，走吧！走吧！”

佣人已经将盘子放好，将餐巾搭在自己的胳膊上，退到了门边站着。那两位戴面具的女士兴趣盎然地倒着葡萄酒，送到自己的嘴边。

“真是，居然有如此‘聪明’的人，在他们眼里，美酒竟然不敌那些报纸上的死东西！”假面男子一边端起酒杯，一边说着，“我明白了，聪明的学者们，嗯，你们之所以在这里看废报纸，是因为你们压根就没有钱买酒喝！没错！没错！哈哈哈……看报纸，看报纸！……报纸有什么可看的？别在这儿装模作样惹人厌了！今宵有酒今宵醉，你们也来喝一杯吧！哈……哈！”

说着，假面男子就站起身来，从眼镜男的手中抢过报纸，眼镜男气得脸一阵白一阵红。他瞅了瞅其他学者，而其他学者同样带着吃惊的眼神看着他。

“太过分了！”眼镜男愤怒地说，[1]“阅览室可不是什么酒馆！你居然肆意妄为地抢夺我的报纸！真是卑鄙、野蛮！简直让人忍无可忍！你可知道你冒犯了谁？是银行经理热斯佳科夫！”

❶语言描写 银行经理开始愤怒地反抗假面男子，可并不是为了伸张正义，而是因为他自视甚高，假面男子让他在众人面前丢了面子。

“我才不管什么银行经理！不过我可以给你的报纸一份殊荣……”说着，假面男子将手中的报纸撕碎了。

热斯佳科夫被这一举动惊呆了。

“您这是什么意思？简直可恶！可恶至极！”

“哈哈哈，瞧，我们的银行经理生气了，”假面男子大笑起来，说，“哟哟哟，真是吓死我了！吓得我腿都软了呢！亲爱的学者们，赶紧离开吧！我可没心思跟你们继续开玩笑……我要跟这两位美丽的小姐享受快乐时光！哟，瞧你们那皱巴巴的脸！滚吧！别在这儿碍眼了！叫你们滚！没听见吗？难不成想挨揍？”

孤儿法庭司库别列布兴也被气得忍无可忍了，他满脸通红，耸着肩，慢条斯理地说道：“我到这会儿都不明白……一个无赖平白无故地跑进来……打扰别人的活动不说，还说出这样的混账话语！”

“无赖？你说我是无赖？”假面男子暴跳如雷，拍案而起，“你可知道你在说谁是无赖？嗯？难道我脸上的面具给了你胡说八道的权利？真是一个恶毒的家伙！现在，马上！你们全都给我滚蛋！管你是银行经理还是法官，统统给我滚蛋！趁还没有出事，全滚出去！”

“那咱们瞧瞧，看到底谁会出事。”银行经理说道，他的眼镜片被激动的气息变成的水汽覆盖了，“是时候给你点颜色瞧瞧了！去叫值班警察队长吧！”

不一会儿，红头发的小个子警察队长就上气不接下气地跑了过来，他的上衣领子里还留着跳舞时姑娘塞的蓝布带。

警察队长一本正经地说道：“先生，请您离开这里！这可不是您发酒疯的地方！”

①“你是哪里来的小丑？我有叫你来吗？”假面男子丝毫不买警察队长的账。

“无论如何，请您马上离开！”

“好吧，既然你是警察队长，又是负责人，那我给你一分钟，立马将这些人给我轰出去。我花钱请这两位女士来玩，可不想让无关的人扫了兴致！”

“真是个任性的家伙，难道你到现在还不明白吗？你并不是在牲口棚里。”银行经理大喊道，“叫叶夫斯特拉特·斯皮里东内奇过来！”

②“叶夫斯特拉特——叶夫斯特拉特——”俱乐部的人一个接一个地喊道。

很快，一个穿着警察服的老头就闻声过来了，他就是叶夫斯特拉特·斯皮里东内奇。

叶夫斯特拉特·斯皮里东内奇抖动着油光发亮的胡子，用嘶哑的声音说道：“先生，请您出去吧！”

读书笔记

❶语言描写

在面对法官、银行经理和警察队长时都毫无惧色，相反还不停地取笑警察队长，不禁让我们对这位假面男子的身份更加好奇了！

❷语言描写

通过这个场景，体现了这个人很有身份，也有一定的威望，众人都希望能由他来赶走这个假面男子。

"啊呀呀！我好害怕啊！"假面男子说着便哈哈大笑起来，"吓死我了！我还不知道有这样让人胆战心惊的东西，要不你们干脆叫上帝来好了！啧啧，瞧瞧这猫胡子，呀呀，当心别把眼珠子瞪掉了……哈哈哈……"

叶夫斯特拉特·斯皮里东内奇咬牙切齿，浑身发颤，他用歇斯底里的声音全身哆嗦、声嘶力竭地喊道："闭嘴！赶紧给我滚！否则，你就等着被拖出去吧！"

一瞬间，阅览室就被咆哮声震颤了，①叶夫斯特拉特·斯皮里东内奇大喊大叫着，捶胸顿足，脸色气得跟蒸熟的龙虾一样；银行经理热斯佳科夫暴跳如雷，别列布兴以及其他所有的学者都在咋呼！可是，这些声音没有一个压制得住假面男子那雄浑、低沉的声音。混乱迫使舞会不得不提前结束，人们蜂拥到了阅览室。

叶夫斯特拉特·斯皮里东内奇为了维持尊严，将俱乐部全部的警察都召集过来了，然后就开始例行公事——做笔录。

"写吧，写吧！"假面男子满不在乎地指着笔下的纸，说道，"如今，让大家看看我这个可怜虫会落个什么下场吧！是的，我就是个可怜虫，百分之百的孤儿！好吧，来吧，全都写上去，嗯，现在让你们瞧瞧，可怜虫的真面目！一——二——三——！"

假面男子突然站起身来，挺直腰板，将自己脸上的面具摘下，面具下的那张醉醺醺的脸着实让每个人都惊呆了！②那些学者全都惊慌失措、脸色煞白、面面相觑，而叶夫斯特拉特·斯皮里东内奇老头儿呢？简直像干了世界上最愚蠢的事，发出后悔的呷呷声。

没错，这个假面下的这张脸的确是个大人物！他就是大

读书笔记

❶场景描写

在面对假面男子近乎挑衅的各种取笑与怒骂后，阅览室便出现了这么一幅场景。所有人都在咋咋呼呼地想要反抗，为后面的反转作了铺垫和对比。

❷神态描写

众人都由之前的激烈反抗，变成了惊慌失措的样子，那到底这个假面男子是什么人呢？

名鼎鼎的皮亚季戈罗夫，一个集百万富翁、工厂主、慈善家、世袭荣誉公民等身份于一身的人，更重要的是，他对于教育事业的贡献足以让所有人折服。虽然这位大人物有些爱捣乱，但是这丝毫不会影响他的威望。

“现在，你们可以离开了吗？”皮亚季戈罗夫冷静地问道。

读书笔记

所有人默不作声地走出了阅览室，有的人甚至把脚踮了起来。皮亚季戈罗夫立刻关上了门。

叶夫斯特拉特·斯皮里东内奇缓过神来，便抓着门口佣人的双肩，摇晃着，用嘶哑的声音问道：“你早知道他是谁，对不对？”

“抱歉，长官，他吩咐过不能说！”

“不能说？该死的东西，如果把你丢到监狱里，你就更懂得什么是‘不能说’了。滚！还有你们，各位绅士，”他回头对几个学者说道，“你们竟然连离开这鬼地方十分钟都不干？还胆大包天地造起反来，现在你们捅的娄子，你们自己想办法解决吧！……真是活见鬼！”

在俱乐部的外面有几个彷徨的身影，他们就是刚刚惹出祸端的学者们，①此时此刻，他们哆哆嗦嗦，不知所措，嘴里絮絮叨叨，生怕有什么大祸等着他们……

❶行为描写

体现了这几位学者内心的恐惧。

这几个人的妻子、女儿们也没有了跳舞的心思，他们知道了皮亚季戈罗夫先生因“受委屈”而大动肝火的事，不得不退出舞会，各自回了家。

皮亚季戈罗夫醉醺醺地走出阅览室时，已经是夜里两点钟了。他摇摇晃晃地走到大厅，在乐器旁坐了下来，然后听着音乐睡着了。

这时，乐队队长对队员们说道："停、停。嘘！他睡着了……"

别列布兴在这位百万富翁跟前弯腰询问道："让我们送您老回家吧？"

皮亚季戈罗夫像驱赶苍蝇一样，吹了吹气。

"让我们送您老回家吧？"别列布兴再次说道。

"什么？谁是谁？……有什么贵干？"

"送您老回家……睡觉……"

"回……回家……走，我要回家！"

①别列布兴和其他几个学者都喜出望外，眉开眼笑，大家三两下搀扶起皮亚季戈罗夫，高高兴兴扶着这位世袭荣誉公民走到马车旁，再把他小心翼翼地送上了马车。

皮亚季戈罗夫被安全送回家后，这几个学者心里好不快活轻松，胸口的大石头也终于放下了。

热斯佳科夫激动地说：②"他居然主动与我握手话别哩！这就是说，他已经不生气了，我们没事了！他不光是百万富翁，更是天生的演员不是吗？咱们这么多人全被他捉弄了！哈哈哈……"

"感谢上帝！"叶夫斯特拉特·斯皮里东内奇深呼吸后继续说道，"这样的无赖，竟然是个大慈善家，而且热衷教育事业，真是让人想不明白。但这就是事实！没办法……"

（1884年）

❶**概括描写**

学者们开始近乎谄媚地赔礼道歉，并送喝醉了的假面男子回家，前后对比，表现了他们对于权贵的畏惧。

❷**语言描写**

充分表达了作者对俄国上层社会的失望。

精华赏析

本文中学者们面对霸道的假面男子开始激烈反抗，到后面知道假面男子的权贵身份后都纷纷向他赔礼道歉，前后对比讽刺意义深刻。

延伸思考

1. 假面男子为什么想要赶学者们出去?

2. 文章前半部分，人们为什么敢反抗假面男子?

3. 在假面男子摘下面具后，人们为什么都不敢再反抗他了?

相关评价

本文通过假面男子的故事，揭示了当时俄国上层社会中普遍存在的虚伪和人们对权贵的畏惧。没有人敢于反抗，即便是知识渊博的学者们，充分体现了作者对当时俄国上层社会的失望。

变色龙

名师导读

一条狗咬伤了人，大家要惩罚它，可是警官却不知道这狗是不是将军家的狗，再三改变处理办法。

寂静的集市广场上，穿着崭新的军大衣的警官奥楚梅洛夫和一名黄头发的警士正慢悠悠地走着。[①]四周的酒馆、小卖部全都开着门，像是一张张饥饿的大嘴，所有店铺都冷清得可怕，就连乞丐也懒得在附近徘徊。

①场景描写　文章开门见山地写出了故事发生的地点，同时也介绍了主人公“变色龙”的身份。

“拦住它！狗东西，竟然咬人！”喊叫声划破了广场的寂静，“伙计们，快点，快点！千万别让它逃了！竟然在光天化日下咬人！抓住它！嘿……嘿！”随之响起的是“汪汪汪”的狗叫声。

奥楚梅洛夫闻声看去：商人毕丘金的木柴场里蹿出来一条白色的小狗，这条狗只有三条腿，它不停地奔跑，还不时地回头看。木柴场里紧接着跑出一个身着粗花布衬衣，外套

❶动作描写

作者通过“扑”“扯住”等动词，说明这一切发生得很突然。

一件开襟坎肩的人。① 他一路狂奔追着前面的狗，就在接近狗的一瞬间扑了上去，一把扯住了狗的后腿。

顿时狗叫声和人的斥责声掺杂着惊醒了广场上的一切。人们带着尚未清醒的面容从窗户、大门探出头来！不一会儿，几乎所有的人都聚到了木柴场门口，七嘴八舌地议论起来！

“出乱子了，长官！”警士见状说道。

奥楚梅洛夫把腰朝左一弯，便朝着人群走了过去。穿开襟坎肩的男人在人群中间，他举着血淋淋的右手，恶狠狠地说道：“狗东西，老子非扒了你的皮不可！”

那根受伤的手指完全成了他胜利的象征，在他似醉非醉的脸上，我们可以清楚地看到胜利者的激昂情绪。

没错，这个咆哮的胜利者就是金首饰匠赫留金。奥楚梅洛夫一眼便认出了他！这个时候，② 那条肇事的小狗正可怜巴巴地坐在人群中央的地上，它叉开着两条前腿、浑身发颤，背上那块黄斑非常明显。

❷动作描写

描写小狗的动作特征。故事里的人情冷暖全因这只狗的主人的身份发生变化而变幻莫测。

“发生什么事了？”奥楚梅洛夫拨开人群，走到了中央问道，“都在这里干什么？你的手指怎么回事？为什么大喊大叫？”

“长官哪，我老老实实地走着路，丝毫没有冒犯谁……咳……咳……”赫留金猛烈地咳起来，他将拳头凑在嘴上，继续说道，“我来找米特里·米特里奇谈木柴买卖的事，谁知这狗东西居然对我行凶，咬破了我的手指！真是可恶至极……长

注释

坎肩：指不带袖子的上衣（多指夹的、棉的、毛线织的）。古时也称半臂，南方多称背心。

官，我可是靠手干活的人哪……您知道，那些活儿细致得很，现在我的手指受伤了，最少一周干不了活儿，我该得到应有的赔偿……您说是吧，长官？要是法律不保护被狗咬的无辜百姓，那全天下的狗都得疯了，老百姓就没法活了……"

"咳咳……"奥楚梅洛夫清了清嗓子，皱起眉头，一本正经地说道，"对，你说得没错……嗯……那么，这狗是谁家的？是谁肆意妄为，将自家的狗放出来咬人？我必须给这人一些颜色看看！一定要让这不遵守法令的恶棍得到惩罚，才懂得把自家的畜生关好是多么重要！叶尔兑林，"这是在对警士说，①"赶紧去打听打听到底是哪家的狗，然后报告我，我看这八成是一条疯狗！非宰了它不可……你们有谁知道它是哪家的狗？"

"长官，这狗好像是日加洛夫将军家的！"人群中有个声音回答道。

②"日加洛夫将军？嗯……这天气怎么这样燥热？叶尔兑林，快帮我脱掉大衣……唉……不过，我不明白，这小可怜怎么会无缘无故咬你的手指呢？"奥楚梅洛夫看着赫留金的手指问道，"它这么小，没有道理够得着你的手指啊。你这样高大魁梧，它这样弱小……难不成是你自己被什么东西扎破了手指，然后冤枉这个不会说话的小东西？我看你根本就是想讹一笔钱……别以为我不知道你是什么样的人！"

"长官，他在那逗小狗，还用手卷烟打小狗的脸，所以才被小狗咬到手指的！就算是小狗也不会容忍这样微不足道的人任意侮辱自己的！长官！"

"你这个只有一只眼的家伙！你凭什么在长官面前瞎说？长官这么聪明，岂会相信你的话？上帝作证，我说

读书笔记

❶语言描写

在知道了事情经过之后，按照法律与事实，警官应当对狗主人进行处罚。这时候的警官一本正经，一副正义的样子。

❷语言描写

仅仅因为人群中的一个声音，警官的态度就变了。脱大衣的举动隐喻着警官心理的变化，也呼应了文章题目——变色龙。

读书笔记

的都是实话……如果我乱说，就让法官把我送进监狱好了……法律面前人人平等……老实说……我的弟弟就是宪兵队的……”

“闭嘴！”

“等等！长官，这条狗应该不是将军家的……”警士煞有介事地说，“将军家全是大猎狗，怎么可能有这样的杂种狗呢？”

“你确定吗？”

“确定，长官……”

“嗯，我看也是！这样丑陋不堪的杂种狗，怎么可能是将军家的呢？你瞧，它的毛皮，还有样子……真是不折不扣的小杂碎！怎么能跟将军家的名贵狗相比呢？不知道哪里来的鬼东西！要是这样的狗在彼得堡或莫斯科的大街上乱窜，不被人打死才怪！[①]你，赫留金，看来，确实是你受委屈了！你放心，我不会坐视不理的……定要叫这狗东西和它的主人受点教训！马上……”

①语言描写 在被告知这狗可能不是将军家的狗之后，警官的态度来了个一百八十度的大转弯，开始秉持所谓的正义，并安慰被狗咬伤的受害者。

“但是，长官，它的脸上没有字，谁能保证它百分之百不是将军家的呢？我是说万一……”警士忽然想起了什么，说道，“我记得，前一阵子，我好像在将军家见过这样的狗……”

这时，人群中又冒出一个声音来——

“不会错，肯定是将军的狗！”

“嗯，嗯……叶尔兑林……是不是有风？我怎么觉得这么冷，给我穿上大衣吧……嗯，这样吧，你带着这条狗去将军家，询问一下看是不是他们家的狗。你一定要转告将军是我找到狗的，并且派你把它送过去的……去吧！一定要告诉将军，可别再让这小可怜流落在外了，它这么名贵，这么娇小，要是每个浑蛋都拿着烟打它的脸，那么这小可怜可就要遭殃了……[①]至于你嘛，你这个蠢货，还不放下你的手？这一切都是你咎由自取，还有什么脸在这摆弄你的破手指？”

❶语言描写

正如我们之前所猜测的那样，警官开始转变态度，维护起狗来，对受到伤害的人却大加辱骂。

这时，人群中有很多人嚷嚷起来，大家说：“普罗霍尔来了，他是将军家的厨师，看他正走过来哩！咱们问问他就知道了……嘿，普罗霍尔，快过来！快点……这是你主人家的狗吗？”

“呸！瞎说！它压根儿不是将军的狗，它……”

“既然如此，那就不用再犹豫了！”厨师还没有说完，奥楚梅洛夫就抢过了话，“果然是条野狗……现在咱们就要将这个伤人的畜生绳之以法！将它杀掉！”

读书笔记

“等等，我还没说完。这条狗的确不是将军的，可它是将军大哥的。他刚来这儿不久，虽然将军不喜欢养这样的狗，但是他却非常喜欢哩……”

“将军的大哥，你是说符拉季米尔·伊万内奇先生？他真的来了？”[②]奥楚梅洛夫喜形于色地说，“上帝哟，真是，我怎么不知道符拉季米尔·伊万内奇的到来啊！那么，他一定会在这里住一阵子吧？”

❷语言、神态描写

警官在知道这狗是将军大哥的狗后，不由得喜形于色，立马又换了副面孔，企图去攀附权贵。

“是的，暂时没有决定走……”

“哟哟，上帝哟！这位大哥一定是非常想念他的弟弟……这真的是符拉季米尔·伊万内奇先生的狗？我真是太荣幸了……那请您把它带回去吧……真是一条讨人喜欢的小狗，瞧它多聪明、多厉害，居然咬破了这个无赖的手指！真是太了不起了！哈哈哈！喂，小东西，别抖啦，我是决不允许任何人伤害你的哟！嘟噜……嘟噜……哟，还生气了哩！

小滑头……果然是稀有物种，难得的小狗崽儿……"

[1] 普罗霍尔将小狗抱走了，木柴场只留下人们对赫留金哈哈的嘲笑声。

❶场景描写 如果说仅仅只是警官一个人罔顾事实，欺压赫留金，我们顶多只能说是这个警官的问题，可是所有人都在嘲笑着被狗咬伤的受害者，我们不得不说，这是当时社会的悲哀。

而我们的警官奥楚梅洛夫呢？他恶狠狠地对赫留金说道："狗东西，回头再收拾你！"说完，他拉住大衣的两边将自己紧紧地裹在里面，穿过广场离开了！

（1884年）

精华赏析

本文描述了社会下层小人物赫留金被狗咬伤了却被警官恶意欺压的事。警官不仅不伸张正义，反而因为这狗是将军大哥家的狗而警告赫留金。

延伸思考

1. 赫留金自己抓住狗了吗？

2. 警官为什么几次转变态度？

相关评价

作者契诃夫通过这个故事描述了当时俄国社会人们普遍惧怕权贵的现实，通过描写警官这类变色龙似的人物来表达对俄国沙皇警察制度及当时社会中这类人的讽刺。

牡　蛎

名师导读

主人公因为饥饿，渴望可以吃到美味的牡蛎，可是却被富人们嘲笑带壳吃下牡蛎。现在，让我们跟随主人公体会他的心情。

关于那个阴雨绵绵的秋天的傍晚的记忆，我几乎不用想就能说出所有的详情，甚至每个细节。

我跟着父亲走在莫斯科拥挤的街道上，我似乎感染了怪病，身体没有丝毫痛感，却怎么也没有力气。[1]我双腿发软，所有的话语都卡在了喉咙里，我的脑袋无力地耷拉着，马上就要晕倒了……

❶概括描写 主人公以这种异常虚弱的形象出场，让我们不禁好奇他到底经历了什么，才会弄得这样凄惨。

我想，假如父亲把我送到医院，医生一定会给我的病号牌写上“饥饿”——一种医学教科书上绝对找不到的病。

我和父亲在人行道上紧挨着站在一起，他的身上还穿着夏天的长衫，又脏又破，头上戴着一顶已经露出了棉花的花呢帽子，他的脚上套着一双笨重宽大的套鞋。父亲总担心别人嘲笑他没有穿袜子，于是将一副破旧的皮筒靴套在了小腿上。

这是个落魄糊涂的怪人，但是我却非常爱穿着破旧肮脏长衫的他，而且长衫越破越脏，我就越爱他哩！

父亲带着我在五个月前就来到了首都。他一直想找份文职，可五个月来，他东奔西走，几乎跑遍了整座城市，还是未能如愿。[①]如今，他不得不下定决心拉着我一同到街上行乞……

❶概括描写 通过前文的详细铺垫，终于表明了父子俩的身份。这是一对在街头行乞的父子，处于社会的最底层，所以才会如此凄惨。

街道对面那座三层的高大建筑物上面挂着一块非常大的招牌，蓝色的墙面上凸显着白色的“旅馆”二字。我感到全身乏力，脑袋不自觉地往后仰或歪到两边。许多窗户被旅馆的灯照亮着，人影闪动。我看见某个窗户里摆放着一架管风琴，它的右面有两幅油画，屋顶有好几盏吊灯……另一个窗口里全是深褐色的背景墙，墙上有个方方正正的斑点。我揉揉眼，再使劲地睁开眼，终于看清楚了，原来这个斑点是一块白色的牌子，牌子上还写着什么字——是什么呢？

我目不转睛地盯着这块牌子看了半个钟头，脑子就像被催眠了一般，怎么也离不开这洁白的色彩。然而，无论我如何努力，就是读不出上面的字。

看来，我已经被怪病控制了。

[②]马车轱辘发出的声音在我的耳朵里变成了巨雷，我从大街上的恶臭味中辨别出了上千种气味。无论是路灯，还是旅馆的灯光，于我而言，都如同闪电，刺痛着眼睛。我的五官因紧张而变得异常灵敏，我开始看到自己从未见过的东西。“牡蛎！”

❷感官描写 通过比喻的修辞手法，写出了主人公在饥寒交迫的生活中开始出现了幻觉。

注释

牡蛎：是一种软体动物，有两个贝壳，一个小而平，另一个大而隆起，壳的表面凹凸不平。肉供食用，又能提制蚝油。肉、壳、油都可入药，也叫蚝或海蛎子。

没错，这就是白色牌子上的字。

这是什么词？我敢保证，在我来到这世界八年零三个月的日子里，这个词语从未出现过。牡蛎？到底是什么呢？难道是店主的姓吗？可是标有店主姓或名的招牌向来只挂在大门上，未曾见过挂在墙上的。

“牡蛎是什么，爸？”我提起精神将头转向父亲问道，嗓音十分沙哑。

父亲正专注地看着川流不息的人群，他用目光迎接每一个过来的人，又送走每一个过去的人。① 我知道他想对匆匆的行人说些什么，可是话到嘴边却分不开嘴唇，好像这些话有千斤重。有时，他会不由自主地追上某个人，碰碰对方的衣袖，但当对方真的回过头来，父亲就会羞愧地说“抱歉”，然后老实地往后退。

“爸，什么是牡蛎？”我重复问道。

“它是一种生物……是海里的……”

于是，某种海洋生物的样子立刻浮现在我的脑海中，它的外形介于虾和鱼之间。② 既然牡蛎是海洋生物，那它肯定能做成各种美食佳肴，要是有月桂叶、胡椒粉，可以把它熬成汤，当然，加一些脆骨做成酸辣汤也不错。对了，还有虾酱、洋姜……我的脑海里还出现人们去市场挑选、购买牡蛎，然后把它带回家，冲洗干净，迅速下锅……好了，好了，每个人都馋得流口水……真是太饿了！虾汤和炸鱼的香气从厨房飘了出来。

这些香气让我的鼻孔、上腭都阵阵发痒，这种感觉慢慢控制了全身的每一个细胞……饭馆、白色的招牌、父亲，还有我的衣袖似乎都充满了香气。我忍不住咀嚼起来，然后吞咽，仿佛嘴里真有香喷喷的牡蛎肉……

读书笔记

①心理描写

因为是刚开始行乞，出于自尊，父亲羞于说出行乞的话语来。这也表明了父亲内心的痛苦。

②心理描写

在知道牡蛎是海洋生物之后，主人公开始幻想，因为他实在太饿了，好似真的就处在芳香四溢的厨房中，有着美味可口的食物。

❶动作描写……

表明了主人公的身体已经虚弱至极了。

①真是太美味了，以至于我的腿不自觉地向下弯，我抓住了父亲的衣袖，以防止自己晕倒。我紧紧地依偎着他，他身上的夏天长衫湿漉漉的，蜷缩着身子发抖。显然，父亲很冷……

“那么，牡蛎是素的还是荤的？”我继续问。

“牡蛎是生吃的……”父亲老实地回答道，“它如同乌龟一样，有坚硬的外壳，但是有两片。”

这时，那些鲜美得让人流口水的香气全都一溜烟地消散了！我的身体没有了丝毫的愉快感……我现在终于认识它了！

“恶心，”我低声说，“真是太恶心了！”

❷心理描写……

在被父亲告知牡蛎要生吃的事实之后，主人公内心美好的幻想一下子被打破，开始把牡蛎想成是十分恶心的东西。

没想到，牡蛎居然是这样的！②这时，它在我的脑子里变成了某种类似于青蛙的生物——是的，蹲在硬壳里的青蛙！它的头顶有一对闪亮的眼睛，两片颌骨不停地蠕动着，真是令人厌恶！人们将这种长着硬壳、螯，并且眼睛会发光的生物从市场买回来，清洗它滑腻腻的皮肤……厨娘皱着眉头拨弄着它，而孩子们早已跑得远远的。厨娘终于将这种恶心的东西端上了餐桌，那些大人们随意地拿起来就往嘴里塞。他们把这种生物的爪子、眼睛、牙齿统统塞进嘴里，然后就听见了吱吱的响声——这是它在人们嘴里挣扎的声音……

❸心理描写……

即使是在幻想中非常恶心的牡蛎，主人公也想吃下去，这充分表现了他的饥饿程度。

我的眉头拧在了一起，但……但我的牙齿却不由自主地咀嚼着。尽管牡蛎十分恶心，甚至可怕，但我还是想吃它，而且迫不及待地想吃。我害怕它的气味，更害怕它的味道，③但是……我还没吃完第一只，眼睛已经盯上第二只、第三只……我要把它们统统吃掉，全吃掉！还有盘子、餐巾、白色的招牌、父亲脚上的套鞋……凡是我能看得见的东西，全都要吃掉。我相信，我的病只有吃够东西才会好，没错！就是这样的……

“我的牡蛎！我要吃牡蛎！”呼喊声不断地撞击着我的胸膛，我伸出手来。

①“先生们，帮帮忙哪！”这是父亲的声音，低沉而喑哑。他说：“真是让人羞耻，可是，上帝啊，帮帮这可怜的孩子吧，他快饿死了！”

“我要牡蛎！我的牡蛎！”我抓着父亲的衣襟大声喊道。

“瞧，这小孩儿也想吃牡蛎呢！”旁边的人用一种似笑非笑的声音说道。

突然，有两个戴着高筒礼帽的人在我的面前站住了，他们打量着我，然后笑着说：“这个小家伙居然想吃牡蛎，真是太有趣了！让我们看看他怎样吃吧！”

一只强健的大手将我拽进了饭馆——那个闪烁着灯光的饭馆。很快，一大群人就围了过来，他们谈笑着，个个都用好奇的目光盯着我。我在桌子旁坐了下来，将一种湿漉漉、滑溜溜，带着咸味、潮味、霉味的东西塞到了嘴里，狼吞虎咽地吃起来。我不看，也不嚼，生怕看到那发光的眼睛、尖利的牙齿和螯……

忽然，我嚼到某种坚硬的东西——“嘎嘣”！

②“哈哈哈……笨蛋！他在吃壳呢！壳也能吃？”看客们肆无忌惮地笑了起来。

这之后我的嗓子一阵阵干渴，简直要渴死了。我钻进被窝里，嘴里的怪味和肚里的灼热感让我死活睡不着。父亲在屋里踱来踱去，还不停地做着手势。

“我肯定病了，”他喃喃自语道，③“我的脑子里好像有人……嗯，或许是因为今天没有……没有……没有吃什么东西……没错，我生病了，生了犯傻的病……我眼瞧着那些

❶语言描写

在“我”的苦苦哀求之下，父亲终于说出了乞讨的话，这也表现了父亲对于孩子的爱，终于丢下脸面开始乞讨。

❷场景描写

这些富人是如此的冷漠，把穷人吃东西当成可笑的事情来看待。

❸语言描写

父亲期待着富人们的施舍，体现了作者对这类人的同情与反思。

读书笔记

先生付了十个卢布的牡蛎钱，却不知道跟他们要……不，借……借两个子儿……我想，我要是开口，他们一定会借的，他们那样富有……”

一直到天快亮了，我才睡着。在梦里，有一只带螯的青蛙蹲坐在硬壳里，闪闪发光的双眼滴溜溜地转动着。好渴！当我醒来的时候，已经是中午了。

父亲依旧在屋里徘徊着，打着手势……

（1884年）

精华赏析

本文讲述了饥饿的小男孩幻想着可以吃到牡蛎而被社会上的富人们欺压与取笑的故事。

延伸思考

1. 主人公和父亲是做什么的？

2. “我”为什么那么想吃牡蛎？

3. 富人们的行为是不是正确的？

相关评价

作者所处的俄国沙皇时代，社会矛盾激增，穷苦的人越来越多。通过小男孩想吃牡蛎而被富人们嘲笑的故事，表达了作者对于社会不公现象的愤怒与反思。

老车夫的苦恼

名师导读

贫穷的老车夫的儿子在寒冷的冬天死去了，可是他却找不到人诉说他内心的苦楚，遇到一个客人就企图倾诉，却没有人愿意倾听他的心事。

---

①黄昏时分，街上的灯一盏接一盏地亮起来，大片大片的雪花飘荡在空中，屋顶、马背和车夫的帽子上都被薄薄的雪覆盖着。全身雪白的马车夫如同幽灵一般，他弯着腰，纹丝不动地坐在车驾上。就算此时他的身上突然被倒上一大堆雪，他也不会动一动。这就是老车夫约纳·波塔波夫。他的马也披上了白色的雪衣，纹丝不动地站着。这匹马已经瘦得皮包骨头了，它的外表棱角分明，四条腿笔直地站着，如同四根被冻僵了的棍子，远远望去，简直和一块价值一戈比的马形蜜糖饼干没什么分别。早饭前，老车夫约纳同他的瘦马就一直待在这里，可是没有一个人来照顾老车夫的生意。

❶开门见山……交代故事发生的季节是在寒冷的冬季。

夜幕降临，街灯跳动，街上变得热闹起来。

“嘿，马车夫！”有人在叫老约纳，“到维堡区去！”

①老车夫睁开眼，透过沾着雪花的眼睛看清了眼前这位穿军大衣的人。

❶细节描写 前文中写老车夫的帽子上都覆盖着薄薄的雪花，所以在这里通过沾着雪花的眼睛来说明风雪之大，烘托环境的凄凉。

“嘿嘿，到维堡区去！不是睡着了吧？”

老车夫立马扯了扯缰绳，抖掉了头上和肩上的雪花，马儿也动了起来，大片的雪花从马背上洒下来。军人在雪橇上坐了下来。老车夫将脖子伸得老长，欠起了身子，吧嗒了一声，习惯性地挥动着手中的鞭子。那匹瘦马立刻将腿弯曲，犹犹豫豫地迈开了步伐……

“当心点！你这个疯子！”黑压压的人流中不知道是谁在叫喊，“靠右走！你是被鬼指使了不成？”

“靠右！不会赶车吗？”坐在后面的军人嚷嚷道。

对面过来一个赶着轿式马车的车夫也对他发出训斥声。突然有个横穿马路的人撞在了老车夫的马上。那人抖掉衣袖上的雪，恶狠狠地瞪着老车夫。老车夫顿时慌了神，战战兢兢，如同中邪一般，分不清自己身处什么地方。

“真是下流坯子！”军人骂了一句，然后说道，“他是故意的，本来是想扑倒在马蹄下的。真无耻！”

老约纳听了客人的话，有些感动，他回头想说点什么，但是什么也没说出口，只是发出了轻微的呼哧声。

军人问：“什么？”

②老约纳咧开嘴苦笑着使劲扯开自己的嗓子，用沙哑的声音说道：“长官，那个……我的儿子死了，就在这个星期。”

❷语言描写 老车夫终于开始诉说，原来他的儿子在这个星期死了。

注释

维堡区：圣彼得堡的一个区域的名字。

“哦……怎么死的？”

“哎，我也不清楚。估计是热病……在病床上躺了三天就咽气了……”约纳回头想好好跟客人聊聊。

“喂！瞎啊？拐弯，老东西！”黑夜又有人喊起来。

①“快走吧，加快速度！我可不想等到明天早上才到！”客人已经失去了聊天的兴致。

❶语言描写

对于老车夫来说，儿子的去世是一件十分伤心的事，可是对于客人来说，这只是聊天的谈资，兴致没了，语气就很冷漠。

老车夫只好拉长脖子，欠起身，用粗俗的姿态挥动着手中的鞭子。马儿加快了速度。

老车夫不时地回头，想继续刚才的话题，可是客人一直闭着眼，根本没有聊天的意思。终于到了维堡区。马儿在某个饭店的门口停了下来，客人下了车，老车夫再次弯着腰坐在车上静静地等着。

一个小时又一个小时过去了，车夫和马儿又披上了洁白的雪衣……

忽然，有三个年轻人在人行道上互骂着，推搡着走了过来，套鞋声在空气中回荡着。

三个人中除了有个矮小的驼子，其他两人都是又高又瘦的。

“嘿，去警察局大桥！二十戈比……”老车夫的耳朵里响起了刺耳的颤抖声，这是驼子发出的，“我们三个人！”

②很显然，二十戈比是非常不合理的，但是老约纳已经没有讨价还价的心思了，对于此时此刻的他来说，只要有客人就不错了！他扯动缰绳，嘴里发出吧嗒声。

❷概括描写

在文章开头，作者就说过老车夫已经很久没生意了，所以才会觉得只要有客人就已经很不错了，不会再去奢求合理的价钱。

三个年轻人你推我搡的，嘴里不干不净地说着骂人的话，抢着上车，但车上只有两个人的座，谁站着呢？最后总算决定个头最矮小的驼子站着。

“走吧！”驼子刺耳的声音又传到了老约纳的耳朵里，“走吧，老家伙！快瞧他的帽子，我敢打赌，整个彼得堡也没有比这更破的了！”

老约纳苦笑着说：“我一个拉车的，戴什么都一样……”

①“少废话，赶你的车吧！要是太慢，小心你的脑袋！”

❶语言描写

这人的话语中充满着傲慢与威胁，可以看出这人的道德水平实在不怎么高，也体现了老车夫的社会地位低下。

“说到脑袋，我这会儿真是头痛得要命……”右边的高个子说，“昨晚我在杜克马索夫家里，跟瓦西卡两个人就喝了至少四瓶白兰地酒。”

“真是胡说八道！”左边的高个子嘲讽地说，“满嘴谎言，跟牲口一个样儿。”

“上帝明鉴，要是我瞎说，就让我下地狱好了！我说的可都是大实话……”

“呸，我宁可相信虱子会咳嗽，也不会听你瞎编乱造的话儿！”

老约纳听到这儿，忍不住笑道：“嘿嘿，老爷们真是有趣！”

“去你的有趣！”驼子在老车夫的后脑勺喷着气说道，“好好赶你的车，让这该死的马跑快点！抽它啊，你这个老东西！狠劲儿抽！”

驼子的气息喷到了老车夫的后脖子，入耳的骂声和嘲笑声反倒让他内心的苦恼逐渐消散了。随后，那两个高个子便谈论起某个女人来。

老约纳总是时不时地回头看看这三个人，想找一个插嘴的机会，终于抓住了三人说话的某个间隙，喃喃地说道：

②“老爷们哪，那个……这个星期……我的儿子病死了……”

❷语言描写

这是老车夫第二次试图向客人倾诉。

“去去，有什么大不了的，谁不会死啊？赶你的车吧！再这样下去，我们什么时候才能到啊？”驼子不耐烦地说道。

“你可以给他脑袋上来一下……帮他提提神！”右边的高个子说道。

[1]“老东西，快点！要不真给你一下，你是魔鬼吗？会不会赶车？还是存心跟我们过不去？”

❶语言描写

这三个人在知道了老车夫的悲惨遭遇之后，不但没有丝毫同情，反而只是更加关心自己何时能到目的地，体现了社会的极度冷漠。

这时，老约纳分明听到了自己脑袋被敲打的声音。

他好脾气地笑道：“真是一群快活的爷们儿，但愿上帝与你们同在！”

左边的高个子突然问道：“车夫，我问你，你有老婆没？”

“有啊，只是躺进地下很久了……呵呵……不瞒你们，前两天我的儿子病死了。很明显，死神找错人了，死的那个该是我，不是我儿子……”

老约纳终于打开了话匣子，可当他回头的时候，看到驼子吐了一口气，说道：“老天，我们总算到了！”

老约纳收了二十戈比，望着三个浪荡子离去的身影，一直到他们钻进那个黑暗的大门，再也看不见为止。

孤独感再次侵袭这个雪中的老车夫，刚刚消散一些的苦恼又统统回来了，他感觉自己的胸膛就要被这苦恼撑破了。街道上熙熙攘攘的人群川流不息，老车夫用茫然无奈的眼神看着他们。[2]他想，纵然有千万人，也没有一个人愿意听他说说话——没有一个！谁会注意到他这样的老车夫呢？谁又会在意他心中的苦恼啊？

❷直抒胸臆

将老车夫的想法直白地写了出来，表现了他的苦恼。

这时，老约纳看见一个拎着纸袋的看门人。他想或许这样的人可以听他说说话。于是，他上前问道：

“嘿，伙计，几点了？”

“九点过……你问这个干吗？还不把你的车子弄走？这里可不是随便停车歇脚的地方！”

老约纳不得不驾着车离开了，马儿刚走几步，他就拉住了缰绳，停下车，弯下了腰。① 苦恼彻底包裹了这个车夫，他想这个世界上不会有一个人听他倾吐苦恼，他只有被这苦恼折磨而死。想到这里，老车夫感到全身发痛。最后，他扯了扯缰绳，大声吆喝了一声，马儿便又迈开了步伐。

❶心理描写

老车夫一直活在儿子死去的悲痛中，而现在还要被人再三取笑与羞辱，心中自然更加悲痛万分。

老车夫想：“算了，算了！回去吧，回大车店去！”

这匹瘦马领悟到了主人的意思，一路小跑，很快就把老约纳带回了大车店的炉子旁。

车店里，长板凳上、炉台上和地板上都是熟睡的人，呼噜声在又闷又臭的空气中此起彼伏……

看着熟睡的人们，老约纳想：“回来这么早干吗？挣这两个子儿连燕麦都买不起！哎……”

这时，睡在墙角的那个年轻车夫咳嗽两声，站了起来，他来到水桶边，舀起一瓢水。

“口渴了啊？”老约纳明知故问道。

“嗯！”

“哎，你知道吗？我的那个儿子……前两天……死了！我……”

老约纳想抓住最后的希望，看看对方的反应。结果呢？② 对方什么反应也没有，又回到了墙角，盖上被子睡了。

❷动作描写

老车夫在经历了一天的失望之后，本想抓住最后的希望，可是对方什么反应也没有，留给老车夫一片沉默。

可怜的老车夫只是想把自己的儿子为什么会死，死之前是怎样痛苦，又说了什么遗言，还有自己的内心是多么煎熬，葬礼是多么粗陋，医生拿回了他儿子的衣服等等，好好地跟人絮叨絮叨。这种渴望就好比人渴了需要喝水一样。如果有人愿意听，老约纳还想说说他在乡下的女儿阿尼西娅……她的悲惨遭遇……在他看来，凡是听了这些事的人都应该唉声叹气，对他说点安慰的话语，甚至为他流几滴同情的泪水……

① “哎！”老车夫想，“还是去瞧瞧马吧！睡觉的时间总是有的……”

于是，他穿上外套来到马厩，他的瘦马正在那里吃着干草。他想到了天气、干草、燕麦……如今的他没有道理去想儿子的，他可以跟别人讲讲儿子的事，但是他自己一个人的时候，千万不能去想，因为只要想到儿子的脸，心里的苦恼就压得他喘不过气来……

“伙计，好吃吗？吃吧，吃吧，多吃点……燕麦买不起，但最起码咱们能买到干草……哎……我都一把年纪了，还赶车……这活儿应该让儿子来做，可惜……哎……”

他沉思了一会儿又说：“我说，老伙计……你知道吗？库兹马·姚内奇死了……病死了……就好像，就好像你有一匹小驹子，你是它的亲娘……可是它突然就死了……难道你不痛苦不伤心吗？”

瘦马不停地咀嚼着，静静地听着主人的话，时不时朝主人的手上吁口气。

② 于是，老车夫终于可以把一切苦恼慢慢道来，讲给他的瘦马听……

（1886 年）

❶心理描写

没有一个人听他说几句话，只有嘲讽、威胁沉默，逼得老车夫只能去看看马，和动物为伴了！

❷概括描写

老车夫终于可以将他的故事讲述出来，不过不是对人，而是对着与自己相依为伴的瘦马，体现了社会的冷漠。

注释

马厩：养马的地方。

精华赏析

老车夫的儿子在寒冷的冬天去世了，可是他却找不到一个倾诉的人，无奈之下，只能在寒夜里对着一匹相依为伴的瘦马说话。

延伸思考

1. 老车夫的什么人去世了？

2. 老车夫的生意怎么样？

3. 为什么没有人愿意听老车夫说话？

相关评价

作者借老车夫这个故事，表达了对穷苦大众的高度同情，同时也表达了对于社会中人们嫌贫爱富、自私自利的现象的愤怒。

万 卡

名师导读

九岁的小男孩万卡·茹科夫被送到城里鞋匠家做学徒，小万卡不愿受老板的欺压，写信告诉乡下的爷爷这里的事情，并祈求爷爷前来带他回家。

三个月前，九岁的男孩万卡·茹科夫就被送到了鞋匠阿利亚兴家做学徒。[①] 这天是平安夜，老板、老板娘，还有其他的伙计们都去教堂做祷告了。于是，万卡就从橱柜里拿出来一支钢笔、一瓶墨水还有一张皱巴巴的纸。他把纸摆在长凳上，抹了抹。在动笔之前，他战战兢兢地朝大门和窗户上望了望，又看了看屋里的一切：大大小小的楦子摆在神像两边的架子上。

❶交代时间 交代了故事发生的时间，这本是一个平安祥和的夜晚，小万卡却在这样的夜晚里开始给爷爷写信，在氛围上做了铺垫。

"哎——"万卡叹了一口气，跪在长凳前，在纸上写道：

"康斯坦丁·马卡雷奇——我亲爱的爷爷，圣诞节愉快！如今，您是我唯一的亲人，我祈求上帝庇佑您！愿您一切安康！”

万卡停下来，看着黑糊糊的窗户，眼前浮现出爷爷眯着醉眼微笑着的样子。[①]爷爷已经六十五岁了，是个瘦小的老头儿，但是十分机警、灵活，在日瓦列夫老爷家负责守夜的工作。白天的时候，爷爷在厨房睡觉或跟厨娘们开玩笑；到了晚上，他就穿上宽大的羊皮袄敲着梆子，去庄园里巡逻。老母狗“卡什坦卡”和公犬“泥鳅”总是跟在爷爷后面。爷爷最喜欢泥鳅，这条浑身漆黑身体细长的狗，看起来如同黄鼠狼一样，表面上看起来它十分温驯、谦逊，可是实际上最狡猾。还没有哪条狗能够赶上泥鳅的机敏，它总是能够抓准时机，从背后给人一击，咬住对方的腿。正因为如此，它不止一次被人打断腿，有两次还被人家倒吊了起来。它几乎没有哪个星期不被人打得半死，可它依旧活着。

❶人物描写　描写爷爷的形象及性格。

或许，此时此刻爷爷就站在老爷的大门口，眯缝着双眼盯着村子里教堂那些闪烁着灯光的窗户，[②]也免不了踱着穿高筒靴的脚，和那些仆人们打趣。他的腰上系着梆子，他不停地缩脖子或拍手，好让自己暖和一点儿。他总喜欢将鼻烟拿到女人们面前，说道：“怎么样，闻闻吧！香着哩！”

❷概括描写　通过爷爷和仆人们嬉笑打趣的场景，体现爷爷的和蔼可亲，这也正是小万卡为什么如此想念爷爷的原因。

当对方因此打起喷嚏时，爷爷就哈哈大笑起来，然后说道：

“赶快擦掉，不然就变成冰碴子啰！”

爷爷甚至喜欢让狗闻他的鼻烟。老母狗卡什坦卡跟那些女人们一样，不停地打着喷嚏，嘴脸扭曲，委屈地走开了。可是泥鳅呢？它不仅没有打喷嚏，反而非常恭顺地摇着尾巴。

天气晴朗，一丝风也没有，空气无比清新。[①] 虽然是黑夜，可是依旧能够清晰地看见村子里那一个个白色的房顶。家家户户的烟囱里都冒着烟，那些树木被白霜镀上了一层银色，每一个雪堆都可以看得清清楚楚。无数的星星在夜空中眨着眼，就连银河都好像被人们清洗过，变得这样清晰可见……

万卡叹了叹气，给笔尖蘸上墨水，接着写道：

[②] “昨天老板又打了我一顿，因为我在给他们的小崽子摇摇篮的时候，不知不觉睡着了。他揪住我的头发将我拖到门外，拿起皮带狠命地抽打我。上周，老板娘吩咐我去收拾青鱼，因为我先弄的尾巴，老板娘就抓起青鱼戳我，我的脸被青鱼头戳破了。伙计们都嘲笑我，他们让我去给他们买酒，还怂恿我偷拿老板的菜，每次被老板发现，我都会挨一顿毒打。我在这儿几乎没有东西吃，早晚都只能吃一丁点儿面包，只有中午可以喝点儿稀粥。至于菜汤还是茶水，都是老板的，只有他们一家才可以好吃好喝。晚上，老板让我睡在过道里，他们的崽子一哭，我就别想睡觉了，必须起来给小崽子摇摇篮。我的爷爷啊，求您看在上帝的面上，发发慈悲，带我回家吧。我在这里简直没法活了……我给您叩头了，您带我回家吧，求求您！要不然，我就会死在这里……”

万卡撇撇嘴，用又黑又脏的小拳头揉着眼睛，抽噎起来。

“我回去，一定好好地孝顺您，给您搓烟叶，”万卡继续写道，“我还向上帝祷告，假如我犯了错，你就像打山羊那样打我好了。我会去拜托总管，求他看在上帝的面上，让我替他擦鞋，或者我去做牧童……爷爷哪，我真的不能在这里待下去

❶环境描写

描绘了乡下的平静生活和美好环境，与接下来万卡在城市里过的悲惨生活形成对比，更能直观体现出万卡境遇的凄惨。

❷语言描写

详细说明了老板是如何压榨虐待小万卡的，与上一段中美好平静的乡下生活形成对比，也就能理解小万卡为什么祈求爷爷前来带自己回家。

了……在这里我只有死路一条。我本来打算自己跑回村子，但是我没有鞋子，我的脚会被冻僵。爷爷，我长大一定会好好报答您，给您养老，绝不会让任何人再欺负您。等您去世了，我会像给妈妈祷告那样，祈求上帝让您的灵魂去天堂。

①语言描写……体现了社会贫富的严重分化，富人们十分富有，占有着大大的房子，可是像万卡这样的穷人却什么都没有。

①“莫斯科这座城市好大，可是只有老爷们才有房子。这里没有羊，但满大街都是马，这里的狗也没有乡下的狗厉害。孩子们不会举着星星去游玩，也不是什么人都可以参加唱诗班的。有一回，我瞧见有个店铺的玻璃窗里摆放着各种渔具，那些钓钩什么大小的都有，有的钓钩就连一普特重的大鲇鱼也能钓起来呢！对了，铺子里还有各种各样的枪，也有老爷那种枪，不过我猜这些枪至少价值一百卢布哩……肉铺里有卖野乌鸡、松鸡、兔子等，可是老板从来不说这些东西是从哪儿弄到的。

“爷爷啊，拜托您替我给奥丽加·伊格纳季耶夫娜小姐要一个小匣子吧；等老爷家的圣诞树挂上各种礼物的时候，您帮我摘一个小桃子吧，要金黄色的纸包着的，求您把它放在匣子里。拜托您了！”

②心理描写……小万卡回忆往昔在乡下的美好日子，那里有着美丽的森林和慈祥的爷爷，没有欺压。

万卡又叹了叹气，看着窗户，陷入了沉思。②在乡下的时候，他总是跟着爷爷一起去砍圣诞树，森林里总是有无限的乐趣。冷空气会发出嘎嘎的声音，爷爷也会，于是万卡就跟着发出嘎嘎的叫声。爷爷喜欢先抽一杆烟，然后把鼻烟凑到鼻子前闻够了才砍圣诞树。有时候，爷爷会逗逗万卡，拿他打趣。那些被染成了白色的云杉树纹丝不动地站在雪地

注释

举着星星去游玩：圣诞节前夜，孩子们举着用纸糊的星星到处游走。
云杉树：属于针叶树的一类。

里，好像盼着爷爷来砍回家似的。在这些云杉树之间，不知道什么时候会突然蹿出一只兔子来，像箭一样从雪堆间蹿过……这时，爷爷就会大喊起来——“逮住它，逮住它……哈！短尾巴的东西！”

爷爷将挑选好的云杉树砍倒，拖回老爷的庄园，然后大伙就忙活着打扮它……奥丽加·伊格纳季耶夫娜小姐是最忙的，她十分疼爱小万卡。那时，万卡的妈妈彼拉格娅也是老爷家的佣人，奥丽加·伊格纳季耶夫娜总会给万卡一些水果糖吃，还会教万卡读书识字、跳卡德利舞呢。可是，当万卡的妈妈死后，万卡就成了孤儿，爷爷只好把他送进城里当鞋匠的学徒……

“爷爷哪，您快来接我吧，”万卡接着写道，[1]“我发誓，我一定为您向上帝祈祷，求您带我回家吧，求求您可怜可怜您的小孙子吧！我是个不幸的孤儿，他们所有人都会打我，我饿得发慌，心中痛苦极了，我总是哭。前阵子，老板还用楦头打我的头，直接把我打晕了，我好不容易才从昏迷中醒过来。我在这里生活苦到了极点，简直不如一条狗……代我问候阿莲娜、独眼龙叶戈尔，还有马车夫吧。请别将我的手风琴给别人。您的小孙子万卡·茹科夫上。亲爱的爷爷，快来吧！”

❶语言描写 ……… 小万卡终于发出了他的呼唤，感慨自己的身世，祈求爷爷前来带自己回家，这是他唯一的希望。

万卡将写好的信折了起来，放进了他昨晚用唯一的一戈比买来的信封里……他想了想，又用蘸了墨水的钢笔写了地址：

乡下爷爷收

最后，他又搔搔脑袋，补写道：

康斯坦丁·马卡雷奇。

[2]万卡十分高兴，因为没有人打扰他写这封信。他戴上破帽子，连外套都没有披，就朝街上跑去……

❷心理描写 ……… 小万卡这么高兴，是因为没有人打扰他写完这封信。

❶场景描写

小万卡在冰冷的屋子里做着美梦。在这个美丽的梦里，没有老板的欺压，只有温暖的火炉和慈祥的爷爷。

昨晚他从肉铺的伙计那里得知，只要把信放进邮箱就可以了，因为那个醉鬼邮差会按地址把信送往各地。于是，万卡跑到第一个邮箱前，将这封宝贵的信塞了进去……

[①]万卡回到屋里，在希望中进入了甜美的梦乡……梦里，爷爷正坐在炉子旁，光着脚，津津有味地跟女仆们读着信……泥鳅围着火炉摇着尾巴走来走去……

（1886 年）

精华赏析

小万卡在城里做学徒，受尽了老板的欺压，从而想回到美丽温暖的乡下。他趁着平安夜老板一家人外出，偷偷写了一封请求爷爷来带自己回去的信。

延伸思考

1. 万卡为什么想回到乡下？

2. 万卡的爷爷会收到信吗？

3. 如果你是万卡，你会怎么做？

相关评价

小说通过万卡写给爷爷的信，让我们了解了小万卡悲惨的生活，反映了沙皇俄国社会中贫穷儿童的悲惨境遇，揭示了沙俄社会的黑暗。

行乞者

名师导读

一个在街头行乞的乞丐受到了律师的质疑，为了证明自己，他开始在律师家做工，最终改头换面，迎来新生，可是这一切的转变不是来自骄傲的律师的指点，而是来自一个善良女子的劝告。

---

① “行行好吧，先生！可怜可怜我这个不幸的饥饿者吧！我已经饿了三天三夜了……就连过夜的钱都没有啊……我向上帝起誓，我的话句句属实哪！我曾经是个乡村教师，可是地方自治局把我赶出了家园，流离失所，无依无靠……拜托，先生，行行好吧！”

> ❶开门见山　交代了乞丐的身份以及他过去的经历，让读者直接认识了本文的主人公，一个贫穷的乞丐。

斯克沃尔佐夫是一个鼎鼎大名的律师。此时，这个大律师正仔细地打量着眼前这个行乞者：灰色破大衣，一双眼睛混浊且带着醉意，脸颊上还有红斑……一种似曾相识的感觉在律师的心中油然而生。

行乞者继续说道：“先生，不瞒您说，有人帮我在卡卢加省找了一份工作，可是我连路费都没有，拜托您，行行好，帮帮我吧！真是令人羞愧，我也是……是生活所迫啊！”

斯克沃尔佐夫的目光停留在行乞者不成对的鞋套上——一只高，一只低。

①“我想起来了，你——你就是那个我在花园外碰见的流浪汉，就在前两天。可是，你当时说你是大学生，还说是被学校开除的。怎么现在又变成乡村教师了？”

❶语言描写……

这位大律师充满了对乞丐的质疑，怀疑他编造身份欺骗世人，也让故事的走向变得扑朔迷离。

“不是的……您……您认错人了！”行乞者一脸窘相，结结巴巴地说道，“我的的确确是乡村教师，我不知道您所说的大学生……我……我有证件……”

“别说谎话了，我记得清清楚楚，就是你，那个自称大学生的人！怎么会弄错？”斯克沃尔佐夫被这个骗子气得脸都红了，他用厌恶的目光看着这个穿破大衣的骗子，继续说道，“真是太过分了，我一定要把你送进监狱！你这个骗子！卑鄙的小人。就算你贫困、饥饿，也不能欺骗人们的善心！可恶……”

行乞者如同小偷一样，惊慌失措，他抓着门把手，朝前厅看去，然后嘟囔着：

②“先生，我没有骗您，没有哪……我有证件……”

❷语言描写……

这位乞丐除了断断续续地辩解，并没有什么方法能证明他说的是真的，那么他到底是不是乡村教师呢？

“呸，我才不会相信你的鬼话，”斯克沃尔佐夫坚定不移地说道，“真是太狡猾了，谁都知道人们同情乡村教师和大学生，而你就以此为借口博取大家的同情，这简直是践踏

注释

嘟囔：指连续不断地小声自言自语，多表示不满。

大家的爱心，真是太卑鄙、太可恶了！”

斯克沃尔佐夫情绪激动，痛斥眼前的行乞者。因为没有什么比侮辱他所坚持的爱心、善良和同情弱者的高尚情操更让人生气的了。他认为自己的爱心，甚至整个社会的正义被无情地践踏了，善良的人在这个狡猾的骗子面前都变成了滑稽可笑的笨蛋。所以，他不停地斥责对方，直到这个行乞者不再为自己辩解，羞愧地低下了头。

“是的，先生！很抱歉！我……”行乞者将手放在了自己的胸膛上，说道，“我的确撒了谎！我不是乡村教师，也不是大学生。①我是俄罗斯合唱团的杂工，因为酗酒被合唱团开除了。但是，我该怎么办啊？上帝知道，如果我实话实说，谁会可怜我？谁会施舍我一口饭哪？我只有活活饿死或冻死街头！我要活下去，就不得不说谎……真的是走投无路才这样做的！”

①语言描写　乞丐终于表明了自己的身份。

“走投无路？你完全可以找点活儿干！难道还养不活你自己？”

“干活？我能干什么呢？就我这样……”

“你怎样？有手有脚，年纪尚轻，有力气，什么不能干？除非你不想靠劳动养活自己，说到底还是个爱喝酒的懒东西！跟那些从酒馆里出来的酒鬼没有丝毫差别，甚至更坏！你只会撒谎和靠乞讨不劳而获。你这种人就算什么时候想工作了，还得找那种只需要坐着、不用费力的活儿，比如坐坐办公室、唱唱歌或者去当台球记分员等等。难道你就没有一点儿力气吗？不能干点体力活吗？给人家看院子，或者去工厂干活。当然，这种事，你是肯定不会干的，你这种娇

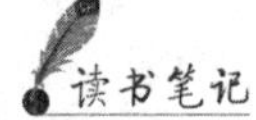

生惯养又自负的家伙……”

❶语言描写……… 乞丐开始辩解，找了一大堆理由来证明自己并非好吃懒做。

①“先生，您这样说就太过分了，我怎么……”行乞者被挖苦了半天，终于忍不住开口道，“我怎么不能干体力活？只是我去哪里呢？做伙计吗？那得从学徒开始，我一把岁数了；看院子？谁会让我看？还有我听不得别人任意指使我……工厂就更别想了，我什么手艺都没有……”

“什么乱七八糟的理由？完全是找借口！砍柴……砍柴你总会吧？”

“会倒是会，可眼下这境况，连那些地道的砍柴工人都找不到活儿干呢。”

“哎，懒人总是有诸多理由拒绝干活。真的给你提供机会，你也会找借口推辞。那我问你，要是我让你去我家砍柴，你去不？”

“这个……如果能吃饱饭，我当然去……”

❷语言描写……… 律师为了证明自己说的是对的——这位乞丐的确是一名懒汉，准备将他带回家，想取笑他一番。

②“好，好，那就这样，让我瞧瞧看，嗯……你是不是真的懒汉、无赖……咱们很快就能见分晓了！”

斯克沃尔佐夫马上把行乞者带回了家，给他安排砍柴的工作。这时候的律师难免有些幸灾乐祸，他搓着手对厨娘说道：

“奥丽加，把这个流浪汉带到柴房去，给他找点事情做，就让他劈柴好了！”

这个穿着破大衣的行乞者压根就不是为了填饱肚子跟着律师来家里干活的，他是被律师斥责得无地自容，碍于面子和自尊心，才勉强答应了律师提供的活儿。况且因为长期喝酒，他的身体并不是很强壮，他根本就不是身强力壮的小伙子，所以对砍柴的活儿没有丝毫兴趣。[①]但是，说出去的话，怎么能随便收回呢？所以他只好耸耸肩膀，硬着头皮跟着奥丽加往柴房走去。

斯克沃尔佐夫立刻走到饭厅朝着院子的打开的窗户边，从这里能够清楚地看到柴房的情况。他站在窗前，看见厨娘奥丽加和行乞者从后门走进院子，通过泥泞的雪地，走进了柴房。奥丽加露出不悦的神色，她将行乞者从上到下地打量了一番，然后双手推开了柴房的两扇门，凶巴巴的，以至于门发出了巨大的撞击声——“砰”！

斯克沃尔佐夫想：“或许是我耽误了她喝咖啡的时间，真是一个暴脾气的女人！”

接下来，斯克沃尔佐夫便看见这个“乡村教师”兼“大学生”坐在了一块粗木头上，他双手托着下巴，陷入了思考。奥丽加拿来一把斧头，毫不客气地扔在了他的面前，然后鄙视地吐了一口唾沫在地上。看样子，她还在骂人！行乞者只好心不在焉地拿起一块木头，用双腿夹着，举起斧头，胆怯地劈了一下。[②]可是，木头一下子就倒了。行乞者把它捡回来，朝自己的双手哈了哈气，又搓搓手，继续拿起斧头劈木头，可是，木头又倒了……

看到这一切，斯克沃尔佐夫心中的怒火消散了。他突然有些惭愧和难受，因为这样寒冷的天气里，他竟然强迫一个酗酒成性、娇生惯养、身体衰弱的人干这样的粗活。

“哎，算了，还是让他继续吧，这是为他好……”他想着便离开了饭厅，来到书房。

一个小时后，厨娘便来报告说流浪汉已经劈好了柴。

❶心理、行为描写

说明了这的确就是一名懒汉，只不过碍于情面不得不来到了律师家。

❷动作描写

乞丐虽然不情愿，可是已经来到了律师的家里，就只有极不情愿地开始劈柴。可是因为他已经行乞多年，很久没有劳动过，所以劈不动木头。

❶语言描写

律师之所以会这么高兴地给乞丐提供帮助，是为了证明他之前所说的是对的，更是出于拯救了一个社会边缘人士的虚荣心。

[1]斯克沃尔佐夫简直有些喜出望外，他对厨娘说道："很好，给他半个卢布的报酬，告诉他，要是他愿意，每月一号都可以来这里劈柴或干别的活。"

第二个月一号，行乞者果然来了，他虽然没有力气，但还是为自己挣了半个卢布。从这以后，行乞者总是经常来律师的院子找活干，不是砍柴，就是扫雪，要不就打水或清理屋子里的灰尘。每一次劳动，他都能得到相应的报酬——二十戈比、四十戈比……有时候，律师还会将一些旧衣物给他。

后来，斯克沃尔佐夫要搬家了，行乞者被雇来帮忙收拾和搬运东西。可是这一次，他虽然没有喝酒，却情绪低落，一句话也不说，只是埋着头搬东西。他连勉强自己打起精神的意思都没有，将脖子缩在衣襟里，哆哆嗦嗦地扶着货车走。

马车夫嘲笑他是无业游民，还说他的破外套是被穿烂了的贵族大衣。他十分尴尬，一句话也没说。

搬完了所有的东西，斯克沃尔佐夫把他叫到跟前，对他说：

❷语言描写

在乞丐通过自己的劳动证明自己以后，律师始终认为是因为自己的点化，这个乞丐才会幡然醒悟，重新做人的。

[2]"我看得出来，我说的那些话对你还是有所启发的，这是一个卢布，是你的劳动报酬。我知道，你现在已经不酗酒了，这很好。我还不知道你的名字呢。"

"先生，我叫卢什科夫。"

"卢什科夫，很好，你已经愿意劳动了，所以我给你找了另外一份工作。你会写字吧？"

"是的，先生。"

"好，那明天您带着这封介绍信去找信封上这个人，他是我的同事，会给你安排一个抄写的工作。一定要好好干，记住我跟你说的话。再会！”

① 能够把一个懒汉和骗子扶到正轨上来，斯克沃尔佐夫为此而高兴，他在卢什科夫的肩上轻轻地拍了拍，然后与他握手道别。

❶行为描写

律师十分高兴，因为他觉得自己拯救了一个处在社会边缘的人。

卢什科夫接过信离开了律师家，从此再也没来过这个院子。

两年之后的某一天，律师斯克沃尔佐夫正在剧院门口买票，突然看到一个熟悉的面孔，对方穿着羊皮大衣，戴着海狗皮帽子，身材矮小，怯生生地要了一张顶层楼座的戏票，那是最廉价的，大概五戈比。

“是你吗？卢什科夫！”斯克沃尔佐夫兴奋地喊道，“真是你！哈哈，现在怎样？你在做什么工作？日子过得好不好？”

“先生，能碰到您真是意外，我在一个公证人那谋职，一个月能挣到三十五卢布，日子还过得去……”

②“不错，不错！感谢上帝，我真为你高兴！卢什科夫！哈哈，严格来说，我可是你的教父，是我的责骂唤醒了你，让你走上了正轨。你一定还记得那些批评的话语吧？或许当时，你真的想钻到地缝里呢！真不错，我的朋友，但愿你还记得那些话！”

❷语言描写

两年过去了，律师依然认为是自己拯救了这个年轻人，并为自己当初的做法感到十分骄傲。

“先生，我的确要感谢您，”卢什科夫坦然地说道，“如果不是您让我去您家干活，说不定现在的我还是‘乡村教师’或‘大学生’呢！是您给我提供机会，让我从泥坑里挣脱出来了。我要谢谢您！您对我的教诲的确让我刻骨铭心，但是我更要感谢您的厨娘，是她让我的灵魂得到了救赎！但愿上帝庇护高尚善良的奥丽加，愿她永远安康……”

“等等，我不明白你在说什么。”

❶语言描写 卢什科夫道出事情真相，原来是善良的厨娘苦口婆心地规劝和感化，乞丐才改过自新，步入正轨。只有爱才能引导人们走上正轨，而不是高高在上的批评。

[1]“是这样的，先生。我刚到您家里劈柴的时候，奥丽加确实指着我的鼻子骂，说我是个酒鬼、无赖，活该饿死，还要下地狱！可是，后来，她就坐在我对面，满脸忧心地说道：‘你也是个可怜人、苦命鬼，在世的时候，没有享受到人间快乐，到了地下，也要被火烤，谁叫你是个酒鬼呢？哎……’她一有空闲，就会跟我说这样的话。她为我流过多少眼泪，生过多少气，我简直记不清了。最重要的是，她替我劈柴！其实我在您家里一根木头也没劈过，全是她劈的。我一直记得她的善良、无私，是她的高尚情怀救赎了我的灵魂，改变了我的行为，挽救了我的人生。她的恩情，我这辈子也不能忘记。抱歉，先生，剧院的开幕铃声响了，我得去找座位了。”

卢什科夫说完，给律师行了一个弯腰礼，然后朝着剧院的顶层走去。

（1887 年）

乞丐在街头借乡村教师的身份行乞时，被一名正直的律师发现，他试图将乞丐引入正轨，可是多年后才知道当初真正感化乞丐的人不是他而是一个善良的女人。

延伸思考

1. 乞丐之前的身份是什么？

2. 律师是一个什么样的人？

3. 为什么那个女人能感动乞丐？

相关评价

小说叙述了一个乞丐从坑蒙拐骗到重新做人的过程，描写了高高在上的律师和温柔善良的厨娘两个人物。律师并非不善良，只是出于自己身份的考虑，只会一味地批评和挖苦乞丐，可最终感动行乞者，让他走上正轨的却是厨娘真挚的同情和帮助。

不安分的女人

名师导读

美丽的女人伊万诺夫娜在婚后出轨一名英俊的画家，在丈夫知道这一切之后她仍不知悔改，故意羞辱丈夫，直到丈夫因病死去才追悔莫及。

一

在新娘奥丽加·伊万诺夫娜的邀请下，所有的朋友或熟人都来到了婚礼上。

❶语言描写

新娘对自己丈夫充满了爱意，希望全世界的人都认可自己的丈夫，也表现了这对新婚夫妇此时甜蜜的爱情。

①“你们瞧，他看起来不是很好吗？”奥丽加·伊万诺夫娜看了看自己的丈夫，对朋友们说道，企图让所有人都认可自己所嫁的这个普通得不能再普通的男人。

是的，她的丈夫的确是太平凡了，没有丝毫出众的地方，他只不过是个医生，论官阶顶多是个九品文官。他的名字叫作奥西普·斯捷潘内奇·狄莫夫，分别在两家医院兼职编外主任医生和解剖师。[①]每天早上九点，狄莫夫就要出发去第一家医院，负责接待患者、查病房等工作，到了中午，他就坐上马车赶往另一家医院，给死去的病人进行解剖。当然，他也会接私活，但所有的收入加起来也不过五百卢布，而且是一年的薪金。

❶概括描写 对这位新婚丈夫的工作做了一个简短的介绍。

关于这个平凡的医生，我们能介绍的就这些。可是，他的妻子我们要说的可就不止这些了，单是她那些名流或即将成为名流的朋友，需要介绍的就不少。这些人不是画家就是歌唱家或朗诵家，要么就是很棒的演员或作家。[②]总之，无论出名与否，这些人的社会地位都不是一个小小的医生所能及的。

❷概括描写 当时医生的收入不高，社会地位也不高，而妻子的这些朋友却都是所谓的社会名流。

比如有一位话剧演员，他不仅是人人称赞的天才，而且举止优雅，为人聪明而谦逊，此外，他还是一个杰出的朗诵家，奥丽加·伊万诺夫娜的朗诵就是他教的；还有一位大肚便便的绅士是个歌剧演员，他曾对奥丽加·伊万诺夫娜叹气道："你会把自己给毁掉的，要是你勤快一点，一定会成为了不起的歌唱家。"

这里还有几位有名的画家，不过最有名气的当属里亚博夫斯基，这位年纪不过二十五岁的英俊的金发青年，既是风俗画家，又是风景画家，还是动物画家。近日，他因一幅画达到了五百卢布的竞拍价而名气大增。这位杰出的画家为奥丽加·伊万诺夫娜的许多画稿做过修改，还说她在绘画的道路上一定会有出息。

接着，需要介绍的这位是大提琴手，他的琴声如泣如

注释

名流：指知名人士。

诉，他曾当众宣布，奥丽加·伊万诺夫娜是唯一一个够格给他伴奏的女性。

再接着是一位大名鼎鼎的年轻作家，他的作品包括短篇小说、中篇小说，还有剧本等。

当然，瓦西里·瓦西里奇也是值得一提的人物，他是当地的地主、世袭贵族，也是小花饰画家和插图画家，他非常热衷于古俄罗斯文风、史诗和民谣。无论是在纸上、瓷器上，还是熏黑的盘子上，这位贵族画家都用自己的巧手创造过令人称奇的作品。

❶概括描写 艺术家们看不起社会地位低下的医生。

[①] 这些艺术家们都被自由自在的命运给宠坏了，他们保持着高贵、优雅和谦逊的形象，只有生病的时候，才想起世界上还有种职业叫医生。在他们看来，“狄莫夫”与“西多罗夫”“塔拉索夫”等没什么区别。所以，尽管狄莫夫的个子很高大，但是在这群人的眼里，也只不过是个多余的、渺小的存在，是非常陌生的人。就连狄莫夫身上的礼服也似乎是别人的，他脸上的胡子也非常难看。当然，如果狄莫夫是个画家或文学家，那就另当别论了，兴许他的胡子就成了“左拉风”。

❷比喻 将新娘伊万诺夫娜比喻成开满鲜花的樱桃树。

一个演员在婚礼上这样称赞奥丽加·伊万诺夫娜，他说，[②] 拥有亚麻色头发的奥丽加·伊万诺夫娜穿上这身洁白的结婚礼服，简直就成了春日里一棵开满白色花朵的漂亮而端庄的樱桃树。

“好吧，我告诉您，”奥丽加·伊万诺夫娜拉着这位演员的手，娓娓说道，“这件事的确发生得非常突然，可这是命中注定的。您听我说……让我把事件的来龙去脉好好跟你讲讲……我的父亲，您知道，他也在医院工作，而且和狄莫夫在同一家医院。有一天他突然病了……善良的狄莫夫在我的父亲身边照顾了几天几夜……这是多么伟大无私的行为！作家、里亚博夫斯基，还有您……你们都好好听听……靠过来，仔细听着……你们说这是不是很无私？他对我父亲无微不至的照顾，投入了真诚的关怀，这些事多么令人感动啊！那时，我也守在父亲身边，照顾父亲。① 就在这期间，英雄爱上了公主。他追求我、照顾我，我们坠入了爱河。命运真是太奇妙了。后来，我父亲去世了，他常常来看我、陪着我……终于，在一个黄昏，英雄向公主求婚了……我又惊又喜，哭了整整一夜……是的，我确信我也爱他……现在，我们走进了婚姻的殿堂……正如你们所见，我们已经结为夫妻……他强健得像熊一般，不是挺好的吗？你们看，他现在侧着脸，我们看不到，可是等他面对着我们时，你们一定要仔细看他的脸，瞧瞧他的脑门。快看，他转过来了！里亚博夫斯基，怎么样？您说说他的脑门如何？嘿，亲爱的狄莫夫，快来，我们正在谈论你呢！”

说着，奥丽加·伊万诺夫娜便向他的丈夫招手，示意他过来。

“来吧，亲爱的。这是里亚博夫斯基……把你的手伸向他吧，你们会喜欢彼此的。”

② 狄莫夫的脸上带着温厚淳朴的微笑，他伸出手与里亚博夫斯基的手相握，然后说：

“很荣幸认识您。我大学的时候，有个同学也姓里亚博夫斯基，不知道你们是不是亲戚呢？”

❶语言描写

狄莫夫对伊万诺夫娜的父亲无微不至的关照，感动了这位美丽的姑娘。

❷神态、动作描写

狄莫夫作为一名医生，没有整天去高谈阔论，只会严谨认真地去救人。他待人温和，脸上总是挂着温厚的微笑，这也体现了他的善良。

二

新娘奥丽加·伊万诺夫娜芳龄二十二，她的丈夫足足比她大九岁。[1]像许多新婚夫妻一样，这对夫妻的小日子过得还不错。

❶概括描写

爱情和婚姻总是有着浪漫的开始，可却并非都有美丽的结尾。

客厅里所有的墙都被奥丽加·伊万诺夫娜挂满自己或他人的画稿，有很多画稿甚至镶上了精致的镜框；在钢琴旁有一个漂亮的小世界，奥丽加·伊万诺夫娜在这里装饰上半身雕像、画架、照片、阳伞、短剑、五颜六色的布片；饭厅墙壁是民间版画裱糊的，墙上挂着小镰刀、皮鞋，墙角还有一把草把和大镰刀，真是韵味十足。卧室更是别具一格，奥丽加·伊万诺夫娜把房间弄成了一个“洞穴”，天花板、墙壁上全是黑色的呢布，一盏威尼斯式的吊灯架在两张床的上空，还有一个手里举着长柄斧子的塑像站在门边。在所有人眼里，这对新婚夫妻的小窝是温馨的。

❷细节描写

描写一位美丽的少妇形象。

[2]每天，奥丽加·伊万诺夫娜会睡到十一点钟才起床，她先弹弹钢琴或画油画，过了十二点，她就去女裁缝那儿。因为她的丈夫收入不多，所以她不得不同女裁缝想出各种方法让自己既能穿得漂漂亮亮，又不至于负担太大。她们将一些旧衣服重新进行印染，再利用一些零碎的布头、边角料、花边绸缎或毛绒等加以装饰，最后缝制出漂亮的新衣来。奥丽加·伊万诺夫娜穿上这些“新衣”宛如人间仙子。她从女裁缝的店里出来，坐上马车去找跟她交好的那位女演员。她能够从女演员那里得到关于剧院的各种新闻以及各种戏票。

奥丽加·伊万诺夫娜离开女演员的家后，来到了某个画家朋友的工作室，在对方的引领下欣赏画展，再然后，她会因受某位名流的邀请或出于礼节上的回访而来到该名流家里，坐着聊聊天。①总之，无论奥丽加·伊万诺夫娜到什么地方，人们总是热情地欢迎她，对她十分友好、亲切，在每个人的口中，她都是可爱的、优秀的……那些所谓的名人、伟人们都视她如亲人，没有丝毫怠慢。这些了不起的人物都说如果奥丽加·伊万诺夫娜能够一心一意地学习和钻研，凭借着她的天赋、智慧和鉴赏力，将来一定会有很大的成就。他们说奥丽加·伊万诺夫娜无论是唱歌、弹琴还是绘画、雕刻，甚至参加业余表演都不是随随便便的，这些都是她才华的彰显。她将艺术融入生活中的每个细节，哪怕是扎彩灯、梳妆、系领带这些琐事，在奥丽加·伊万诺夫娜的手中也会变得优雅、可爱，充满艺术感。

❶叙述

说明伊万诺夫娜身份的高贵，很受人欢迎。

但是，论最杰出的方面，还是她的交际能力。奥丽加·伊万诺夫娜总是能够迅速地认识各类名人，并且很快同对方成为熟人。一旦她从别人那里听到了某个有点儿名气的人，就会立刻与这个人结识，并且在当天就成了对方的朋友，受到去对方家做客的邀请。

结交任何一个名人在她看来都是值得开心的事，因为她非常崇拜名人——所有的名人，甚至在梦里，她也忘不了这些名人。②她渴慕名人，且永不满足，一个旧的名人被遗忘了，她立刻就会结交新的名人来取代。无论新名人有多么的优秀，奥丽加·伊万诺夫娜都不会对他们永远保持崇拜，她会很快对此人感到失望，然后继续发现和认识新的名人或伟人，再失望再寻找……循环反复，可是她自己也不知道究竟

❷概括描写

伊万诺夫娜有着极强的虚荣心，她之所以去结识名人，是希望受到别人的赞扬和夸奖。

在找什么。

约莫五点的光景，奥丽加·伊万诺夫娜便在家同她的丈夫一起进餐。她喜欢她丈夫的健康、朴实、单纯、温厚。有时候，奥丽加·伊万诺夫娜会忍不住蹦跳着，冲到丈夫跟前，抱住对方的头，吻了又吻！

❶语言描写

这句话是全文悲剧的起点，正是因为狄莫夫不喜欢艺术，只专注于自己的医学事业，让妻子更加疏远，引发后面的悲剧。

[1]“我的狄莫夫，你真是个聪明高尚的人儿，”奥丽加·伊万诺夫娜说，“不过，你对艺术没有丝毫的兴趣，也不认可绘画和音乐，这就是十分严重的缺点了！”

“我弄不懂这些东西！”丈夫老实地说道，“我从事的是医学工作，是同自然科学打交道的，所以没有时间和兴趣去了解艺术。”

“但是，狄莫夫，你知道吗？不懂艺术可不好，很不好！”

“怎么说？每个人都有自己要做的事、自己的兴趣，你的朋友们对于自然科学、医学都不懂，但你也不会说他们，我不了解绘画、音乐不也很正常吗？不过，既然有如此多优秀的人为艺术奉献一生，也有很多爱好者花钱购买他们的杰作，这样看来，艺术应该有它的价值，所以我并不否定它们，虽然我不了解。”

读书笔记

“亲爱的，来，来，伸出你诚实的手，让我握一握吧。”

每天吃完饭，奥丽加·伊万诺夫娜都会去拜访某个熟人，去音乐厅或是戏院，直到深夜才回家。

奥丽加·伊万诺夫娜会在每个星期三举办家庭晚会，但是晚会上没有人跳舞，因为女主人和客人们津津有味地谈论着各种艺术。他们还会以各种艺术活动自娱，比如某个演员朗诵、歌唱家唱歌，还有大提琴家演奏乐曲，等等。女主人还会一如既往地拿出纪念册，让画家们在上面作画，虽然这样的画册，我们的女主人已经有很多了，但是她觉得还不够。女主人也会进行才艺表演，唱歌、绘画、伴奏、雕刻、演奏、朗诵，等等。大家谈论艺术，并为此争论不断，但整个氛围十分高雅，这里没有一个女宾，①因为在女主人看来，除了自己的裁缝和那位女演员，其他的女人都是平庸乏味的。

❶心理描写

伊万诺夫娜的内心自视甚高，认为其他女人都不如自己有品位，都是平庸乏味的。

每当一个客人到来，女主人就会应铃声开门，然后露出满脸惊喜的神情，对其他人说道："就是他。"即某位受邀而来的名人。客厅里是没有狄莫夫的身影的，当然也不会有谁发现这一点，因为大家根本不在乎他。但是，到了十一点半的时候，这位男主人就会打开通向饭厅的大门，对客人们微笑着说："先生们，请到饭厅吃点夜宵吧！"

于是，所有人都来到了饭厅，桌上摆放着的东西永远都是一样的：一盘牡蛎、一块小牛肉、一块火腿、奶酪、鱼子酱、沙丁鱼、蘑菇，还有两瓶伏特加酒或葡萄酒。

"我的好管家！"奥丽加·伊万诺夫娜兴奋地合着手说道，②"亲爱的，你太可爱了！先生们，都瞧瞧他的脑门吧！亲爱的，把你的脸转过来吧。先生们，你们瞧，他的脸像不像孟加拉虎？还有他脸上的神情真是可爱善良得如同小鹿哩！真是可爱极了……"

❷语言描写

狄莫夫为大家准备了丰盛的晚餐，两人默契配合，让这个家充满了朝气。

客人们一边进餐，一边打量着男主人，他们的心里都认

注释

鱼子酱：又称鱼籽酱，鱼子即鱼卵，严格来说，只有鲟鱼卵才可称为鱼子酱，其中以产于接壤伊朗和俄罗斯的里海的鱼子酱质量最佳。

可了这位好人，不过他们并不会把他放在心上。很快，客人们的注意力又回到了音乐、绘画、戏剧等艺术形式的讨论话题上。

这对新婚夫妇显然是幸福的、温馨的，他们的日子过得如此惬意。可是，到了他们蜜月的第三个星期，情况就发生了改变，他们不仅过得不满意，甚至可以说有些悲哀了。

❶概括描写 在经过甜蜜的新婚生活之后，两人迎来了第一个难关。

①狄莫夫在工作中不小心感染了丹毒，他在病床上躺了六天，还被剃光了头发。他的妻子坐在他的床边，整日以泪洗面。然而，当他的情况好转，妻子便在他的光头上包了一块白布，还把他化装成了阿拉伯人，真是有趣极了，两人因此重拾了快乐。

好不容易等到狄莫夫身体康复，回去上班了，可是三天后他又因为给尸体做解剖而不小心割破了手指。这天夫妻俩坐在餐桌前吃饭，狄莫夫突然沮丧地说道：“亲爱的奥丽加，我可真是倒霉，今天在解剖的时候，不小心弄破了手指！”

“天哪！”奥丽加吓了一大跳。

可是狄莫夫却微微一笑，说道：“没什么大不了的，解剖时割破手指也是常事！都怪我太大意了。”

奥丽加·伊万诺夫娜还是非常担心丈夫会感染败血症，每晚都向上帝祈祷。后来，丈夫果真平安无事，两人的生活恢复了幸福和快乐。是的，他们的生活非常美好，至少目前为止是这样的。

❷概括描写 描写了这对新婚夫妇在郊区的幸福时光。

很快，春天到了，世间万物都展开了笑颜，快乐是没有尽头的。②从四月到六月这三个月的时间里，夫妻俩都住在郊外的别墅，他们一起钓鱼、游玩、速写、听鸟儿的歌声，等等。接着便是七月，秋天到了。伏尔加河成了画家们的宠儿，热衷艺术的奥丽加·伊万诺夫娜理所当然地成了旅行团里必不可少的人物。她的两套旅行服都是用亚麻布缝制的，还有旅行所需的画笔、画布、颜料和调色板等，全都备齐了。

里亚博夫斯基差不多每天都会来看看奥丽加·伊万诺夫娜的画艺有何长进。他双手插兜，咬着嘴唇，仔细地看着奥丽加·伊万诺夫娜画架上的画，然后慢条斯理地说道：

“嗯，你瞧这朵云彩，它正在说：‘我不要当夕阳下的云朵。’前景似乎都被吃光了，您明白吗？有时候，有些东西不能和我们看到的一样……瞧，这个小木房似乎有些透不过气来了，它正在哀鸣呢……嗯……这个屋角可以再暗一点儿。但是，整幅画还是非常棒的……我十分喜欢。”

①里亚博夫斯基越是云里雾里，奥丽加·伊万诺夫娜就越能够理解和认同他。

❶概括描写

画家故作神秘，正好迎合了奥丽加·伊万诺夫娜的虚荣心。

三

降灵节第二天，狄莫夫早早地吃过午餐便去买了一些奶酪、鱼子酱、白鲑鱼等小吃，然后带着它们坐上了火车前往别墅看妻子。

他和妻子分开已经有两个星期了，因此非常想念妻子。他下了火车，穿过树林，找到了自家的别墅。这时，他又累又饿，可是心情非常愉悦，想着马上就可以和妻子共进晚餐，想到妻子见到他带来的这些美味小吃时的惊喜模样就忍

读书笔记

注释

伏尔加河：全长3530千米，是欧洲最长的河流，也是世界最长的内流河，流入里海。

不住笑起来。他终于在夕阳下找到了别墅。这座林中别墅看起来已经非常老旧了，低矮的天花板上裱糊着写字的纸，凹凸不平的地板已经裂了不少缝隙。别墅一共有三个卧室，其中一间摆放着床铺，另外一间堆满了画布、纸笔，还有男人的衣帽等。①狄莫夫来到第三个卧室，竟然有三个陌生的黑发男人在这里，其中两个留着胡子，只有肥胖的那个把脸剃干净了，看起来像个演员。

❶场景描写

伊万诺夫娜天性奔放，喜欢结交朋友，尤其是演员、艺术家之类。

桌上茶炊的水正沸腾着。见有人进来，那个演员便用厌恶的口吻问道："您是谁？是来找奥丽加·伊万诺夫娜的吗？如果那样，您请等一等，因为她出去了。"

狄莫夫没有回答，找了个椅子坐了下来。另外一个男子正在给自己倒茶水，他似醒非醒地看着狄莫夫，随口问道："大概，您也需要喝点茶水吧？"

其实，狄莫夫在路上的时候就非常想喝水和吃东西了，可是他不想因此破坏了晚餐的食欲，所以他有礼貌地拒绝了。

这时，门口响起了熟悉的脚步声和笑声。果然，奥丽加·伊万诺夫娜走了进来，她的头上戴着宽边草帽，手里拎着一个盒子。紧跟着她走进来的，是满脸泛着快活的红光的里亚博夫斯基，他的手里拿着折凳和大洋伞。

奥丽加·伊万诺夫娜一进门就看见了自己的丈夫，她又惊又喜地叫道：②"天哪！亲爱的狄莫夫！"她激动得满脸通红，边喊边跑过去，将双手和脑袋放在了丈夫的胸上。"你怎么这样久才来看我啊？为什么？为什么啊？"

❷语言描写

表现了伊万诺夫娜活泼的性格和浮夸的行为。

"我也很想来看看你，可是，你知道，我非常忙，一直抽不出时间，一旦我有了空闲，又对不上火车的钟点。"

"没关系，你终于来了，不是吗？你知道吗，我看见你是多么开心哪！我一直担心你，生怕你患病，就连做梦都梦见你呢！哈哈，你自己都不知道你的出现是多么及时哩！看见你，我就看见了救星，除了你没有人能帮我啦！因为就在明天，这里将举办一个非常特别的婚礼。”说着，她微笑着系好了丈夫的领带，“新郎是火车站的电报员契凯尔杰耶夫，他长得非常英俊，真的，而且也很聪明，很有才华。在他的脸上，你总能看到如同熊一样顽强的表情。如果可以，我真想把他画成漂亮的瓦里亚格人。虽然他不富裕，但是所有的避暑客都非常喜欢他，而且都答应参加他的婚礼……你想，他孤零零的一个人，又很胆小，如果我们不关心他，我们的良心怎么能安宁？嗯，婚礼会在做完弥撒后举行，然后，所有人都会走出教堂去新娘的处所……那是一个小树林，那里有草坪，有鸟儿的歌声，所有的人都将成为绿色背景中五颜六色的花朵，是不是非常有意思？这让我想起了法国印象派。但是，亲爱的，我该穿什么去参加婚礼呢？”[①]奥丽加·伊万诺夫娜突然愁眉紧锁地说道，“你知道，这里没有连衣裙，没有饰品，甚至没有手套……是的，什么都没有！亲爱的，你一定要救我！如今上帝派你来到我身边，就是让你来拯救我的！我太开心了！好吧，亲爱的，你回家一趟，帮我拿来衣柜里那条粉红的花边裙吧！记住了吗？就是最右边那条！……接着，你去贮藏室里找两个放在右边地板上的厚纸盒，里面放着许多绢花，各种各样的！你千万不要弄皱它们哦！你把它们带过来，让我自己挑选……对了，再帮我买副漂亮的手套。”

“好吧，”狄莫夫温柔地说道，“我明天一早就出发。”

[②]“明天？”奥丽加·伊万诺夫娜难以置信地问道，“明

❶神态描写

夫妻相见，都应该是喜笑颜开，激情相拥的，可是她却突然愁眉紧锁，这又是为了什么呢？

❷语言描写

表现了伊万诺夫娜虚荣、自私的性格特点。

天怎么来得及？婚礼上午就举行了。亲爱的，今天就得回去，马上！如果你没有时间送过来，就叫个人送过来，必须尽快！走吧，快……下一班客运列车很快就到了，赶紧的！狄莫夫。”

“哦，好吧！”

“唉，其实我也非常不想让你走，”奥丽加·伊万诺夫娜热泪盈眶地说，“都怪我，干吗要答应那个电报员的邀请呢？哎……”

①于是，狄莫夫赶紧端起一杯茶，喝了两口，又拿了一个小面包，向他的妻子温柔地笑了笑，转身便赶往了火车站。

❶行为描写 面对美丽的妻子近乎无理的要求，狄莫夫仍然只是温柔地对妻子笑一笑，就转身赶往了火车站，这是对妻子有着多深的宠爱啊！

狄莫夫带来的奶酪、鱼子酱和白鲑鱼等美食，最终都进了那三个陌生男人的肚子！

四

七月的某个夜晚，月光洒在伏尔加河上，那样平静、美妙。河面上有一艘轮船，甲板上站着两个欣赏夜景、思考人生的男女——奥丽加·伊万诺夫娜与画家里亚博夫斯基。奥丽加·伊万诺夫娜看着美丽的河岸，聆听着轻轻的水声。画家站在她的身边，说道：“你瞧，那水中的并不是黑影，而是梦幻！无论是水的迷人，还是光的梦幻，抑或是无尽的苍穹、静谧的河岸，都在诉说着空虚乏味的人生。要是我们能忘记自己，抛开一切，将一切化成回忆，我们就能感知那永恒的美好、无限的幸福。也许，我们的生命只有在这样的夜晚才能感知世界的美好，世俗的生活是多么的令人厌倦，我们为什么要这样乏味地活着？”

读书笔记

里亚博夫斯基的声音与夜晚的寂静完美地融合在一起，将奥丽加·伊万诺夫娜带入了沉思，她想：[①]“我怎么会死呢？我是不可能死去的！我的未来是艺术大家的人生，天地如此之广，我将在这广阔的天地里，享受人们的崇拜、爱戴，一切的荣耀都会来临……”

[②]她想着，耳边仿佛响起了庄严的音乐声，灯光照亮了她的白色连衣裙，人们欢呼着向她簇拥而来，鲜花像雨点一样落在她的身上。她的身旁站着这个堪称完美的画家，他的作品如此美、如此不平凡。他是天才，是伟人，是上帝的赤子！她相信他一定可以成为稀世天才，他会让世界惊叹！无论是他对黑影、月光的描述，还是他对人生的感悟、生活的品位，都展现了他的与众不同，展现了他深刻的思想、特立独行的行为方式，像鸟儿一样的自由生活，这些无不让她沉醉。

❶语言描写

伊万诺夫娜本就多愁善感，才会轻易相信画家的花言巧语。

❷心理描写

描述了在伊万诺夫娜的想象中画家堪称完美。她沉醉于这种美好的想象中。

晚风袭来，奥丽加·伊万诺夫娜不禁打了一个哆嗦，她说：“天凉了！”

里亚博夫斯基脱下自己的外套，披在了她身上，然后楚楚可怜地说道：“我想，我已经被您深深地吸引了，我完全成了您的俘虏，您为什么如此美丽？”

他含情脉脉地看着她，以至于她不敢直视他的双眼。

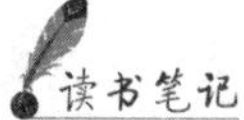

他又凑近她的脸颊，说道：“我已经爱上您了，如此疯狂，简直不能活下去了。只要您说一句话，我甚至可以将艺术抛弃……”他说得如此激动，以至于她能明显地感受到他的气息、他的心跳，“您能爱我吗？您爱我吧……”

“不，里亚博夫斯基，拜托您，别这样，”奥丽加·伊万诺夫娜将眼睛闭上了，她双手按住胸口说道，“这太可怕了。我的狄莫夫该怎么办？”

“狄莫夫？狄莫夫？他与我们有什么关系？此时此刻只有月亮，只有伏尔加河，只有你和我，以及我们的喜悦，我们的情怀，没有什么狄莫夫……哎，其实我也不知道该怎么办……我不要您的过去，也不求永远，只需要此时此刻，一个瞬间……一个瞬间就好。”

奥丽加·伊万诺夫娜突然感到心跳加速，她努力地想丈夫，可是不管是丈夫，还是婚姻生活，都顿时变得渺小起来，变得微不足道，所有的生活场景都飘走了……谁是狄莫夫？有没有他又有什么关系？此时此刻他只不过是一个梦。

“作为一个平凡而普通的人，他已经得到了幸福。”她想着，把脸埋进了自己的手心，[①]“好吧，让我们在一起吧，管他谁会指责，会诅咒。我就是自甘灭亡……我就是要感受生活的所有。我的老天，这多么吓人，可是又多么美妙！”

❶语言描写　伊万诺夫娜就像一个少不更事的少女，在别人三言两语的哄骗下就抛弃了道德和对自己丈夫的承诺。

“您说好吗？爱我吧！”里亚博夫斯基嘟哝着将她抱在怀里，“多么美妙的夜景，多么美好的爱！”

“是啊，真美好！”她小声地应和着，望着夜空下对方闪烁的双眼，然后搂着对方的脖子，热情地拥吻。

突然，甲板的另一端，有个人说道：“就要到基涅什姆啦！”

随后就响起了沉闷的脚步声，小卖部的售货员从他们身边走了过去。

奥丽加·伊万诺夫娜有些不知所措，她撒娇似的说道：“去给我弄杯葡萄酒吧。”

画家脸色发白，他怀着激动的心情，用感激且带宠爱的眼神注视着奥丽加·伊万诺夫娜，然后将头靠在栏杆上，闭着眼睛，面带倦意，却保持着微笑说道：

“我累了！”

五

九月二日是个阴天，薄雾从大清早就开始在伏尔加河上飘荡。大约九点钟的光景，这里突然下起小雨来，击碎了人们对晴天的最后幻想。

“画画是最无趣、最没有出息的艺术，我根本不算个画家，只有笨蛋才说我是天才！”里亚博夫斯基说道。然后，他拿起桌上的小刀，朝自己最满意的一张画稿划去。[①]很显然，画家的心情非常糟糕。他喝完茶，心情不仅没有改善，反而更加郁闷。他坐在窗前，眺望眼前的伏尔加河，感到它是如此浑浊、冰冷，毫无色彩。

❶心理描写

曾经最热爱的艺术如今成了最无趣的东西，美丽的伏尔加河也变得如此浑浊。不知道他们之间发生了什么事情才会有这么大的转变呢？

秋天——那个令人苦闷的萧瑟的季节就要来了。伏尔加河收起了两岸的绿毯、钻石般的阳光，还有蔚蓝的天空，总之大自然所有的美，都将被收藏起来，只有等到春天才会重新显现。伏尔加河附近飞来飞去的乌鸦们似乎都在嘲讽这一切，它们不停地发出嘎嘎的聒噪声，好像在说“光秃秃——光秃秃——”

[②]里亚博夫斯基想到自己的才华就要消耗殆尽了，未来的一切都是迷茫的，世上所有的东西都是相对的、愚蠢的，自己根本就不应该同这个女人有关系……总之，他内心的苦闷找不到发泄的出口，心情真是糟糕透了。

❷心理描写

大胆追求艺术与爱的画家，此时把一切变坏的理由统统推到伊万诺夫娜的头上。

此时，坐在隔板后床上的奥丽加·伊万诺夫娜正用手指拨弄着她那头亚麻色的秀发，她的脑海里浮现出自己在卧室、客厅和丈夫书房里的画面，她还想到了剧院，想着自己是如何去女裁缝那里，如何与那些名人朋友交谈的。她不禁在心中说道："也不知道他们在干吗，会不会想我？秋天来了，应该为晚会的事打算打算了。还有狄莫夫，我的狄莫夫！他已经不止一次在信里央求我回去了，真是像个孩子一样。"这时，①她又想起了丈夫每月给自己汇来的七十五卢布，还有她谎称要还画家一百卢布时，狄莫夫很快就给她打来了一百卢布。真是个善良、老实的人哪！

❶心理描写

在经过了这一切之后，伊万诺夫娜开始想念起了自己老实的丈夫狄莫夫。

奥丽加·伊万诺夫娜已经对旅行感到厌倦了。乡下的无聊让她迫不及待地想离开，还有这里的潮气、不干净的感觉，这些都让她浑身难受。要不是里亚博夫斯基对别的画家许诺要同他们在这里住到九月二十日，她真是巴不得今天就离开，不，是马上就离开！

"上帝哪，"里亚博夫斯基无奈地呻吟道，"太阳去哪里了？何时才能让我继续我的阳光风景图啊？"

"亲爱的，你不是有张阴天的画稿吗？"奥丽加·伊万诺夫娜一边走过来，一边说道，"那幅画以树林为背景，旁边还有一群奶牛和鹅。现在，你正好可以画完它，不是吗？"

"唉！"里亚博夫斯基把眉头一皱，不耐烦地说道，"把它画完？我已经笨到需要你来教我做什么了吗？"

"你怎么这样？我哪里惹你不高兴了？"

"哼！"

奥丽加·伊万诺夫娜的脸一阵抽动，走到火炉旁，呜咽起来。

"②"哭吧，我就是缺少眼泪。见鬼吧，就算我有一万条理由哭泣，我也绝不流一滴泪！"

❷语言描写

当年就算是情人稍有情绪，画家也会万分着急，只想逗得美人一笑，可如今呢？为什么会变成这样子？

"理由？"奥丽加·伊万诺夫娜哭诉道，"我看最大的理由就是我成了你的累赘！"说完，她哭得更大声了，"实话实说吧，你是因我们的爱而感到羞耻了，你甚至不让我们的关系被那些画家们察觉，实际上，他们都知道了。”

“奥丽加，我就拜托您一件事，”画家将手放在心口上，近乎央求地说道，①“只有一件事，求求你别再折磨我了！除此之外，我别无所求。”

❶**语言描写**

从海誓山盟到彼此厌恶需要多久的时间，也许要不了多久，也许要很久。

“那您发誓，发誓您还是深爱着我的！”

“见鬼！”画家咬着牙，说道，“放过我吧！要不然我就只有去跳伏尔加河了，否则我就只能等着疯掉。”

“您还是把我给打死好了！打吧！您打我啊！——”

奥丽加·伊万诺夫娜嚷嚷着，然后大声哭着走到隔板后面。

雨水沙沙地打在小木房的房顶上。里亚博夫斯基双手抱头，在屋子里来回打转，随后他的脸上显现出毅然决然的表情，他戴上帽子，拿着枪出去了。

奥丽加·伊万诺夫娜趴在床上哭了很久，开始的时候，②她甚至打算服毒自杀，她想让里亚博夫斯基回来后就看见死去的她。要是那样，该多好啊！接着，她就想着自己回到了家里，来到客厅，来到丈夫的书房，然后在丈夫身边安静地坐着，内心充满了安宁。到了晚上，她来到剧院，聆听着玛西尼的歌声。她一想到自己热爱的文明、城市的热闹和那些交好的名人，就感到心痛。

❷**心理描写**

伊万诺夫娜产生了可笑的念头，想用死来获得情人的关注。

这时，有个农村妇人走了进来，娴熟地生起炉子，做饭的时间到了。房子里顿时充满了煤渣和浓烟混合的气味，就连空气都成了蓝色的。画家们接二连三地回来了，因为下了小

注释

煤渣：煤燃烧后剩下的东西，主要成分是二氧化硅、氧化铝、氧化铁、氧化钙、氧化镁等。

雨，个个脸上湿漉漉的，脚上的高筒靴也沾满了污泥。他们在自己的画稿前仔细地端详着，自我安慰地说："即使在这样的坏天气，伏尔加河仍有它别样的魅力。"

傍晚时分，里亚博夫斯基总算回来了，他将帽子朝桌上一扔，苍白的脸上显出疲惫不堪的神色，穿着满是污泥的靴子就在长凳上躺了下来，闭上了眼睛。

"好累……"他动了动眉毛，想努力抬起眼皮来。

奥丽加·伊万诺夫娜已经缓和了自己的情绪，为了向情人表示亲热，也为了说明她不再生气了，①她走到里亚博夫斯基跟前，轻轻地吻了吻他的额头，然后拿着梳子想给他梳理那头淡黄色的头发。

❶动作描写

这时候两人还处于冷战之中，这样亲密的举动已经在示弱，希望得到对方的回应。不知道这位始乱终弃的画家会如何回应呢？

"你干什么？"他打了个寒战，用冰冷的口气问道，"求求您，别来烦我！"他一把将她推开，起身走到一边去了。她清楚地看到了他脸上的厌恶与烦躁。

这时，农妇端着一盘白菜汤小心翼翼地走了过来。农妇肮脏的手指戳到了盘中的汤里。可是，里亚博夫斯基却接过盘子，吃得津津有味。②尽管最初的时候，她是多么喜欢这种朴实的生活，从中看到过艺术性，可如今，她对眼前的一切感到厌恶，甚至害怕。一种受辱的感觉在她的心里油然而生，于是她斩钉截铁地说道：

❷心理描写

被情人再次拒绝之后，伊万诺夫娜终于开始反思了。

"我们分开一些日子吧，我们待在一起只会因无聊而吵架，况且我已经对这里的生活厌恶到了极点。今天我就走！"

"走？怎么走？拄着拐棍吗？"

"今天是周四，晚上有一班轮船。"

"对！对！好吧，好吧！"里亚博夫斯基说着，拿着毛巾擦了擦嘴，“我看你在这儿也是无事可做，走吧，回去吧。二十天后，咱们再见！”

里亚博夫斯基的冷漠并没有让奥丽加·伊万诺夫娜伤心，恰好相反，此时此刻，她高兴极了，甚至兴奋得脸都红了。她边收拾行李，边自言自语：“我很快就可以在自家的客厅画画、弹钢琴，在舒服的大床上睡觉，在精美的桌布上吃饭啦！”

“里亚博夫斯基，我把颜料和画笔留给你，”她说，“嗯，不过，你得把我给你留下的这些东西全都给我带回来……还有，没有我，你别嫌寂寞，也别偷懒，勤快工作。加油！”

①里亚博夫斯基在小屋里给她告别之吻，她知道他这样急迫地吻别她，是不想让轮船上的那些画家看见。之后，里亚博夫斯基把她送到了码头。她上了轮船，朝家的方向出发了。

❶细节描写

画家的确不再对伊万诺夫娜有爱意，甚至把这份关系视为耻辱。

两天后，奥丽加·伊万诺夫娜终于回到了心心念念的家。她上气不接下气地跑进了客厅，甚至来不及脱掉身上的雨衣和帽子，就经过餐厅走进了卧室。她原本以为自己有足够的勇气和能力对丈夫隐瞒一切。她回到餐厅，穿着坎肩的丈夫正坐在餐桌前，磨着刀叉，桌上有一盘松鸡。他抬起头来，朝她微笑，笑容是如此敦厚温柔，以至于她的心都软了。②她认为自己欺瞒一个如此善良、老实，又爱自己的人，真是卑鄙透了，简直和强盗浑蛋没什么区别。她的内心饱受煎熬，她决定把一切告诉丈夫。于是，她让丈夫抱着自己，又亲吻了一下丈夫，最后捂着脸，跪在了丈夫面前。

❷心理描写

此时伊万诺夫娜，忐忑不安，内疚万分。

狄莫夫对妻子的举动猝不及防，不知所措地问道：“你怎么啦，亲爱的？是不是想家了？”

她的脸因为愧疚和羞耻而变得通红，她抬起头，看着丈夫，眼里满是惭愧。但是，她还是不敢说出实话，因为她为自己的行为感到可耻，又害怕丈夫不能接受自己的错误。

“没……没……没什么……”她说，“我……”

“来，坐下吧，”他将她搀起来，温柔地将她扶到椅子旁，“嗯，这就乖了……来尝尝这松鸡的味道吧！你一定饿坏了吧？我的小可怜。”

❶场景描写

在伊万诺夫娜隐瞒了与情人的事情后，家里又重新恢复温馨的氛围，可就是在这看似温馨的环境中却种下了悲剧的种子。

[1]家里的空气让她感到亲切又舒服，她深深地呼吸了一下，然后将一片松鸡放到了嘴里。丈夫看着妻子的举动，欣慰又感动地笑了。

六

冬季已经过去了一半，狄莫夫才发现妻子的欺骗行为。可是，好像是他自己做了令人惭愧的事，总是回避着妻子的眼神，也不主动向妻子微笑，还经常邀请科罗斯杰列夫到家里来吃饭以尽量避免跟妻子独处。

❷概括描写

在知道了妻子出轨的事情之后，温柔善良的医生狄莫夫没有责骂妻子，可是却不知道该如何面对她，只能通过谈工作的方式来避免与妻子的接触。

科罗斯杰列夫是狄莫夫的同事，身材矮小，留着平头，脸上布满了皱纹，性格十分腼腆。每一次，他同奥丽加·伊万诺夫娜讲话的时候，总是不知所措，不是解开所有的上衣扣子，就是重新扣上扣子，再不然就用左右手来回捋唇髭。

[2]在餐桌上，两个医生总是谈论着工作中的事。比如，心脏的跳动会因膈膜升高而出现不规则现象；最近有许多人都患了神经炎病症；前两天解剖的那个患恶性贫血病病人的尸体胰腺里有癌，等等。总之，他们所讨论的话题是奥丽

加·伊万诺夫娜丝毫不感兴趣，或者根本听不懂的。他们这样津津乐道，其实只是想让女主人保持沉默，不给她说谎的机会。

读书笔记

吃过晚饭，科罗斯杰列夫坐到了钢琴边，狄莫夫站在旁边，唉声叹气地说道：

“我说，老兄，来一首悲凉的曲子吧！怎样？”

科罗斯杰列夫便抬起双肩，将手指放在琴键上，几个谐音从他的指尖流出，然后他亮开嗓子用男高音唱着——

“你说说，哪个地方的俄罗斯农民不会痛苦地呻吟……”

①狄莫夫又叹了一口气，坐在旁边，用手背支撑着歪斜的脑袋，陷入了沉思。

❶行为描写 在悲凉的曲子声中，善良温和的狄莫夫陷入了深深的痛苦之中。他不知道如何面对妻子，可是却又割舍不下对妻子的爱意。

最近，奥丽加·伊万诺夫娜非常不谨慎，她每天早上都非常暴躁。她认为自己对里亚博夫斯基已经没有了爱意，因此，感谢上帝，一切都过去了。可是，当她喝完咖啡，就改变了自己的想法，她认为是里亚博夫斯基害她失去了狄莫夫的爱。现在，她既没了丈夫的关爱，又没有了里亚博夫斯基的情义。她又想起人们最近热烈讨论的关于里亚博夫斯基画展的事，大家说他为此准备了一张惊世之作，这幅画完美地融合风景与民俗，展现了别具特色的波列诺夫风格，所有亲眼见过这幅画的人都为之欣喜。她想里亚博夫斯基能够创作出如此杰作，完全是在她的影响下才做到的。②反正，没有她，里亚博夫斯基就不会有如此大的成就。她对他是至关重要的，一旦她抛弃他，他就会陷入痛苦的深渊，他的创作也不会有任何进步。她记得他上回来看她的时候，还穿了一件非常别致的灰色外套，外套上满是可爱的小星星，他还精心

❷心理描写 伊万诺夫娜向来自视甚高，认为画家都是因为自己才得以成功，可事实却不是这个样子。

配了一条崭新的领带，有气无力地问她："我好看吗？"实际上，他真的非常迷人，卷卷的黄头发，蓝色的双眼，迷人的微笑，而且他对她也非常温柔。

奥丽加·伊万诺夫娜想到这些，就迫不及待地穿上了漂亮的外套，激动万分地去了里亚博夫斯基的画室。在画室里，里亚博夫斯基正在欣赏自己面前那幅华美的画，他连蹦带跳地逗趣，用戏谑的口吻回答严肃的问题，自娱自乐，好不快活！①奥丽加·伊万诺夫娜看到这一切，对那幅画产生了嫉妒之心。不，应该说她憎恨这幅画才对！可是，为了保持礼貌，她在画前保持了五分钟的沉默，然后如同感叹圣物一般地叹了口气，小声地说道：

❶心理描写　伊万诺夫娜觉得这幅画抢去了她的风头，让她在情人面前没有了往日的吸引力。

"是的，它的确是人间杰作，简直令人敬畏，不是吗？"

接着，她楚楚可怜地求这位天才画家爱她，别抛弃她，求他可怜她这个悲哀的女人，她拉起他的手，亲吻着，让他发誓他会一直爱她。她还告诉画家，如果没有她，他就会走向毁灭。可是，这些都没有让画家对她表现出一丝的爱怜，反而让她颜面扫地。她受了屈辱之后便愤然地离开了画室，来到那女演员的家，拿着几张戏票去听戏了。

②有时候，画家没有在画室，她就会留下一封信给画家，让他去看她，说如果她见不到他，就会服毒自杀。画家因为害怕，不得不去看她，还会在她家吃顿午餐。即使她的丈夫就在旁边，他也会毫不客气地讽刺她，而她也丝毫不让步，两人针锋相对。可是，他们彼此都明白，谁也离不开谁了，他们就是捆绑在一起的敌人或暴君。他们吃过饭，画家就会毫不留恋地离开。

❷概括描写　伊万诺夫娜强迫画家去看她，他们互相折磨，到底是为了什么呢？

“您要去哪儿？”奥丽加·伊万诺夫娜问他，并且用憎恨的目光盯着他。

他眉头一皱，眯起眼，随随便便扯出一个女人的名字——这个女人是大家都认识的。很明显，画家是想嘲笑她的妒忌心，故意使她恼怒。

她回到房间，躺在床上号啕大哭，内心的嫉妒、屈辱、懊丧和羞愧等复杂情绪挥之不去。这时，丈夫就会对科罗斯杰列夫说声失陪，然后来到房间，既紧张又难为情地说道：

①“何必呢？亲爱的……难道您认为这是值得宣扬的事情吗？……这种事理应保持沉默的……况且过去的事已经过去，哭也无法挽回。”

❶语言描写

丈夫总是纵容自己的妻子胡闹，依然只是劝告。

她的内心膨胀着强烈的嫉妒，以至于她的太阳穴都快炸裂了。她突然不哭了，因为她觉得事情是可以挽回的。于是，她洗干净脸，给自己扑上粉掩盖住泪痕，然后飞速地找到了里亚博夫斯基口中的那个女人，可是他并没有在这里，她又去第二家找，接着是第三家……刚开始的时候，她还为自己这样到处找人而感到难为情，可是后来她就习以为常了。很多时候，她可以一夜间跑遍所有她和里亚博夫斯基共同认识的女人的家，所以大家都知道这其中的奥秘了。

一天，当她和里亚博夫斯基说到狄莫夫时，她用充满轻蔑和不屑的口吻说道：

②“他是想用自己的宽宏大量压制我！”

❷语言描写

丈夫的善良被妻子毫无顾忌地利用，为自己开脱。

她非常喜欢这个理由，这让她可以毫无愧疚地面对丈夫，甚至光明正大地去找她的情人。无论她碰见谁，说起自己与画家的事时，她都会用这句话来解释丈夫的行为。

每个星期三，他们的家还是会一如既往地举办晚会。画家们绘画，演员们朗诵，音乐家演奏，还有歌唱家唱歌。每到十一点半，狄莫夫都会打开饭厅的门，走出来面带微笑地说道：

“宾客们，咱们到饭厅吃点儿东西吧。”

❶概括描写

一切都好像回到了从前的样子，可是有些东西终究回不去了，那就是爱情。

①奥丽加·伊万诺夫娜还是一如既往地热衷于发现、追逐和结交新的名人。她每晚都是后半夜才回家。但是，她的丈夫并没有像从前那样睡在卧室等她，而是在书房忙碌着，一直到凌晨三点他才会疲惫地入睡，第二天早晨八点钟又早早地起床了。

忽然有一天夜晚，狄莫夫穿着崭新的礼服，衬衣领上系着白色的领带，走进卧室，奥丽加·伊万诺夫娜正在穿衣镜前整理自己的衣衫。狄莫夫的脸上展现出许久未见的温柔的微笑。他对妻子说：

“我的论文答辩通过了！”说着，他坐在了床上，揉着自己的膝盖。

“是吗？”她问道。

❷语言、神态描写

狄莫夫希望与妻子分享自己的喜悦。

②“是的，通过了！”他兴奋地回答道，同时为了看清镜子里妻子的脸而伸长了脖子。她背对着他梳理着自己的秀发。

“知道吗，我很可能晋升为普通病理学的副教授，很可能！”

假如此时此刻，奥丽加·伊万诺夫娜能和丈夫一起分享他的喜悦和胜利，那么丈夫一定会原谅她的一切错误，无论是过去的还是现在的，所有的错误、谎言都能得到丈夫的原谅。然而，她对“普通病理学”“副教授职位”等都是一窍不通，况且比起这些来，她更在乎能否早点出门看戏。所以，她并没有表现出丝毫的兴趣，什么话也没有说。

两分钟后，狄莫夫站起身来，愧疚地笑了笑，走出了房门。

七

[1]这天，狄莫夫的感觉非常糟糕，他的头非常痛，他一直躺在书房的长沙发上，既没有吃早点，也没有去上班。而他的妻子奥丽加·伊万诺夫娜还是跟平日一样，在中午的时候去了里亚博夫斯基的画室，她要让他看看自己的静物画画稿，同时弄清楚他昨天为什么没有来找她。虽然这张画在她自己眼里是毫无价值的，可是这不重要，关键是它是一个可以让她去找他的很好的理由。她没按门铃就直接走进了画室。可是，她在门口脱鞋时似乎听见了一种沙沙声，还看见了一个女人闪过的影子。她赶紧望向画室，眼前飞快地闪过一条棕色的裙子，并在那幅大画后面消失了。[2]黑布盖着这幅巨大的画，很明显，在它的后面藏着一个女人！如同奥丽加·伊万诺夫娜曾经躲在它后面一样。里亚博夫斯基的脸色十分尴尬，似乎很惊讶她的到来。他勉强摊开双手，微笑着说：

❶叙述

狄莫夫身体不适，可他的妻子又在干什么呢？

❷细节描写

画家放荡不羁，有很多情人，伊万诺夫娜只是其中之一。

"呀，呀，您怎么来了？有什么好事情吗？"

泪水涌上了她的眼眶，她内心的悲哀和羞愧让她不愿意开口，尤其是在那个躲在画后面的情敌，一个龌龊的女人面前，她不想成为笑柄。于是，她嘴唇微微颤抖，小声地说道：

"我带来了画稿，您给看看……是……静物画。"

"哦，画稿？"

画家接过画稿，边走边看，用看似不经意的方式把她领到了另一个房间。

"静物画，不错……堪称完美，"他在嘴里嘟囔着，还用押韵的语调说道，"库罗尔特……波尔特……乔尔特。"

这时，奥丽加·伊万诺夫娜听见了外面的脚步声和沙沙的衣裙声，她知道那个女人已经逃走了。她很想大喊大叫，甚至用手边的什么东西狠狠地砸碎里亚博夫斯基的脑袋，然后逃之夭夭。可是，她什么也没有做，强忍着泪水，不让自己哭出来。[①]她内心充满了羞耻感，甚至觉得自己不再是奥丽加·伊万诺夫娜了。是的，她只不过是只卑微的虫子，根本不是什么女画家。

❶心理描写

在发现自己受骗之后，伊万诺夫娜终于认识到了事情的本质：对自己，画家只不过是逢场作戏。她觉得受到了羞辱，感到十分自卑。

这时，里亚博夫斯基没有了刚刚的兴致，他懒洋洋地说道："我疲乏了……虽然画稿很好，可是您反反复复地画静物，去年如此，今年如此，上个月这样，下个月还这样……您难道画不腻吗？如果是我，我就干脆不画这些没用的东西了，做点什么别的不好，音乐、朗诵？您不是画家，您应该是音乐家才对！好吧，我真的累了，我得叫仆人给我端杯茶来……"

说完，他就离开了房间，吩咐仆人端茶，又说了几句话。奥丽加·伊万诺夫娜在他回来之前，跑到门厅穿上了鞋，走出了画室。她不想告辞，也不想解释，更不想在他的面前崩溃流泪。

[②]街上的空气让她舒服了一点儿，她想，她彻底自由了，同里亚博夫斯基、画画，还有那种让她喘不过气来的羞耻感都脱离了关系，所有的事都画上了句号。

❷心理描写

伊万诺夫娜以为自己终于解脱了，不会再受到来自画家的困扰，一切都结束了。

她去了女裁缝那里，又探访了昨日才回来的巴尔纳伊，最后还去了乐谱店，可是不管到哪里她的心里都在想一件事，那就是如何给里亚博夫斯基写一封决裂信，这封信要足够冰冷、足够残酷，同时也要维护自己的尊严。她还想跟狄莫夫一起去克里米亚，春天或夏天都行。她要在那里与过去一刀两断，开始新的生活。

这天夜里，她回家的时候已经很晚了，可是她顾不得换衣服就在客厅写起那封信来。

这时，书房里传出了狄莫夫的喊声："亲爱的……亲爱的……"

"什么事？"

①"您站在门口就行了，千万别进来！是这样的……我前天在工作的时候，染上了白喉，这会儿……很难受。您叫科罗斯杰列夫快过来吧！"

可是，奥丽加·伊万诺夫娜却大声喊道：

"不，奥西普，这办不到。"她一直不喜欢喊丈夫的姓——奥西普，因为这让她想到了果戈理《钦差大臣》中的奥西普和"奥西普，爱老婆；阿尔希普，开药铺"的俏皮话。

"亲爱的，去吧，我真的很难受……"从门缝里传出狄莫夫微弱的声音，然后她听见了他走向沙发和躺下去的声响，"去吧……"

"到底该怎么办？"奥丽加·伊万诺夫娜心里很慌张，全身发抖，她想，这是非常危险的。

然后，她拿着蜡烛回到房间，想想该怎么做，突然她看到镜子里自己苍白的脸，吓了一大跳。她终于意识到自己的可恶，想着非常对不起丈夫，辜负了丈夫的深情，然后她趴

读书笔记

❶语言描写

狄莫夫为自己热爱的工作而生病了。

在床上哭了起来，最后才拿起笔写信给科罗斯杰列夫，这时已经是深夜两点了。

八

①早晨八点钟的样子，奥丽加·伊万诺夫娜拖着沉重的身子走出房门，她的样子很难看，披头散发，脸色十分憔悴。

一个男人从她面前经过，直接进了前厅，这个男人留着胡子，看起来应该是个医生。药味从书房里散发出来，科罗斯杰列夫站在书房门口，用手捋着唇髭。

“抱歉，您不能进去。”科罗斯杰列夫的脸色十分阴沉，他毫不客气地对女主人说道，②“会传染，况且……您也没有进去的必要……他一直在说胡话。”

“真的是白喉吗？”奥丽加·伊万诺夫娜胆怯地问道。

“简直是胡来，太可怕了，真该让法院来处理。”科罗斯杰列夫没有回答女主人的话，而是自言自语地说道，“您知道他为什么会被传染吗？上周二，有个患了白喉的孩子来医院就诊，他居然用吸管帮那孩子吸喉咙中的黏膜。简直太愚蠢了！真是太糊涂了啊……”

“这种病是不是非常可怕？是吗？”她问。

“的确，非常可怕。只有去叫希列克了。”

这时，一个身材瘦小，鼻子很长，顶着一头红发的男子跑了过来，听口音，像犹太人。接着，是一个身材高大的男人，头发蓬松，背有些驼，看起来简直像个大助祭，再后面是个胖胖的青年，戴着眼镜，脸上红红的。他们都是狄莫夫

❶外貌、神态描写

伊万诺夫娜十分注重自己的形象，但在知道丈夫的病情之后，一夜之间变得憔悴万分，这也激发出了她埋在心底对丈夫的爱。

❷细节描写

这里医生说得很隐晦，狄莫夫在生命边缘会说些什么胡话，还不让妻子进去听，不难想象是关于妻子的。

的同事，到这里来轮流照顾狄莫夫。科罗斯杰列夫从昨晚到现在，一直像影子一样徘徊在各个房间。

女仆们要忙着听医生调遣，还要给医生们送茶水，根本没有时间去收拾房间，到处都充满了凄凉和寂静的气息。

奥丽加·伊万诺夫娜在房间里坐着，她想一定是因为她欺骗了狄莫夫，所以上帝要惩罚她。她的丈夫是个默默无闻、逆来顺受的人，无论她做什么，他都毫无怨言，总是保持着他温顺的性格，过分的善良让他没有了个性，甚至过于软弱。如今，这个可怜的人正躺在沙发上，独自承受病魔的折磨，可他还是无怨无悔。[①]要是他能抱怨，即使是说梦话，医生们都会明白他的痛苦不仅仅来源于病痛，还有更深层的原因。对于这点，科罗斯杰列夫再清楚不过了。这也是他总用鄙视和憎恶的目光看她的原因。是啊，对于狄莫夫的痛苦，她才是主犯，白喉最多是帮凶。此时此刻，她再也不想那个伏尔加河上美丽的月夜，也不想所谓的山盟海誓，更不想朴实的田园生活，这些东西污染了她的灵魂，让她再也无法清洗自己的内心……

“谎言真是罪大恶极！”她想到自己与画家的不正当关系，自我咒骂道，“真是罪该万死哪！”

到了四点钟，她才同科罗斯杰列夫一起坐在餐桌前吃午餐。科罗斯杰列夫皱着眉头喝了两口酒，什么也没吃。[②]她也吃不下东西，心里不断地向上帝祷告，并且发誓，如果丈夫的病能治好，她就会一心一意地爱他，做一个忠贞的好妻子。她想，上帝一定会处死她，因为她害怕传染，一次都没去看病中的丈夫。她心绪不宁，胡思乱想，她想她的生活已经彻底毁灭了，她已经坠入了深渊……

❶心理描写

狄莫夫在生病以前一直因为妻子的事而过得不开心，每天郁郁寡欢，因此病痛只是狄莫夫表面的痛苦，他心底的痛苦是来自对妻子的失望。

❷心理描写

狄莫夫处于重病之中时，伊万诺夫娜终于知道了自己心中最爱的那个人是谁，可是已经于事无补了，只能祈求上天让丈夫好起来。

夜幕降临，她来到客厅，科罗斯杰列夫在榻上休息，他枕着金线绣的绸枕头，嘴里打着呼噜——“呼……噜……呼……呼噜……”

书房里来来回回换了几班医生，但没有人关注客厅的一切，更没有人欣赏墙上那些画稿，所有人的心思都在书房的病榻上。[①]杂乱中，有个医生冷笑了一声，笑声在这微妙的气氛中显得那样可怕。

❶细节描写

在这么紧要的关头，这位医生到底在笑什么呢？

等奥丽加·伊万诺夫娜再次来到客厅时，科罗斯杰列夫正坐在榻上抽烟，他小声地说道：

“是鼻腔白喉症，情况很不妙，他的心跳已经失去了规律。”

“那快去请希列克先生啊！”奥丽加·伊万诺夫娜紧张地说道。

“他已经来了。就是他判断出鼻腔白喉症的。唉，这时候，就算是希列克也没有办法了！希列克和科罗斯杰列夫已经没什么区别了。”

时间一分一秒地过去，奥丽加·伊万诺夫娜躺在床上，这张床已经一天没有收拾过了，她穿着衣服躺在上面，迷迷糊糊的，好像整个屋子里堆满了铁块，压得所有人喘不过气来，只有清除掉这些铁块，大家才能轻松。等她睡醒，终于明白这不是铁块，是丈夫的病！

“什么静物画，什么波尔特……”她陷入了昏迷中，“库罗尔特……波尔特……希列克怎么样？希列克，弗列克，格列克……还是克列克。[②]我那些好友都在什么地方？我的遭遇他们都知道吗？上帝啊，宽恕我吧……宽恕我吧！希列克，弗列克，格列克……”

❷语言描写

伊万诺夫娜一直热衷于结交各路名人，而忽视了丈夫的爱。丈夫弥留之际，没有一个人陪在她身边，人情冷暖，只有她自己知道。

时间一分一秒地过去，楼下的钟摆滴滴答答地响着，医生们进进出出……女仆端着放有空杯的托盘走了进来，小声地问道：

“太太，需要收拾一下床吗？”

女主人没有回应，女仆只好退了出去。她在钟摆的滴答声中进入了梦乡，梦中伏尔加河又下起了小雨。忽然，有个人走进了她的房间。她惊醒过来才看清来者正是科罗斯杰列夫。

“什么时间了？”

“三点左右。”

“发生什么事了吗？”

①“还能有什么事？……我是来对您说：他去了……”

说完，科罗斯杰列夫就忍不住啜泣，坐在了她的旁边用衣袖擦着自己的眼。她不明白他在说什么，感到全身发冷，然后她不自觉地在胸前画了个十字。

“他去世了！”科罗斯杰列夫大喊了一声，放声哭起来。“他真的死了，为了医学奉献了自己的生命……对于医学界来说，这是何等的损失哪！”他哭诉着，“他跟我们这些平凡人比起来，是多么伟大、多么不平凡哪！真是人间少有的天才哪！他是人类医学的希望！上帝啊，让我们去什么地方再寻找这样杰出的科学家啊？奥西普·狄莫夫——奥西普·狄莫夫！您怎么这样糊涂啊！唉唉，上帝啊……”

科罗斯杰列夫双手捂着脸，不住地叹气、摇头，②接下来的话似乎对某人怀有十分大的怨气，他说：“他的品德多么高尚哪！他是如此纯洁、善良，他的灵魂如同水晶般神圣，他为科学服务、为科学献身，他如同牛一样辛苦地工

❶语言描写

医生狄莫夫凌晨三点在痛苦中死去了。

❷细节描写

科罗斯杰列夫是对谁怀着十分大的怨气？正是这位让狄莫夫陷入痛苦的美丽妻子伊万诺夫娜。

作，没有任何人可怜他。他是一位大有希望的科学家，是教授的最佳人选，可是却不得不做私活，晚上做翻译，就是为了买这些没用的东西！”他憎恶地看着朋友的妻子，狠狠地抓着被单，好像这被单是罪魁祸首。

“没有人可怜他，就连他自己也不怜惜自己！真是可悲，但这又有什么办法啊？”

这时，客厅里传来某个男低音的声音：①“的确如此，他是世间少有的人才！”

❶直抒胸臆　表达了对狄莫夫医生崇高的敬意，敬佩其伟大的人格和对医学事业的贡献。

这句话把奥丽加·伊万诺夫娜带进了回忆，她与丈夫在一起的所有的生活细节都一幕幕地浮现在她的眼前，此时此刻她才醒悟过来——他就是那个她苦苦寻找的世间少有的伟人！她将所有认识的名人拿来同他相比较，他们都显得渺小，只有他才能称得上伟大！她记起了去世的父亲是如何夸赞他的，以及他的同事是如何敬佩他的，多么不平凡的人哪！

她看着屋里的天花板、吊灯、墙壁和地毯，似乎所有的事物都在嘲讽她，说：“你看走眼了！你已经彻底没有希望了！”她终于哭出声来，跑向了书房。

读书笔记

书房里，那张土耳其式的长沙发上躺着她已经去世的丈夫，他的头仰着，脸变得干瘪、蜡黄，非常可怕，眼睛微闭着，腰到腿部都被床单遮盖着。奥丽加·伊万诺夫娜简直不敢相信这就是那个温柔体贴，常带微笑的老实人。她跑过去，跪在沙发旁，用手摸他的额头、胸膛，握着他的手，尽管胸口留有一丝热气，可是头和手已经冰冷得让人害怕。

“狄莫夫——狄莫夫——”

她想告诉丈夫，他是一个多么伟大、少有、不平凡的人，她要一生一世仰慕他、崇拜他，为他祷告，视他如神灵……

[①] “狄莫夫——”她喊叫着，拍打丈夫的尸体，无法接受他再也醒不过来的事实，“狄莫夫——狄莫夫……”

❶语言描写 逝去的永不会再回来，悲痛欲绝的伊万诺夫娜再也不能唤醒已经死去的狄莫夫。

客厅里响起了科罗斯杰列夫的声音，他对女仆吩咐道：

“别在这里傻站着问东问西了！赶紧去找养老院的婆婆们来，只有她们知道怎么擦洗死者的遗体。去吧！收殓的事都得交给她们。”

（1892年）

精华赏析

小说描写了少妇伊万诺夫娜在新婚不久后出轨，被丈夫知道后仍不知悔改，变本加厉地折磨丈夫，在丈夫因病逝世之后才幡然醒悟的故事。

延伸思考

1. 伊万诺夫娜为什么嫁给狄莫夫?
2. 画家喜不喜欢伊万诺夫娜?
3. 狄莫夫是因为什么病去世的?

相关评价

这篇文章围绕着伊万诺夫娜与狄莫夫的爱情展开，其中穿插了出轨风波，到最后点出狄莫夫才是最伟大的那个人，表达了作者对于普通劳动者的赞美，另一方面也对蔑视劳动、欺世盗名、心灵空虚的人进行了讽刺。

文学教师

名师导读

文学教师尼基丁生活富足，娶到了梦寐以求的姑娘，过着幸福安稳的生活。直到有一天他发现自己所处的环境是多么恶劣，身边的人都是多么庸俗，才开始了痛苦的反思。

一

马蹄踩在原木地板上，发出“嗒嗒”的声音，黑马努林伯爵被牵出来了，接着是一匹白色的叫作维利康的马，后面是玛依卡，它是维利康的妹妹。[①]这些都是上等的名贵马。舍列斯托夫走向维利康，给它上好马鞍，转过身看着女儿玛莎：

❶细节描写 通过写这些名贵的马，衬托出人物的家境优越，说明这是发生在富豪之家的故事。

“玛丽娅·戈德芙鲁阿，准备上马吧！”

玛莎·舍列斯托娃是家中最小的孩子，虽然已经十八岁了，可家里仍然把她当作小孩子，按照之前小时候的叫法，称呼她为玛纽霞或者玛丽娅。后来城里来了一个马戏团，她非常着迷他们的表演，之后大家便以“玛丽娅·戈德芙鲁阿”来称呼她。

“唷！”她轻声吆喝着，蹬着马鞍骑到了维利康的背上。

玛纽霞的姐姐瓦丽娅骑的是玛依卡，尼基丁骑的是努林伯爵，军官们也都相继骑上各自的骏马，一列漂亮华丽的马队呈现在人们面前。[①]军官们身穿白色的军队制服，小姐们则是一身黑色的骑马装，大家昂首挺胸，缓缓走出院子。

❶场景描写

写出了这一次贵族出游的情景，军官与小姐们都是盛装打扮，举止优雅地走出来！

大家骑着马在大街上缓慢前进，尼基丁发觉，从上马开始，玛纽霞总是看着自己。接着她担忧地对尼基丁和他的努林伯爵说：

“谢尔盖·瓦西里依奇，您要时刻握紧马嚼子，不然很难控制它的！不能让它畏缩！”

可能是维利康和努林伯爵比较要好，可能只是凑巧，这两天，玛纽霞骑着维利康一直是走在尼基丁和努林伯爵旁边的。他看着那匹骄傲的白马身上的那个娇小、柔美、匀称的身材，那优美的侧影，看着她头上有些大的高筒帽，心里一阵阵悸动和兴奋。[②]他看她看得入了迷，甚至连她跟他说的话，他都没有听清楚。他暗暗想道：“我发誓，我保证，今天一定要告白，不能再害羞了，上帝保佑……”

❷细节描写

尼基丁因为心里喜欢着玛纽霞，才会在心爱的人面前方寸大乱，甚至都没有听清楚她说的话。

傍晚六点多，刺槐和丁香发出浓郁的香味，就连空气和其他的花草树木也好像被这浓香冷却了。城里公园中的乐队已经开始奏乐了，这一列马队走在城市的马路上，发出清脆的“嗒嗒”声，大家被喧闹的说话声、笑声、开门声包围。迎面走来一排士兵，他们严肃地向军官们敬礼；三五成群路过的中学生都尊敬地向尼基丁鞠躬。所有来公园的人看到这列马队都会变得很愉快，不管他们是悠闲地散步或是急忙来

❶环境描写……烘托出一种惬意与温馨的氛围，让人觉得很愉悦。

到这里听音乐的。[①]天气十分暖和，天上的云彩慵懒地飘着，无序地散布在广袤的天空中，街道两旁的白杨树和刺槐拖着长长的影子，笼罩着对面房子的凉台。一切都是那么惬意和温馨！

马队穿过城市来到了郊外。他们在广阔的大道上奔驰，丁香和刺槐的香味渐渐消失，音乐声也越来越模糊了。不过，这里大片的田野发出一股清香，小麦的嫩芽也发绿了，花栗鼠吱吱地叫着，白嘴鸦发出呱呱的聒噪声。环顾四周，一大片绿野，点缀着零星的黑色和一道白色，那黑色是几片瓜地，白色是远处墓地上快要凋谢的苹果花。

他们走着，路过了屠宰场和啤酒厂，又碰到一群急着去郊区公园演奏的军乐队员。

“不可否认，波利扬斯基的马很不错！”玛纽霞看着瓦丽娅身旁的那个军官，对身旁的尼基丁说道，“但是它并不完美，您看，它左腿上的那块白斑长得太明显了，不好看，并且，那匹马一直往后仰着头，这一点是没办法改正的，它会一直这样仰着直到死去。”

❷心理描写……说明玛纽霞的心胸不开阔。

玛纽霞也跟她的父亲一样，非常爱马，甚至可以说是痴迷。[②]她看到别人拥有了一匹好马，心里就很不是滋味，可当她发现别人的马有一点儿不好时，她的心里就痛快些。尼基丁不懂马，勒住缰绳或者控制马嚼子，快跑或者慢跑，在他看来都是一样的。他只关心自己骑马的状态，他感觉自己骑马的姿势看起来像新手，一点都不自然，所以，玛纽霞肯定更欣赏那些骑马好的军官。尼基丁有些吃醋了。

他们路过郊外的公园，有人建议停下来喝点矿泉水，大家就下马进去了。公园里只有一些刚长出嫩叶的橡树，远远望去，可以通过嫩叶间的缝隙纵览公园的景色，看见公园里的秋千、小桌子、戏台子，还有一些像大圆帽的乌鸦的巢。军官和小姐们在一张桌子周围坐了下来，买来矿泉水喝。有些公园里的熟人看到了他们，便走过来打招呼。其中一个军医和等着乐队到来的军乐队队长走了过来，军医以为尼基丁是大学生，便问他说：

“您是放暑假回来的吗？”

①“不，不是，我就住在这里，”尼基丁停顿了下，接着说，“我是一个中学的老师！”

❶语言描写

尼基丁的自述说明了他的身份。

“这么年轻就成为老师了！”军医有些惊讶地说。

“已经二十六岁了，不年轻了……”

“可您看起来很年轻，虽然您留着胡子，但看起来最多也就二十出头。”

“真是胡说！”尼基丁心想，“怎么连他也觉得我像小孩子！”

尼基丁很不喜欢别人说自己年轻，尤其是在女人和学生面前。从他到这里教书开始，他就一直讨厌自己长得年轻。②因为年轻的外表，学生们不把他放在眼里，老头儿们总是称呼他年轻人，女人们都愿意跟他跳舞而不愿意听他的学术见解。他希望能够让自己看起来老一点，如果要因此付出大代价他也愿意。

❷概括描写

因为自己年轻的外貌而掩盖了自己的学术见解，尼基丁为此十分苦恼，也批判了人们只看重外表，不注重内在的想法。

他们骑马走出公园，继续向前，最后到达舍列斯托夫的庄园。大家在庄园门口停下，叫来了庄园管家的老婆普罗斯科维娅。普罗斯科维娅给他们准备了鲜牛奶，可大家谁也没喝，只是互相看看，笑着掉头策马回家。回家的途中，公园里的军乐队已经开始奏乐，太阳也被甩到了墓地的后方，西方的天空被夕阳染得红彤彤的。

玛纽霞骑在维利康的背上，走在尼基丁的身旁。① 他多想告诉这位姑娘，他对她的爱慕是多么强烈，可是他又怕瓦丽娅和那些军官们听到，就什么都没说。玛纽霞骑着马一言不发，但尼基丁却感到很幸福，他似乎明白为什么玛纽霞沉默着，为什么要走在自己身边。尼基丁感觉周围的一切都是那么可爱，空旷的道路、美丽的夕阳、路灯的微光都是那么美好。他感觉自己和努林伯爵像是行走在天空中，要到那美丽的红色中去。

❶心理描写

尼基丁内心充满了对这位姑娘强烈的爱意，可是出于青年人的羞涩，始终难以启齿。

他们一行人到家了，茶炊早已经准备好，就放在花园的桌子上。舍列斯托夫跟几个朋友和地区法官像平常那样围坐在桌子旁谈事。

“太粗鄙了！”舍列斯托夫说着，“简直是粗鄙，先生们，对，就是粗鄙！”

② 从尼基丁爱上玛纽霞开始，他就爱上了她家里的所有东西：舍列斯托夫家的房子、花园、藤椅、茶炊、保姆，甚至舍列斯托夫的口头禅“粗鄙”。不过，他仍旧不喜欢那些动物，为数众多的猫和狗，凉台上那些被关在笼子里整天哀叫的埃及鸽子。舍列斯托夫家的狗实在是太多了，尼基丁跟他们一家认识这么长时间才只认清了其中两条。一条是叫木什卡的掉了毛的小狗。这条小狗身上的毛没了，头上却还留着许多，它非常凶，看起来很讨厌尼基丁，因为每次尼基丁来到家里，它就冲着他龇牙咧嘴“汪汪……”地叫。接着木

❷概括描写

爱屋及乌，在心里爱上一个人的时候，就会爱着她的全部，即便是那些很常见的东西，也因为跟情人有了关系而变得分外亲切。

注释

埃及：国家名，位于北非东部。埃及既是亚非之间的陆地交通要冲，也是大西洋与印度洋之间海上航线的捷径，战略位置十分重要。

什卡便趴在椅子下，尼基丁想要赶走它时，它又大声地吠起来。这时候，主人就会说：

“别怕，它是条好狗，不会咬你的！”

另一条是叫做索姆的黑色大狗，腿很长，尾巴又长又硬。大家在吃饭或饮茶时，它总是在旁边转悠，甩着尾巴打到人们的腿上或者桌子腿。这条狗很老实，但尼基丁不喜欢它。它总是把它的头靠在饭桌前的人们的膝盖上，使它的唾液沾满别人的裤子，这让尼基丁难以忍受。他总是用刀把敲它的狗头，用手弹它的狗鼻子，骂它、呵斥它，但还是无济于事，裤子仍然会被唾液沾湿。

①运动过后，普通的食物也显得很可口，桌子上摆满了面包、茶炊、果酱，大家都不说话，喝完了一杯茶。不过到第二杯时，他们就争论起来，并且像往常一样，这争论是由瓦丽娅开始的。

❶场景描写

描绘出俄国上层社会中人们的生活场景。

瓦丽娅是家里的长女，现在已经二十三岁了，长得很漂亮，在相貌上超过了玛纽霞，并且是大家公认的舍列斯托夫家里最聪明、最有修养的女儿。她的举止端庄，跟其他的母亲过世了的长女一样，她是家里的女主人，所以她可以穿着短上衣面对客人们，并且直接用姓氏来称呼那些军官。她还把玛纽霞当小孩子，经常用女上司的口吻跟她说话。瓦丽娅经常说自己是老处女，这个意思就是，她相信自己一定能嫁出去。

每次谈话，甚至是谈论天气，瓦丽娅都一定会弄出争论。②她像是有一种癖好，喜欢发掘人们话里的语病，找出矛盾，然后进行争论。只要一有人和她说话，她就会直勾勾地盯着这个人，没一会儿，她就突然打断别人的话，说：

❷概括描写

描写了瓦丽娅争强好胜的性格特点。

"对不起，不过，彼得罗夫，这和您昨天说的可一点也不一样啊！"

不然她就用嘲笑的语气说："恭喜您，您现在已经开始为第三厅原则宣传了。"

❶语言描写 瓦丽娅对俏皮地挖苦别人乐此不疲。

如果跟她谈话的人说了句俗语或者双关语，①她就会立刻插进来："早过时了！"或者"贫嘴！"如果是军官说了这样的话，她就不屑地回复："丘八的俏皮话！"

她发出"丘"字的时候故意拉长声音，木什卡听到后也跟着响应："呜……汪……汪汪……"

这回喝茶的争论开始于尼基丁谈论中学考试。

"对不起，谢尔盖·瓦西里依奇，"瓦丽娅急忙插嘴道，"您说学生们都认为考试题很难，那么您觉得这是什么原因呢？谁该负责呢？举个例子说，您给八年级的学生出了一个名为《心理学家普希金》的作文题，这个题目也太难了，并且，普希金是心理学家吗？如果您说谢德林或者陀思妥耶夫斯基，那就不一样了，普希金可是位诗人呢！"

"谢德林和普希金有什么关系？"尼基丁有些不悦地说。

❷语言描写 普希金在诗歌中对人物心理的描写十分细腻，可是在大姐瓦丽娅这里，普希金只能是个诗人，体现了她思想观念的迂腐与狭隘。

"我明白，你们中学的老师不太能瞧得上谢德林，可问题是，您能告诉我，普希金为什么是心理学家吗？"

"那好，我就给您讲讲。"接着尼基丁就读了《奥涅金》和《鲍里斯·戈东诺夫》里的几段。

②"可是我并没有听出这跟心理学有关系，"瓦丽娅皱着眉说，"描写人的心理变化的人才可以被称作心理学家，而您读的却只是诗。"

注释

第三厅：俄国沙皇的最高警察机构。

“您认为的心理学是什么呢？”尼基丁非常生气，“您觉得让人用锯子锯我的手，然后我痛得大声喊叫，这样才算是心理学？”

“您真是爱开玩笑！但是，您还没讲清楚，普希金怎么就成了心理学家？”

每当尼基丁遇到他认为的那些狭隘陈腐的思想或这类的观点而必须进行辩论时，都会从座位上跳起来，用手托着脑袋，满脸愁容，气呼呼地在房间里踱步。[①]现在他也是这样，在房间里走来走去，双手捂着脑袋，最后坐到了一个较远的位子上。

❶动作描写

体现了当时知识分子的处境。

军官们也都支持尼基丁。波利扬斯基上尉告诉瓦丽娅，普希金的确可以算是心理学家，并且用莱蒙托夫的诗来证明。盖尔涅特中尉也说，人们在莫斯科为普希金建立纪念碑也是因为他是心理学家。

“真是粗鄙！”声音从房间另一端传来，“对总督我也是这么讲的：阁下，这就是粗鄙！”

“不要再争论了！”尼基丁喊道，“再这样争论下去也不会有结果的，真是够了，我退出争论！嘿，还不滚，该死的脏狗！”他把自己的愤怒转移到了索姆身上，因为它的狗头和狗爪子又放在了他的膝盖上。

“呜……汪汪……”从椅子下面又传来几声狗叫。

“您错了吧，赶快承认吧！”瓦丽娅冲着尼基丁喊道。

这时，几位小姐来到这里做客，这次的争论也就暂时停下了。[②]大家结伴来到客厅，瓦丽娅坐在钢琴前，开始弹奏。大家跳起了华尔兹，接着是波尔卡舞，然后是卡德里尔舞。跳卡德里尔舞时，波利扬斯基上尉带领大家穿过几个房间，

❷概括描写

在经历了一番对知识的讨论之后，大家在客厅跳了几支舞，表现了当时俄国贵族生活的日常。

最后他们又跳起了华尔兹。

这些年轻人跳舞的时候，老人们就坐在边上抽烟，看着他们。这些老人中有一位叫作舍巴尔津的信用社经理，他是出了名的爱好文学与舞台艺术。他还创立了本区音乐戏剧组，亲自参加演出。不过，他的角色总是滑稽的奴仆一类的，有时他还拖着长音朗诵《女罪人》。他长得又高又瘦，胳膊上青筋暴露，脸上总是一副严肃的表情，眼神呆滞，所以大家给他取个外号叫“木乃伊”。他非常热爱舞台，为了角色，他还剃光了胡子和唇髭，这样看起来就更像是木乃伊了。

❶细节描写

既然同是文学爱好者，应该兴高采烈才对，为什么会有些犹豫呢？

等大家的舞跳完后，① 他站起来，有些犹豫地慢慢走到尼基丁面前，清了清嗓子，说：“我非常荣幸能够听到你们在喝茶时的争论。我很欣赏您，我也同意您的观点，现在能与您谈论，我也非常高兴。您有读过莱辛写的《汉堡剧评》吗？”

“没有。”

❷神态、动作描写

舍巴尔津沉默着退开了，感到有些失望。

② 舍巴尔津惊讶地看着他，挥了挥手，仿佛手指被火烧到了一样，沉默着后退了一步，接着便走开了。舍巴尔津的问题以及听到答案后的反应让尼基丁觉得有些可笑，但是他心里想着：“确实很尴尬，我作为一名文学教师，却没看过莱辛的作品，是应该读读了。”

吃晚饭之前，老的少的都聚在一起玩“命运”牌。他们准备好两副牌，一副分发给大家，另一副则正面朝下扣放到

注释

莱辛：德国人，生于德国的萨克森，莱比锡大学毕业，德国戏剧家、文艺批评家和美学家。

桌上。

“谁有这张牌，”舍列斯托夫翻开桌子上那副牌的第一张说，“将要去育婴室与奶妈接吻。”

接下来证实了舍巴尔津将获得这份荣幸。大家马上围住他，推搡着来到了育婴室。大家推着他一边鼓掌一边欢呼，都等着看他和奶妈接吻。育婴室充满了欢呼喊叫。

①“看不到你的热情！”舍列斯托夫喊道，他笑得都流出了眼泪。

❶语言、动作描写……以舍列斯托夫为代表的贵族用低俗的游戏取乐，并开心得“流出了眼泪”。

游戏继续，尼基丁抽到的“命运”是听大家的忏悔。他被安排坐在客厅的中央，头上蒙着一块披巾。

第一个到他面前忏悔的是瓦丽娅。“我知道您有什么罪过，小姐。”尼基丁先开口说道，他在黑暗中看到了她那模糊但又严厉的轮廓，“您每天都会和波利扬斯基出去散步，您可以告诉我为什么吗？您不可能无缘无故就跟骑兵混到一块儿吧！”

“贫嘴！”瓦丽娅说着便走开了。

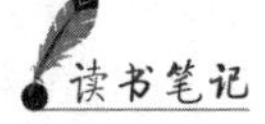

接着，尼基丁隐约看到一双大眼睛，一动不动地盯着他，闪闪发光，那模糊的侧影非常可爱，他闻到一股熟悉的香水味，是玛纽霞常用的名贵香水的味道。

“玛丽娅·戈德芙鲁阿，”尼基丁温柔地喊着她的名字，连他自己都不知道自己竟然可以如此温柔，“您要忏悔些什么呢？”

玛纽霞眯着眼，对他吐吐舌头，笑着走开了。过了一会儿，她站在客厅中央，拍拍手说：“开饭啦，吃晚饭啦！”

大家簇拥着来到了餐厅。

吃饭时瓦丽娅又开始与人争论了，这次是跟她的父亲舍列斯托夫。

波利扬斯基吃了很多，又喝了一些葡萄酒，他滔滔不绝地对尼基丁讲述他经历过的一次战争。那是个冬天，他在过膝的泥沼里站了一晚，那时他离敌人很近，不能发出一点声响，他就这样又冷又饿地挺了一夜。

尼基丁听着他的讲述，用眼睛的余光看着玛纽霞。玛纽霞正在一动不动地注视着他，这让他既兴奋又难受。

①“她怎么那样看着我呢？”尼基丁想着，“这要是让人发现该多尴尬，哎呀，她也真是有些幼稚……”

①心理描写

通过玛纽霞一动不动注视着尼基丁的细节，体现玛纽霞对尼基丁的喜爱，写出了一对青涩的有情人。

大家吃完饭又玩了一会儿才各自回家，尼基丁也出门准备回家。正当他走到楼下时，二楼的一扇窗户开了，玛纽霞伸出头：

“谢尔盖·瓦西里奇！”

“什么事？”

“哦，是有事……”玛纽霞试图找些话说，“是这样的……波利扬斯基说过几天要给大家拍张照，让我们集合……”

“好的。”

玛纽霞缩回身子，关上了窗，不一会儿，房间里便传出钢琴声。

读书笔记

“这个家里估计只有那些鸽子才会偶尔呻吟叹息吧，不过它们叹息也可能是表达快乐的方式。”尼基丁想着。

除了舍列斯托夫家，别的家庭也都很快活，尼基丁没走多远就听见另一家也传来钢琴声。再走一段距离，他看到一个农民手里摆弄着三弦琴。公园里，乐队也在演奏着……

注释

三弦琴：乐器名。

尼基丁租住在一个有八个房间的宅子里，距离舍列斯托夫家大约有半俄里的路程。尼基丁每年需要交付三百卢布的租金，[①]他的同事伊波里特·伊波里狄奇也住在这里。他是一位地理历史老师，留着棕色胡子，鼻梁很高，长得有些粗糙，看起来像个工匠，但是他性格温厚，待人和善。

❶外貌描写 凸显出这位地理老师的质朴。

尼基丁到家的时候，他正在书桌旁批改地图作业。他认为学习地理最重要的是画地图，历史最重要的是要记住年表。[②]他经常在书桌前工作，不是批改学生们的地图作业就是编写年表。

❷概括描写 写出了这位老师平淡枯燥的日常生活。

“今天这么好的天气，您竟然还能在屋里待得住！”尼基丁说着进入他的房间。

伊波里特不善言谈，对别人的话他要不就是沉默着不回复，要么就是说些无关痛痒的大家都知道的事。现在他对尼基丁的回答是：

“对呀，天气不错。再过一个多月就真的进入夏天了。夏天可比冬天好多了，不生炉子也会感到暖和，可冬天即使把窗户钉得结结实实的还是冷……”

读书笔记

尼基丁在他身旁坐着，没一会儿就无聊地想要走。

“晚安！”尼基丁站起来向他告别，“本来想向您诉说一下我的爱情故事，可是现在看起来，您心里只有地理。我一跟您讲我的事，您就会问我关于某场战役的事情。那些乱七八糟的战役都去见鬼吧！”

“您怎么生这么大的气？”

“烦！”

卢布：俄国货币单位。

他烦自己没有向心爱的姑娘表白心意，也找不到一个可以倾诉自己爱情的人。从伊波里特房间出来，他来到自己的房间，躺在沙发上。房间里黑漆漆的，非常安静，他就躺在黑暗里，任由自己想象。①他想象着几年后自己去彼得堡办事，玛纽霞送自己去火车站，还在那里哭哭啼啼地舍不得自己。到达彼得堡后就收到了玛纽霞的来信，信中写了玛纽霞对自己的思念，希望自己可以快点回家。他要给玛纽霞回信，信要这样写："亲爱的小耗子……"

❶心理描写 尼基丁在现实生活中没有表达出对玛纽霞的爱意，只能一个人在夜里尽情地想象，也写出了他对玛纽霞的思念和爱恋。

"亲爱的小耗子。"他重复着，不自觉地微笑起来，"对，就这样写。"

他翻了个身，脑袋枕着双手，将左腿搭在沙发背上，使自己躺得舒服些。窗外渐渐变白了，院子里的公鸡啼叫了几声。②尼基丁躺着继续想象他从彼得堡回来后的事情。玛纽霞会早早地到车站等待自己，当她看到他时，会兴奋地尖叫，接着便跑过来扑在他怀里。或者他可以瞒着玛纽霞，半夜偷偷回家，让厨娘打开门，小心翼翼地走近卧室，轻轻脱下衣服，一下子跳到床上，玛纽霞被惊醒了，她吃惊地看着他，接着便高兴地抱住他。

❷心理描写 尼基丁充满着对和玛纽霞幸福生活在一起的无限向往，即使在黎明破晓时，他依然沉浸其中。

白昼完全打退了黑夜，窗户和沙发都不见了。玛纽霞坐在啤酒厂门口的台阶上跟尼基丁说话，然后她挽着尼基丁的胳膊站起来，一起走向公园。在公园里，他看到许多橡树以及树上的鹊巢，突然有一个鹊巢晃了一下，里面露出舍巴尔津的脑袋，③大喊道："你竟然没看过莱辛的作品！"

❸语言描写 尼基丁突然之间想到了文学热爱者舍巴尔津的话，说明他在内心深处很在意这句话。

尼基丁吓了一跳，睁开了眼。伊波里特正站在沙发前仰着头打领结。

"赶快起来吧，上班时间到了，"他说着，"您怎么穿着衣服就睡了呢，把衣服都弄坏了，再说了，怎么不去床上睡……”

接着他便认真地讲了一些大家都知道的事。

第一堂课是二年级的俄语，尼基丁准时走进教室。教室黑板上的两个大字赫然映入眼帘：玛·舍。这个大概是指玛莎·舍列斯托娃。

“这些坏蛋们都知道了？他们是如何知道的？”尼基丁困惑地想着。

读书笔记

第二堂课是五年级的文学课，这个班的教室黑板上同样写着“玛·舍”。下课时，他刚走出教室，身后便传来一阵吵嚷，就像是戏院里没有教养的观众的喝彩：

“舍列斯托娃，呜啦啦……”

由于晚上没睡好，尼基丁觉得有些头痛，身体也很疲软。学生们都期待着考前停课，他们心里焦急烦闷，靠胡闹舒缓心情。尼基丁心里也很烦闷，没心情理会这些恶作剧，他经常在窗前发呆。[1]他看着太阳照耀下的街道，那么明亮，房屋上的蓝天清澈透明，有几只云雀在屋顶上栖息，在公园和房子的后面，是一片广袤的田野，还有一片小树林和一列冒着浓烟的小火车……

❶环境描写

外面明亮、宁静的风景反衬了尼基丁内心的郁闷与纠结。

他的目光又回到了街道，两个穿白衬衣的军官甩着小马鞭，走在两排整齐的刺槐中间；一群留着小白胡子戴着圆帽的犹太人在过马路；一位女家庭教师带着校长的小孙女在散步……索姆和另外两条狗在追逐乱跑……不远处是瓦丽娅，她身穿朴素的灰色裙子，脚上的红袜子露出边，手里拿着一份欧洲报纸，她可能是从图书馆出来的吧……

下午三点才下课，还有很长时间。下课后他不能直接回家，也不是去舍列斯托夫家，而是去给一个学生上课。这名学生叫沃尔弗，是个富有的犹太人，信仰路德派新教。[①] 他的父亲不把他送到学校，而是请老师们去他家里讲课，一节课五卢比。

❶概括描写

尼基丁的工作安排得很满，也从侧面表现了知识分子的清贫。

"真是烦人，太烦了，烦！"

三点钟下课后，他来到沃尔弗家，度过了漫长的两个小时，不过六点还得去学校开会，商定四年级和六年级的口试时间。

很晚，他才到达舍列斯托夫家。他心跳得厉害，脸还有些烫。每次他准备向她告白时，都会好好准备一番话，非常完整的话，有开场白还有结语，可这次他脑子乱糟糟的，什么都没准备。他只清楚一件事，那就是今天一定得告白，不然就再也没有机会了。

"应该先把她请到花园，"他想着，"慢慢地走着，然后趁机表白……"

[②] 前厅没有人，他便接着往前走，一直到客厅都没人，只听见二楼的瓦丽娅在争论着什么，还有育婴室里女裁缝工作的声音。

❷场景描写

内心忐忑的尼基丁来到了玛纽霞的家里。玛纽霞家里静悄悄的场景凸显尼基丁此时内心的紧张与激动。

客厅里有一个小房间，也可以称作过道间，或者小黑屋。那里放着一个破旧的大柜子，里面是一些药物、弹药和猎枪之类的东西。从这里可以直接通过一个窄木梯上到二楼，不过梯子上总是趴着一些猫。这里的两个门分别是通往育婴室和客厅的。尼基丁想从这里上楼去，这时，往育婴室那边去的门突然被打开了，接着又被"砰"地关上了，木梯和柜子被震得一颤。接着他便看见身穿黑裙子的玛纽霞拿着一块蓝布跑了过来。不过，玛纽霞没看到他，直接奔着楼梯去了。

“请等下！”尼基丁喊道，“晚上好，戈德芙鲁阿……不好意思……”

①他心跳加快，呼吸急促，一时语塞，一只手攥着她的手，另一只手握着那块蓝布，看着她。玛纽霞眼睛瞪得大大地看着他。

❶动作描写

通过对尼基丁紧张地攥住玛纽霞的动作，写出这时候尼基丁内心的激动，这是男女主人公的真情流露，是最真挚的感情。

“我……我有话和您说……”尼基丁紧紧握着她的手，仿佛一松手她就会跑了似的，“这里有些不方便，这儿不行……戈德芙鲁阿，不能，我……您明白吗……”

那块蓝布掉在了地上，尼基丁便拉住她的另一只手。玛纽霞脸色发白，困惑地看着尼基丁，嘴唇微微地颤动，她不自觉地往后退，一不小心就到了柜子和墙壁之间的角落里。

“请您相信我，我……我保证……玛纽霞……”他急喘着，在她耳边轻轻说。

读书笔记

玛纽霞抬起头，他便轻轻吻上了她的嘴唇。为了更好地吻她，他松开她的手，捧住她的脸。尼基丁往前靠了靠，也进入到角落里。她伸出手搂着他的脖子，紧紧靠着他，把头埋到他的胸脯上。

然后两个人一起跑到花园去了。

舍列斯托夫家的花园非常大，有4俄亩。里面长着很多种树木，有椴树、槭树、松树和各种果树，苹果树、梨树、樱桃树、橄榄树……还有很多各种各样的花。

注释

椴树：一种高大的乔木，花期在每年的六月到七月中旬。

❶环境描写

尼基丁与玛纽霞两情相悦，通过对美丽花园的环境描写，情景交融，烘托这份甜蜜的爱情。

①他们走在花园里，笑着，有时断断续续问些话，彼此也不回答。花园的上空，弯月升起，在微弱的月光的照耀下，花园里那些略含睡意的花从草丛中探出头来，那些鸢尾花、郁金香、玫瑰花似乎都在等着倾听他们的爱情。

尼基丁和玛纽霞回到了客厅，那些军官和小姐们正在跳舞。这次依然是波利扬斯基领舞，他们正在跳的是卡德里尔舞。波利扬斯基带领大家穿过各个房间后，大家就聚在一起玩“命运”牌。

读书笔记

晚饭开始了，大家从客厅走向餐厅，只有尼基丁和玛纽霞还在客厅，她紧紧地靠着他，说：“你去和爸爸还有姐姐说吧，我有些害羞……”

吃完晚饭，尼基丁鼓起勇气告诉了舍列斯托夫。老人听了，思索了一会儿说：

“能得到您的喜爱是我女儿的荣幸，我很感谢您。但是，现在请让我作为朋友而不是父辈的身份来跟您谈谈。您可以告诉我，为什么急着结婚呢？您要知道城里没有人会这么早结婚的。为什么年纪轻轻就急于给自己戴上枷锁呢？那生活还有乐趣吗？”

“可我年纪不小了，我今年二十六了。”尼基丁有些委屈。

❷语言描写

兽医的突然出现，打断了两人的谈话，为故事的后续发展设下伏笔。

②“兽医已经到了，爸爸！”他们的谈话被瓦丽娅打断。

于是玛纽霞、瓦丽娅、波利扬斯基送尼基丁回家。快到尼基丁家时，瓦丽娅问他：

“您那位同事伊波里特·伊波里狄奇为什么不出来呢？他可以跟我们一起玩呀。”

当尼基丁进入屋子时，他的那位同事正坐在床上准备脱袜子。

“先别睡呢，朋友，”尼基丁喘着大气说，“先等一下！”

伊波里特·伊波里狄奇猛地坐好，眼睛闪着惊恐的光，问：“怎么了？”

“我快结婚了！”

尼基丁坐在这位朋友身边，眼睛里同样闪着惊讶的光芒，好像自己也觉得这件事很不可思议：

“你想想，我要结婚了，对象是玛莎·舍列斯托娃。我今天向她求婚了。”

“真的吗？她好像是个漂亮的女孩儿，不过还很年轻吧。”

“是，她很年轻！”尼基丁叹着气，眼神透着一丝担忧，他耸耸肩，“非常年轻……”

“我以前教过她，她以前就是在这里读书的。她的地理学得不错，但历史不行，上课时总是不专心。”

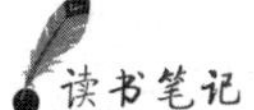

尼基丁说着突然有些可怜眼前这个朋友了，他很想说些安慰的话来宽慰他。

“嘿，亲爱的朋友，您想过结婚吗？”尼基丁问他，“亲爱的伊波里特，您想想，您觉得瓦丽娅怎么样，您愿意跟她结婚吗？她也是个不错的姑娘。虽然她喜欢与人争论，但是……她心地善良。哦，她刚才还打听您了。您考虑下跟她结婚怎么样，嗯？”

他心里知道，瓦丽娅是不会爱上这个枯燥无聊、长相一般的人的，但他还是想要让伊波里特·伊波里狄奇

读书笔记

娶她。

“婚姻不是小事，”伊波里特想了一会儿说，“应该是经过仔细思考后决定，可不能马虎。并且慎重考虑在什么时候都不会吃亏，特别是在婚姻问题上。您想想，一旦结了婚，您就不是一个人了，要开始另一种生活了。”

接着他便又开始说一些显而易见的道理。尼基丁不想再听了，便打断他，跟他道了晚安就自己回房间了。① 他一回到房间就赶忙脱下衣服躺到床上，想象着未来美好幸福的生活，想起可爱的玛纽霞，他情不自禁地笑了笑，可忽然他又想起那个舍巴尔津以及莱辛的书。

❶心理描写 尼基丁内心深处潜藏着对文学的热爱与追求。

“确实该看看莱辛的书，”他转念一想，“但是又有什么必要呢？让那些书见鬼去吧！”

伴随着幸福的畅想，他很快便进入了梦乡，直到早晨醒来，他的脸上还挂着微笑。

他的梦中木地板上响起了清脆的马蹄声，他的努林伯爵从马厩里被牵出来，接着是维利康和玛依卡……

二

“教堂里熙熙攘攘的，中间甚至有人大喊大叫。为我和玛纽霞主持婚礼的大司祭，透过他那厚厚的镜片看着底下的人群，严厉而大声地说：‘大家请安静一下，不要再喧闹了，也不要在教堂这个神圣的地方来回转悠，你们要敬畏上帝！’

“我的两位同事作为我的男傧相，波利扬斯基和盖尔涅两人是玛纽霞的男傧相。② 由几个高级僧侣组成的唱诗班也

❷场景描写 尼基丁和玛纽霞终于步入了婚姻的殿堂，这是一场看似温暖惬意的婚礼。

很不错。烛花在一旁啪啪地响，灯火辉煌，大家都穿着华贵的衣服，还来了很多军官，一张张快活兴奋的面孔，还有玛纽霞那美丽娇羞的脸庞……这一切都是那么惬意，温暖的氛围和美丽的祝词让我感动得落泪。我心里想着：这一段时间的生活就像慢慢绽放的鲜花，是那么美好，充满诗意。[1]想想两年前，那时我只是个大学生，过着寒酸的生活，租住在廉价的小旅馆里，没有亲人，无依无靠，对未来也毫无希望。可是现在一切都变了，我不仅成为一所重点中学的老师，有了稳定收入，还如愿以偿地与爱的人结了婚。看看，这些人都是因为我才欢聚到这里，那些灯火也是为我而亮，还有唱诗班，也是为我而唱。那个将要陪我走接下来的人生路的姑娘是那么年轻、优雅。我们当初约会、骑马，我向她告白，那个吻……还有天气，这个夏天的好天气也像是为我安排的。当我蜷缩在那个小旅馆时，我以为这种生活只存在小说里，我怎么也想不到我会拥有它，可现在，我却真实地在经历它。

❶心理描写

这是一段尼基丁的内心自述，从两年前到现在，这其中的变化实在太快，也说明了尼基丁是一个上进的青年知识分子。

"婚礼结束了，大家都跑过来向我们道喜，献上他们真挚的祝福。但是有一位年近七十的老人只向玛纽霞送上了祝福，他大声地对她说：[2]'我亲爱的，愿您婚后仍然是朵美丽鲜艳的玫瑰花，就像现在一样。'

❷语言描写

老人只祝福新娘在婚后一如现在美丽。

"在场的军官、教师和其他宾客都看着玛纽霞笑了笑，我也勉强挤出了一丝微笑。我那位总是说些不痛不痒的话的朋友伊波里特·伊波里狄奇也过来了，他握着我的手，激动地说：'现在不是以前了，您之前是单身汉，从现在开始就要多一个人跟您生活了。'

“之后我们来到一个二层的房子，它是玛纽霞的陪嫁，还没有粉刷。除了它，玛纽霞的陪嫁还包括两万卢布现金，一块荒地，一个看守人用的小屋子。那小屋子里养着一些鸡鸭，一直没什么人看管。

❶概括描写 婚后的尼基丁从生活清贫一下子变得富足了起来，新婚燕尔，的确使一个青年感到前所未有的舒服和惬意。

①“一进入新房子我就首先来到了我的新书房，伸伸懒腰，一下子扑进那个新式沙发里，懒洋洋地躺在那，开始抽烟。我感到前所未有的舒服和惬意。我听见外面宾客的欢呼声，另一个房间里乐队演奏着蹩脚的迎宾曲。瓦丽娅捧着高脚杯跑到书房来，她看到我便露出一副紧张的表情，嘴里好像含着酒。她接着还要往前跑，但是突然蹲下来又哭又笑，高脚杯也摔到了地上。我叫来两个人，一起托着她，把她送到了奶妈睡的床上。‘搞不懂，’她喃喃地嘟囔着，‘谁也搞不懂，不懂！’

❷心理描写 世上最留不住的就是时间，青丝转眼变白发，再美的容颜在时间的摧残下都会变得苍老。

“大家明白，瓦丽娅作为姐姐，比玛纽霞大了四岁，妹妹都结婚了，自己却没有。②她不是羡慕妹妹嫁出去了才哭，而是因为她愁闷，自己的青春将要过去。过了一会儿，大家跳起了卡德里尔舞，瓦丽娅站在客厅中，脸上虽然扑了粉但还有清晰的泪痕。波利扬斯基站在她面前，端着一盘冰激凌给她吃。

“现在是早上五点多，我在写着日记，我要把这幸福的时光都记录下来，我要写六页纸，写完就去读给玛纽霞听。可是很奇怪，我的脑子乱七八糟的，觉得一切像一场梦，现在我只清晰地记得瓦丽娅的事。我想写一句‘可怜的瓦丽娅！’想一直在这里坐着写‘可怜的瓦丽娅！’窗外的树叶沙沙作响，快要下雨了吧，树上的那群乌鸦还在呱呱地叫着。我亲爱的玛纽霞也刚刚入睡，可不知为何，她一脸忧愁。”

这之后很长一段时间尼基丁都没有写过日记。一进八月份他就开始忙学生们补考和新生入学考试的事，一直到圣母安息节的时候，学校开始正常上课。早上八点多一点，他就来到学校开始上班，刚过九点，他就开始不时地看下表，因为他惦记着家里的玛纽霞。给低年级的学生上课时，他就随便叫一名学生起来读书，其他的学生进行听写。当孩子们听写时，他就坐在窗边，闭着眼睛，回忆过去的生活、畅想美好的未来，这对他来说简直美极了。给高年级的孩子讲课时，他就让同学们轮流朗诵普希金或者果戈理的作品。学生们的读书声使他困倦，他的脑海里浮现出骑马经过的树木和田野，①接着他叹口气说道："真好！"就像是在赞美作家的作品一样。

午饭前，玛纽霞让人给尼基丁送来她准备的饭菜，饭盒上面还搭着一小块雪白的餐巾。他吃得特别慢，让人感觉非常享受，他还总是吃几口便停顿一下。可怜的伊波里特·伊波里狄奇却只有面包片，他还用羡慕的眼神看着尼基丁，说着人人都明白的事："想要生存必须吃饭。"

从学校下班后，尼基丁就跑去做家教，一直到五点多才回到家。②他跑得上气不接下气，一到家就赶紧上楼找到玛纽霞，拥抱她、亲吻她、说些情话。比如，他是多么爱她，他有多么想她，没有她简直要活不下去了，问她这一天过得好不好，身体是否舒服之类的。然后两个人一起吃晚饭，吃完饭，他仍然是躺在书房里的新沙发上抽烟，而她就依偎在他身旁，温柔地说话。

不用上班的日子是他最快活的时候。一到节假日，他就

❶语言描写

尼基丁这时候的生活幸福美满，回想着以前那些在外游玩的时光，回忆也变得色彩明亮起来，他这句“真好”，赞美的实质上是自己目前的生活状态。

❷细节描写

这时候的尼基丁夫妇刚结婚不久，正处在最甜蜜的日子里。

❶语言描写

婚后的生活总是这么甜蜜幸福，因为是和自己心爱的人在一起，即使是简单的生活。

待在家里，哪儿也不去。①虽然日子过得很简单，但他的内心却无比充实和愉悦，这让他想起了诗意田园的生活。他时刻观察着他那可爱聪明、令人称赞的玛纽霞是如何布置他们的小窝的，并且他自己也要找些事做以证明自己在家里并不多余，即使是些毫无意义的事情。比如，他从车棚里把那个双轮马车推出来，围着它转一圈，仔细打量一下，然后再推进去。玛纽霞还养了三头奶牛，家里像是做牛奶生意一样，在地窖里和出口都摆满了牛奶和酸奶油。玛丽娅说她要用这些做黄油。有时候，尼基丁逗她说自己想要杯牛奶，玛纽霞这可慌了，这可坏了她的规矩了。看着窘迫的玛纽霞，他笑着搂住她说：

“亲爱的，我开玩笑呢，小宝贝儿，只是开玩笑！”

读书笔记

有时尼基丁还会笑她小气。比如，有时候尼基丁发现橱柜里放着一根变质了的、硬邦邦的像石头似的香肠，她便严肃地说：

“这些可以留给仆人吃！”

他说：“这东西还是放在捕鼠器上吧。”

她便开始慷慨激昂地讲述男人是多么不懂得家务事：即使往厨房送三普特美食，仆人们也不会为此惊讶。他表示很同意她的话并且高兴地抱着她。②只要是她说的道理，他都会觉得正确、值得推崇，而她说的那些跟他意见不同的话，他也觉得那非常可爱天真。

❷心理描写

狂热的爱情让人盲目，即使是对方的缺点，也会觉得是如此的天真可爱。

他的脑子里有时会蹦出来一些奇异的想法，他就会跟她讲一些抽象的事情。她眼里闪烁着好奇的光仔细地听着。

“亲爱的，跟你在一起，我感到前所未有的幸福，”他一边说，一边摆弄她的手指头，或者让她靠在自己胸前，给她编头发，[①]“但我并不认为这种幸福是偶然的、是像天上掉馅饼一样掉在我身上的。我现在拥有的幸福是合理的、有一定逻辑的，是自然而然的。幸福是人创造的，当然，我现在的幸福也是我自己创造的。我通过自己的奋斗告别了过去的忧郁、贫苦、孤独和不幸，现在我正在自己开辟的幸福大道上前进……”

❶心理描写

尼基丁始终认为他现在所拥有的幸福生活来源于自己的不懈奋斗和积极创造。这是他值得骄傲的地方。

十月的时候，学校遭受了严重损失：伊波里特·伊波里狄奇老师去世了。死因是脑袋上长了丹毒，去世的前两天他就已经昏迷了，嘴里断断续续说些胡话，不过也是些大家都知道的常识：

“马要吃干草……伏尔加河最终汇入里海……”

送葬那天，学校为此停了课，几个学生和几个老师抬着棺材，学校唱诗班的同学们一直跟着到墓地，唱了一路的《神圣的上帝》。有三个司祭和两个助祭参加了葬礼，学校的男生们和老师们，还有身穿长袍的大主教的唱诗班都出席了葬礼。沿途碰到的路人们也都停在原地画着十字，默默地说：“上帝保佑，愿大家都能死得如此风光。”

读书笔记

葬礼结束后，尼基丁回到家找到日记本，感慨万千地写道：

“我刚参加了伊波里特·伊波里狄奇的葬礼。

“安息吧，勤恳的劳动者！玛纽霞姐妹俩，还有所有参加葬礼的女人都痛哭流涕。可能是她们明白，从没有任何女人爱过这个无聊、压抑、沉闷的人。[②]我多想在坟墓前说些动情的话，可有人说校长会不乐意的，因为他讨厌死者。结婚以来，我从没有这样不快乐过……”

❷语言描写

尼基丁在婚后仿佛再也没有了痛苦，直到好友的去世才让他闷闷不乐。

一个学期就这样过去了，什么特别的事也没发生。这个冬天并不太寒冷，只是断断续续下着潮湿的小雪。主显节前夜，悲戚的风呼呼地刮了一夜，像秋天一样；融化的雪水从房顶上流下来，早晨圣水祭快要开始时，警察阻止大家去河上，因为冰块膨胀变黑。虽然天公不作美，可尼基丁的生活却没受什么影响，仍像夏天那样幸福，甚至更加好——他学会玩一种叫“文特”的纸牌游戏。但是有一件事使他的幸福生活不太完美，破坏这种圆满的便是那些猫和狗。一提起这些动物，尼基丁就有些恼火，它们是结婚时作为嫁妆过来的。[①]它们使房间总是弥漫着一股动物园的味道，不论他如何努力，都难以去除这种味道。它们还经常打架，胃口大得总也喂不饱。木什卡还是对他“汪汪”地大喊。

❶语言描写 这句话有着深刻的隐喻，暗示着尼基丁一家的生活并没有想象中那么充实愉悦。

一次大斋日，他半夜打完牌从俱乐部往家走。天很黑，还下着小雨，路上坑坑洼洼。他的心里突然很不舒服，但他到底也弄不明白这是为什么，是由于打牌输了对手十二卢布？还是因为付钱时，有个玩家嘲笑自己钱（指玛纽霞的嫁妆）多？可是他并不在乎那十二卢布，那个人的话也并没有什么不对，自己也不为此感到不悦。到底是为什么呢，他的心情很不好，甚至连家都不想回。

“呸，真是糟糕透了！”他嘴里嘟囔着，在一个路灯下停住了脚步。

他突然明白，自己为何不在乎那十二卢布，因为那钱根本不是靠自己的辛苦劳动挣来的。如果自己是名工人，那么自己就会珍惜自己的辛劳换来的每一个卢布，也不会不在乎输牌这件事。现在他觉得自己所拥有的一切幸福都是白来的。幸福对他来说，就像药物对患者一样，是奢侈品。[②]如果他跟其他大多数人一样，为面包和牛奶发愁，为

❷心理描写 发展到这里，尼基丁终于明白了自己为什么而郁闷，因为他的生活是那么的奇怪与虚幻，之前所感到的一切愉悦都已经烟消云散，只有无穷尽的茫然在折磨着他。

这些苦苦奋斗；如果他像其他工人一样，每天累得筋疲力尽，那么一顿温热的晚饭、暖和的屋子和快乐的妻子孩子，才会是生活中美好的东西。可现在，一切是那么奇怪、虚幻。

“呸，太糟糕了！”他嘴里重复着。他知道，有这种想法就已经不妙了。

读书笔记

他到家后，玛纽霞已经入睡了，她面带微笑，均匀地呼吸着，看来她睡得很好。在她身边，一只大白猫卧在床上，惬意地打着呼噜。尼基丁轻轻地点了灯，准备抽根烟。这时，玛纽霞醒过来，抓起一杯水喝。

“我吃了好多果冻，”她笑着说，“你去我父亲家里了吗？”她停顿了一下说道。

“没有，没去。”

尼基丁知道，波利扬斯基要被调到西部某个省去了，并且他已经开始准备辞行的相关事宜了。[1]瓦丽娅对波利扬斯基寄予了很大希望，现在他要走了，舍列斯托夫一家的气氛有些沉闷。

❶概括描写

大姐瓦丽娅心里是喜欢着波利扬斯基的，这一点在文章开始的时候玩忏悔游戏时就已经提到。

“快要吃晚饭时，瓦丽娅来了，”玛纽霞坐在床上说，“她没怎么说话，不过可以看得出她非常难过。多么可怜啊！那个波利扬斯基有什么好，不仅矮，还很胖，皮肉又很松，走路跳舞都能看到颤抖的肥肉……反正我是看不上他的。不过，以前我觉得他还算是个正派人。”

读书笔记

“我一直觉得他很正派。”

“可他为什么伤瓦丽娅的心呢？”

“怎么让她伤心了？”尼基丁说着，看向床上那只肥肥的白猫，有一种厌恶的感觉，“他既没有向她发誓，也没有向她表白求婚。”

"可他经常去我们家啊，如果他对瓦丽娅没意思，那就不应该常来。"

尼基丁灭了灯，躺到了床上。他睡不着，但这样躺着又很不舒服。他的脑子空荡荡的，又感觉有很多东西，就像个仓库。他觉得有一种新的缥缈的思想在这个大仓库中来回游荡。他想着，除了那柔和的灯光照耀这儿的幸福家庭外，除了自己和那只肥猫安然地生活着的世界外，还存在着另外的世界。他突然有种强烈的愿望，他想要进入那个世界。在那个世界里，他会作为一个工人，在工厂车间里工作，或者他要去人多的地方演讲、写书，抒发议论，去挣扎、去吃苦……他多么想要有一件事能占据自己的身心，使自己忘记自己，不顾自己的幸福。①现在这种生活很幸福，但也很无聊。他脑子里又出现了舍巴尔津，他剃了胡子，惊讶地对自己说："您怎么连莱辛都没读过，我的上帝，您怎么如此落后！"

❶概括描写

生活是一座围城，城外的人想进来，城里的人想出去，尼基丁孜孜以求的正是现在的生活，可是在得到之后，又开始感觉到无聊，因为这样美好而又虚幻的生活不能带给他充实感。

玛纽霞又起来喝水。他睁开眼看着她那柔软的脖颈、丰满的胸脯，想到了他们结婚那天那个老人说过的话，他说到了"玫瑰花"这个词。

"玫瑰花。"他重复一遍，笑了笑。

床下的木什卡半睡半醒地回应他一句：

"呜……汪汪……"

②他的心里充满了愤懑。他想跟玛纽霞争论，说些粗鲁的话，甚至想打她，他的心猛烈地跳动着。

❷心理描写

曾经苦苦追求、难分难舍的心上人就在自己的眼前，可是平淡的婚后生活让尼基丁体会出了其中的空虚与无聊。

"也就是说，"他极力控制情绪，问道，"我去了你家，所以也必须娶你？"

"当然，你自己也很清楚吧。"

"不错。"

沉默了一阵子他又重复道：

“不错。”

为了使心情平复，尼基丁去了书房，在长沙发上躺下，然后他又躺到了地板上。

“不要瞎想了，”他安慰自己说，“你可是老师，最崇高的人民教师……想什么另外的世界呢？真是蠢！”

可他转念一想，[1]又坚定地认为自己根本不是什么教师，只是一个小官而已，就像那个碌碌无为的教希腊语的捷克人。他从不认为自己适合做教师，也不具备什么教育知识，对教书育人也从来没兴趣，更不知道该如何对待学生们。他不清楚自己教书的意义，甚至他认为他讲的很多都毫无用处。伊波里特·伊波里狄奇非常愚笨，这是大家都知道的，老师和同学们都明白。而尼基丁自己呢，跟那个捷克人一样，都很会掩饰本身的愚笨，让所有人都认为自己做得非常好。[2]他脑子里的这些新想法使他觉得可怕，他不想接受它，认为这简直太荒唐。他觉得自己一定是精神失常才会这样想，等自己精神正常的时候一定会嘲笑自己的。

❶心理描写

道出了尼基丁内心苦恼的真正原因，他并没有值得为之奋斗的事业，也不明白自己的人生意义到底是什么。

❷心理描写

知识分子尼基丁在知道了自己内心的真正想法之后，只顾着找借口来逃避，体现了他性格中的柔弱。

第二天一醒来，他果然感觉自己的想法很神经，像婆婆妈妈的女人一样。不过，他心里明白，他的心情再也没有办法像以前那样平静了，他在这个没有抹灰的楼房里的幸福也永远没有了。他清楚地认识到，他对生活的幻想已经不可能实现了。他开始了一种全新的、有意识的、不安定的生活，这种生活与幸福是无法共存的。

这一天正好是周末，他去了学校的教堂，碰到了校长和其他老师。他看着他们，觉得他们只忙着掩饰自己的无知和对现状的不满。他也为了掩饰自己不安的心，融入他们，一起愉快地说些无关紧要的话。之后，他去到了车站，车辆来来往往，嘈杂拥挤，可他觉得这里只有自己，而不用跟别人说话，这让他有些痛快。

中午回到家，舍列斯托夫和瓦丽娅正好也来了，准备在这里吃午饭。瓦丽娅肿着眼睛，直抱怨说头痛，看来她哭了不少。他的岳父吃得不少，席间还抱怨现在的年轻人太轻浮，不靠谱，没几个有绅士风度。

“太粗鄙了！如果碰上这样的人，我会当面说他：您太粗鄙了，先生。”

①尼基丁在一旁赔着笑脸，招待他们，一吃完饭，他就赶紧跑到书房，把门也插上了。

正值三月，明媚的阳光穿过玻璃窗，照耀在书桌上。外面的马车熙熙攘攘，椋鸟也飞上树枝喳喳地叫。他料想，玛纽霞很快就会推门走进书房，从背后搂住他的脖子，在他耳边轻轻地说出游的马或马车已经备好了，并且会问，自己应该穿什么出去。②春天来了，一切都和去年一样，一样美好和快乐……

可尼基丁却想请假去莫斯科，在那里逗留，住在一个小旧旅馆里。他们在隔壁喝着咖啡谈论着波利扬斯基，他努力克制自己，不去听那些谈话。他拿起笔，打开日记本，写道：

③“上帝啊，我身处何地？！我简直是被庸俗包围着啊！无聊的人们，一堆牛奶，一罐罐酸奶油，各种猫狗，蟑螂，还有笨女人……再没有比庸俗更糟糕、更让人窒息、更让人烦躁的事了。我要解脱、要逃走，现在就要，不然我会疯掉的！”

（1894年）

❶细节描写

本来是相亲相爱的一家人，可随着尼基丁心境的变化，他开始厌恶起身边的一切，就连最亲的人也不想看到。通过插门的小细节，体现了他内心烦闷，渴望宁静的真实想法。

❷寓情于景

一切都还和去年一样，可是尼基丁却已经不再是一年前的那个青年，他的脑海中多了对人生意义的思考。

❸直抒胸臆

直接表达了俄国沙皇时代知识分子内心的空虚。体现了作者对尼基丁的同情和对社会的反思。

精华赏析

优秀的青年文学教师尼基丁通过自己的不懈追求，终于获得了自己梦寐以求的幸福生活。可是到后来他才发现，原来自己的生活是如此的庸俗，以至于想要逃离。

延伸思考

1. 尼基丁喜欢玛纽霞吗?

2. 尼基丁为什么能娶到玛纽霞?

3. 尼基丁后来为什么会觉得不幸福?

相关评价

作者契诃夫在这篇文章中减弱了自己一贯的幽默讽刺成分，加深了揭露和批判的力度。通过对尼基丁这一知识分子形象的塑造，批判了知识分子的思想弱点，意在唤醒人们对真正美好事物的追求。

太 太

名师导读

出身高贵的医生叶夫格拉费奇有一位行为不检点的太太，这还不要紧，这位太太贪图医生的社会地位和财富，不仅不同意离婚，还惦记着丈夫的那些钱财。

---

❶开门见山

从这段话里可以知道医生的心情十分糟糕，可是为什么呢？

①"我告诉过您，不要随便收拾我的书桌，"尼古拉·叶夫格拉费奇吵嚷着，"您知道吗，每次您打扫房间收拾桌子后，我就什么都找不到了。我桌子上的电报去哪儿了？您把它收拾到哪里了？您快去找找，是昨天从喀山发过来的电报。"

女仆是个身体瘦弱、脸色发白的女人，她冷淡地看着他，在桌子底下的纸篓里翻出几封揉皱了的电报，默默地递给医生。可那些并不是本地的患者们发来的。她又跑到客厅，依然没找到，最后医生去到了奥丽加·德米特里耶夫娜的房间找。

现在是夜里十二点多，尼古拉·叶夫格拉费奇明白，妻子还有很长时间才能回家，最早也要到五点钟。[①]他不信任她，每当她夜里不回家时，他总是失眠，躺在床上懊恼，并且他看不上她，就连她的床、她的梳妆镜、那些精致的首饰盒，还有那些香到刺鼻的风信子和铃兰草，他统统看不上。所有的那些花草都是同一个人送的，这些花草使房间看起来像个花店。这样孤独的夜使他变得古怪任性、吹毛求疵。这样的夜使他格外需要弟弟昨天发来的电报，虽然电报上除了普通问候，再没有其他内容。

❶心理描写
从这里可以看出，这对夫妻之间早已没有了感情。

他眼睛的余光瞥见桌子上一个放信件的盒子，那个盒子下面是一封电报。他拿起来，看了一眼。这是一个叫米歇尔的人由蒙特卡洛发给岳母，由岳母再转给妻子的。电文上的文字是医生不认识的外文，或许是英文。

“这个叫米歇尔的是什么人？他是在蒙特卡洛吗？为什么电报要先发给岳母……”

[②]他脑海中一连串的问题，这种怀疑、猜忌、分析的习惯都要归功于自己七年的婚姻生活。他甚至想过，经过这样的家庭生活的训练，他都可以成为一位出色的侦探了。他拿着那个“罪证”回到书房，开始侦查。他想起了一年半前的事，那时他和奥丽加·德米特里耶夫娜与在交通局任工程师的同学一起在彼得堡的一家饭店吃早饭。那个同学给他们介绍了一位叫米哈伊尔·伊万内奇的年轻小伙子。那个小伙子当时有二十三岁左右，他的姓氏简短而奇怪，叫作“利

❷概括描写
从中可以看出医生的婚姻不幸福。

注释

彼得堡：是圣彼得堡的俗称，建于1703年。在俄罗斯历史上，彼得堡也是一座英雄的城市，位于普里涅夫低地的西部，涅瓦河和芬兰湾的汇合处——涅瓦河三角洲列岛上。

斯”。过了两个月，他就在妻子的相册中看到了这个人的照片，照片上还有一句法文的题词：“纪念现在，期盼未来。”之后，他在岳母家里见过这个人两次。而这些都正好发生在妻子经常夜不归宿的那段时间里。那段时间，她经常早上四五点才回来，并且还老是缠着他为她办理出国护照。他没有答应她，妻子为此整天在家里跟自己争吵，使自己在仆人面前没有一点面子。

读书笔记

认识那个年轻人一年后，医生被同事诊断出来初期肺病。同事建议他放下工作和家庭，到空气好的克里米亚休养一段时间。妻子知道后，假装很吃惊，并开始亲热地对待他。妻子试图说服他去尼斯休养，并主动要求一同前往去照顾他……

现在他终于明白她为什么极力劝自己去尼斯了，因为她的米歇尔就住在离尼斯不远的蒙特卡洛。

他找来英俄互译词典，逐个翻译电报上的单词，最后看懂它的大概意思：“干杯，我最亲爱的，多想一千次地吻着你迷人的小脚丫，迫切地等着你。”他心中想着，如果当初同意妻子的意见，去了尼斯，那自己的处境将是多么可笑、可怜啊！他悲伤得快要流泪了，他在房子里转来转去。[①] 他那被蹂躏了的自尊心、充满愤懑的内心……那种无法宣泄的情绪压抑着他，他眉头紧皱，用力握着拳头。他问自己：“我，一个乡下牧师之子，受过传统宗教的系统教育，性格直爽奔放，现在还是一名优秀的外科医生。这样一个人怎能心甘情愿地受一个卑微软弱、出卖灵魂的下流货奴役呢？”

❶心理描写

通过对他眉头紧锁、用力握拳的细节描写，表现他此时的愤怒。

“呵，小脚！”他将手中的电报揉成一团，重复着那句

"小脚！"

回想过去，从他们相爱开始，他向她求婚，之后结婚，共度了七年时光。这些时光中他留下的记忆，不过就只有她那头拥有浓浓香味的长发、柔软的丝绸花边和那双迷人的小脚。除了这些，似乎什么也没有，如果有的话，也只剩下无尽的埋怨、歇斯底里的争吵、不知羞耻的背叛和谎言。

他想起在乡下与父亲住在一起的时候，那时经常有一些鸟不小心从窗户飞进屋里，在屋子里乱飞，撞翻屋里的东西，疯狂地撞击玻璃。[①]如今，这个女人就如同那只鸟，从一个他不知道的生活圈里飞进他的生活，把他的生活弄得一团糟。他自己的青春就这样在地狱中度过了，幸福的幻想破灭了，连健康都一并失去了。他看着房里这些庸俗的布置，就像妓女的房子。他的年薪有一万卢布，可他却怎么也拿不出哪怕十卢布来孝敬自己的母亲，相反他还欠了一万多卢布的债。他想，就算是家里住着一帮强盗，他也不至于如此落魄吧。可全是因为这个他曾爱过的女人，他的家、他的生活才变得如此糟糕和不堪。

❶心理描写

医生把太太比喻成在屋子里疯狂乱飞的鸟，以此来表达内心对太太的不满。

[②]心中的愤懑使他急促地咳起来，这几声咳嗽使他累得难以喘息，他必须去床上休息休息。可他没有，依然在房间中踱步。忽然，他坐到书桌前，拿起笔，在一张纸上写道：

"小脚……"

❷动作描写

医生面对妻子出轨的事实，愤怒的心情使他无法平静。

马上就要五点了，因为没有休息，他变得很虚弱，他开始把所有的错都归到自己身上。他甚至想，如果奥丽加·德米特里耶夫娜没有嫁给自己，而是跟别的人结婚生活，或许她会成为一个善解人意的女人。而他太过耿直，猜不透女人的心，并且粗鲁，令人乏味……

“我的生命快要走到尽头了，”他想，“既然都要死了，那就该为活着的人做些什么。如果我现在还坚持自己的某种权利，未免也太不通人情了。就这样，我干脆跟她挑明，放她去找她的情人。我要与她离婚，并承担所有的罪责……”

读书笔记

她回来了，像往常那样，披着那件白斗篷，戴着棉帽，小脚上套着一双套鞋。她进入书房，一下子就靠坐在圈椅上。

“那个胖孩子真是讨厌，”她气喘吁吁地啜泣着说，“真是丑恶，这是欺骗。”她坐在椅子上跺着脚，“真让人无法忍受，不能忍，不能忍！”

“发生什么事了？”他来到她面前轻声问。

①“那个送我回家的大学生阿扎尔别克夫，他弄丢了我的包，那里面有我刚从妈妈那里拿的十五卢布啊。”

❶语言描写 太太因为钱的事情抱怨不止，没有对丈夫表达丝毫的爱意。

她像个小女孩似的哭着，手绢都被泪水打湿了，连手套都湿了点。

“那还能怎样，”他叹着气说，“丢了就丢了吧，别想了。我跟你说些话。”

“我很有钱吗，怎么能不在乎？他还说会还我，他那么穷，怎么可信……”

医生请她安静一下，听听自己的话，可她却一直自顾自地讲着那个大学生和十五卢布。

“嘿，我明天替他给你二十五个卢布可以了吧？只求你能听我说一句！”医生不耐烦地喊道。

②“那我去换件衣服，”她啜泣着说，“这件皮大衣在我身上让我不能好好谈事，好奇怪！”

❷语言描写 太太回家之后，一直对着丈夫不停抱怨，可丈夫说给她钱，她立马就停下了！

他接过她的皮大衣，帮她脱下套鞋，同时闻到一股她爱在吃牡蛎时喝的白酒味。别看她长得娇小，胃口却不小。她走进房间没一会儿便出来了，换了一身衣服，脸上扑了粉，不过脸上的泪痕依旧明显。她坐下来，使整个小身子都被那件轻薄带有花边的外套包裹着。她被一团粉红包围，丈夫只能看到她那蓬松的头发和拖鞋里的小脚。

“你要说什么？”她慵懒地问。

“我不小心发现了这个……”医生说着把手中的电报拿给她。

①“没什么啊，”她耸耸肩说，“不过是普通的新年祝贺而已，也没有什么特别的。”

❶语言描写

这位太太自然知道这封电报所代表的意义，不过她依然十分平静，说明她的确不害怕自己的丈夫。

“你知道我不懂这些字，对，我看不懂，但字典可以。它是利斯发来的，他为他可爱的情人干杯，还要吻你……不过，我并不想因此怪你，”医生急忙解释说，“我不想跟你争吵，我们之间已经吵了太多次了，应该结束了。现在我想告诉你：你自由了，可以随你的心去过自己的生活了。”

他说完后，屋子里安静了一阵，她又开始轻轻哭泣。

“你以后再也不用向我隐瞒什么了，”尼古拉·叶夫格拉费奇接着说，②“如果你爱他，就大胆去爱，如果你想去国外找他，那也可以放心去。你还这么年轻、有活力，可我差不多是个废人了，没有多长时间了……你明白我的意思吗？”

❷语言描写

妻子做了不忠之事，医生没有责怪她，反而想成全妻子，让她过得幸福一点，体现了医生宽阔的胸襟。

他激动得说不下去了，奥丽加·德米特里耶夫娜哭得更厉害了，她委屈地说，她确实爱那个叫利斯的年轻人，他们也曾在城里游玩兜风、去旅馆，她的确想去找他。

“看，我什么都坦白了，”她叹了口气，“我什么都不再隐瞒，只求你能再帮我一次，给我办护照。”

“我重复一遍：你自由了。”

她站起来坐到另一个离他近的椅子上，这样能更清楚地看到他脸上的表情。因为她并不相信他的话，她想知道他的真正目的。①她从不相信任何人，即使是别人高尚的意图，她也要从中找出卑劣的动机和利己的目的。她用怀疑的眼神看着他，他感觉像是发着绿光的猫眼在看自己。

❶概括描写 这位太太认为世上所有的人都和她一样，有着卑劣的动机和利己的目的。

“你打算什么时候给我护照？”她小声问。

他多想从嘴里蹦出“休想”两个字，可他极力克制自己，只说了：“随便。”

“我只到那里待一个月。”

“你可以不用回来，我们离婚，所有后果由我承担。而你们可以结婚、一起生活。”

读书笔记

“可我从没打算跟你离婚！”她急忙回答，并且表现得很惊讶，“我可没想离婚，我只要求你能给我办护照。”

“可你为什么不想离婚？”医生问，他有些生气，快要失去耐心了，“你真奇怪，怎么如此奇怪！如果你真的爱他，他也非常爱你，你们不是要考虑结婚吗？结婚不是最好的选择吗？难道你要这样继续瞒着大家私通吗？这样算是明智的吗？”

“我知道你的意思，”她站起来，从他的面前走过，娇小的脸上露出凶狠的表情，“我知道，您现在很讨厌我，您是想把我甩掉，要跟我离婚。感谢您，我也不傻。我并不想离婚，也不会离开您。我是不会离婚的，不会！②第一，我不会因此失去我原有的社会地位。”她说得很快，像是怕别人阻止她似的，“第二，我都二十七岁了，利斯比我小四岁，他还年轻。或许再过一年，他就会厌倦我、甩掉我。第三，我可以明确地告诉您，我不知道我对他的迷恋能坚持多

❷语言描写 描写了太太丑陋的人格。她根本就不喜欢丈夫，所贪图的只是丈夫的地位和财富，更重要的是，她想一直缠着医生，永远不会放过他。

长时间……所以，我是不会离婚的。”

“好，那我会把你赶出去！”尼古拉·叶夫格拉费奇大喊着跳起来，“我要赶走你，贱货，无耻！”

“走着瞧！”她说完便转身走向卧室。

他仍旧在屋子里来回踱步，在客厅的一张照片前停下来凝望着它。那是七年前的照片，那时他们刚结婚不久。照片上是妻子奥丽加·德米特里耶夫娜和她的父母，还有尼古拉·叶夫格拉费奇本人。①那时妻子只有二十岁，他自己也还是个青年人，脸上洋溢着新婚的幸福。岳父的脸修饰了一番，身体有些发胖，他当时得了水肿病，他是个三品官，不过狡猾又贪婪。②岳母是个胖胖的官太太，小脸盘露出一种凶狠的表情。她特别爱自己的女儿，不管发生什么事都站在女儿这边，哪怕她女儿害死了人，她也会为她辩解，把她藏起来。妻子奥丽加·德米特里耶夫娜的脸和她母亲很像，脸小而凶，比她母亲还要凶。如果说岳母像黄鼠狼，那么她就是老虎了！相比起来，他本人在这张照片里就显得有些随便了，看起来就是个朴实无华的年轻人，脸上带有宗教学生特有的柔和的笑容。命运无情地将他放进这群猛兽之中，他还天真地以为会从这群猛兽身上获得幸福以及上大学时梦寐以求的东西。他想到当时唱的那首歌“没有恋爱的青春算什么青春……”

他再一次扪心自问：我，一个乡下牧师之子，受过宗教教育的学生，直爽、粗犷，还是一名优秀的外科医生，为何

❶细节描写

全文讲述的都是医生与妻子现在糟糕的生活，只有这里提到了他们年轻时刚结婚的样子，那时候他们是那么的幸福与甜蜜。

❷外貌描写

描写岳母的外貌。

读书笔记

注释

水肿病：是指以头面、眼睑、四肢、腹背，甚至全身浮肿为临床特征的一类病症。

会陷入如此境地，为何会落到一群庸俗、卑劣、跟自己的天性完全相反的人手中？

已经是上午十点多了，他穿上那件经常穿的衣服，打算去医院，女仆敲门进来了。

“什么事？”他问。

①“太太已经醒了，她派我来取您之前答应给她的那二十五个卢布。”

（1895年）

①语言描写 文章的点睛之笔，医生还在为自己的婚姻苦恼不止的时候，他的太太想的只有钱，从来没有考虑过他的感受。

精华赏析

太太背着受人尊敬的医生出轨，挥霍家财，过着花天酒地的生活，这一切让医生痛苦不已，直到最后才明白妻子只是贪图自己的钱财和地位。

延伸思考

1. 医生爱过自己的妻子吗？
2. 太太为什么不和丈夫离婚？
3. 医生与太太的关系为什么会这么糟糕？

相关评价

作者契诃夫通过这篇小说，描绘了一个唯利是图、毫无道德观念的夫人形象，表达了作者对以小说中医生为代表的正直人士的同情和对拜金主义的批判。

挂在脖子上的安娜

名师导读

纯洁善良的美少女安娜为了减轻家里的负担和改变自己的命运，嫁给了一个富有但丑陋的丈夫，从开始被丈夫控制慢慢变成一个在社交场上随心所欲的女人。

一

在教堂举行完婚礼后，连一些普通的饭后小吃也没吃到，这对新人只喝了杯酒，就换上普通衣服，坐车前往火车站。他们不像普通夫妇那样，在婚礼结束后举行舞会，招待客人，也没有准备音乐和舞蹈，而是坐车直奔二百俄里外的圣地参拜朝圣。不过，大家对他们这种做法也比较赞同，因为新郎莫捷斯特·阿列克谢伊奇已经不年轻了，他又有显赫的官职，或许他们觉得太热闹不符合他的身份、年龄，[①]并且这场婚礼还是一个五十二岁的官员和一个十八岁小姑娘的，音乐会让人感觉无聊。大家都说，莫捷斯特·阿列克谢

❶年龄介绍

新郎与新娘的年龄差距巨大，这样的一个美少女为什么会嫁给一个老头呢？

❶概括描写 阿列克谢伊奇的道德标准真的如他所说吗？

伊奇为人中规中矩，[①]他之所以将新婚旅行地选为修道院，是因为要告诉新婚妻子，宗教与道德同样是婚姻中最重要的东西。

大家都聚集在火车站为这对新人送行，亲戚朋友和同事们都拿着酒杯在火车站等着，等火车一开动，他们便欢呼着“乌拉”。其中有一个戴着高礼帽、穿着学校教师统一服装的人，是新娘的父亲。他已经醉了，喝得脸色苍白，但还是握着酒杯往火车窗户里探头，他凑近女儿，央求道：

“安娜，我的安娜，你听我说，安娜……”安娜把头伸出窗外，他就在她耳边轻声说着什么，风带着酒气吹着她的脸庞，她什么也没听清。他不断在她手上、胸前、脸颊上画着十字。[②]他急促地呼吸着，泪水也快要涌出眼眶。彼嘉与安德留沙是新娘的弟弟，都还在上中学，他们上前拉住父亲的衣角，小声地对父亲说：

❷细节描写 通过父亲不断在女儿的身上画十字和快要哭出来的细节来体现他内心的不舍。

“行了，爸爸，停下吧，别再说了……”

火车已经开动了，他还在追着火车，安娜看见，他摇晃着跑了几步，酒杯也掉到了地上，他的脸上满是悲凉、愧疚、慈祥。

“乌……拉……”他冲着开走的火车喊道。

现在只剩这对新人了。莫捷斯特·阿列克谢伊奇坐在座位上环顾了一下四周，将随身行李放到置物架上，然后坐在了新娘的对面，冲着她微笑了一下。这个男人个头不矮也不算太高，长得很丰满，身材胖胖的。他保养得特别好，留了一撮长胡子，但是却没留唇髭。他的下巴很长很扁，剃光了胡子就像是个脚后跟，这是他在长相上最特别的地方。顺着那光秃秃的“脚后跟”向上看是像果冻一样的胖脸颊。他看起来很庄重，做事也很从容，总是一副温和的样子。

“我突然想起五年前的一件事，”他笑着对妻子说，“那时，科索洛托夫获得了一枚金质安娜勋章，他去向大人道谢，大人对他说：①‘科索洛托夫，你现在可是有三个安娜了，一个挂在你的纽扣上，另外两个挂在了脖子上。’要说明一下，科索洛托夫的妻子也叫安娜，她是一个爱找碴儿的轻浮女子，当时刚回到丈夫身边。所以，我希望，在我得到跟他一样的勋章时，大人找不到说这话的理由。”

❶语言描写

新郎这句话解释了“脖子上的安娜”是什么意思，也呼应了小说的题目。

他微笑着看她，她也微笑着回应。可是她心里却乱糟糟的，因为她在想着以后面前这个人可以随时用他那潮湿厚大的嘴唇亲吻自己而她还无法拒绝就害怕。他那宽大的身体稍微动一下，都会让她受到惊吓。她讨厌面前这个老男人，也很害怕他。他站起身，从容地摘下脖子上的勋章，脱掉了坎肩，换上了长袍。

“这样就好多了。”他说着坐到安娜旁边。

她浑身难受，想起了婚礼时的场景。她觉得当时教堂里的所有人，包括主持婚礼的牧师和那些到场的亲朋好友们都在用异样的目光打量她：为什么一个如此美丽、年轻的女孩会同意跟一个上了年纪、枯燥乏味的老头结婚？今天早晨起床时她还觉得很高兴，感觉一切都很合意。可当她坐在车里，到达教堂时，她才意识到自己的想法大错特错，她可笑地被骗了。②看吧，她是嫁了个有钱人，可她的口袋依然是空的，就连她结婚时穿的礼服都赊了账。还有父亲和弟弟们，他们同样没钱，婚礼结束后他们能填饱肚子吗？她觉得自己离开了家，弟弟们和父亲都会挨饿，这种感觉就像母亲去世那晚一样，那么迷茫、无助和忧伤。

❷概括描写

写出了安娜为什么会愿意嫁给这个年长自己很多的人，只是因为想着新郎的钱财贴补家用，改变自己的命运。

“为什么我会如此不幸，为什么是我！”她想。

莫捷斯特是个稳重腼腆的人，他不善与女人交往。他有些害羞地搂了下她的腰，抚摸了下她的肩，可她的心仍旧被钱和母亲的事占据。彼得·列昂契奇，她的父亲，是一位中学美术和书法老师，自从母亲去世后，他便开始酗酒，家里也跟着变得贫困起来。[①]孩子们冬天还光着脚丫受冻，父亲因此受到了民事局的审判，被抄了家具……真是丢人啊！安娜不得已要照顾他们，给弟弟们买菜做饭、缝衣服。每当有人说她多么漂亮可爱时，她就觉得全世界的目光都在她那不值钱的帽子和染了墨水的鞋子的窟窿上。每天睡觉前她都会一个人默默地哭，一种莫名的恐惧包围着她。她觉得父亲早晚有一天会因为酗酒而被学校开除，或许会受不了，随母亲而去。一段时间之后，一个邻居家的太太来到家里，说要为安娜介绍一门好亲事。很快，他们就介绍了莫捷斯特·阿列克谢伊奇。[②]他虽然年龄大，长得也一般，但是很有钱。他有一处地产，还有不少存款，为人老实忠厚，很得领导赏识。还有人告诉她，这个男人可以说服校长让彼得·列昂契奇继续在学校工作。

❶**概括描写**

因为父亲酗酒，导致家境越发贫困。

❷**人物介绍**

这门好亲事的前提条件是新郎有钱。

她在火车上回忆着那些琐事，突然听到一阵音乐声，和着嘈杂的人声，火车停下来了。这是一个小车站，月台后，一群人愉快地玩弄着手风琴和小提琴，那低廉的乐器使声音听起来有些刺耳。那高耸挺立的白杨树和白桦树后是一片别

注释

白桦树：落叶乔木，有白色光滑像纸一样的树皮，可分层剥下来，用铅笔还可以在薄薄的树皮上面写字。

墅，那里传来了军乐队的演奏声，大概是在举行舞会。一些来到这里避暑的游客和市民在月台上悠闲地散步。其中一个叫阿尔狄诺夫的男人，他长得很高很胖，脸的轮廓像是亚美尼亚人，有一头黑发。他非常富有，那些别墅都是他的地产。他的穿着也有些奇怪：上身穿着一件衬衣，前胸敞开着，肩上披着一件拖地的黑色斗篷，脚上是像军靴的鞋子。他的身后是两条凶猛的猎狗。

读书笔记

安娜依旧眼带泪花，不过现在她心里已经不是母亲、钱、婚礼这些事了。她微笑着跟那些她认识的军官和中学生一一握手，并用很快的语速说：

“你们好，大家生活还可以吧？”

[①] 她走到月台，沐浴在月光下的她是那么迷人，她那华丽的衣服，漂亮的帽子将她衬托得更加高贵。

❶景物衬托　描绘出安娜美丽迷人的样子。

“火车怎么在这里停下了？”她问。

“会车避让，”其他人回答说，“等那辆邮车过来后就可以走了。”

她发觉，阿尔狄诺夫正在盯着自己，于是她便妩媚地眯起眼，高声讲着法语。或许是因为她听到了这里悦耳的音乐，或许是水中的月亮很漂亮，或许是那个好色得出了名的阿尔狄诺夫正盯着她看，也或许是因为大家都非常兴奋，她也跟着变得很快活。邮车过去了，火车要开了，她优雅地向大家挥手告别，还随着树林后的军乐队的音乐哼起了歌曲。她带着一种自己也说不清的愉悦感回到了火车上，看着那些欢快送别的人们，她突然获得了信心，觉得自己将来一定会特别幸福。

读书笔记

这对新人在修道院待了两天后就回城了。他们的新房就是政府提供的公寓，莫捷斯特·阿列克谢伊奇工作日的时候

❶细节描写 安娜的婚后生活十分枯燥无聊。

准时上班，她就自己在家里，[1]偶尔会弹奏钢琴，偶尔会因为无聊枯燥的生活哭一会儿，或者就是在藤椅上躺着看小说，浏览下最新的时装杂志。午饭时，莫捷斯特·阿列克谢伊奇就在饭桌上边吃饭边讲些工作上的事情，比如各种人员调动和当下的政治环境；有时还会以教育的口吻对她说，人活着必须工作、劳动，在家庭中也要尽到义务，注意节俭；他还非常重视宗教与道德，认为那是世上最重要的东西。他说话时，手里还紧握餐刀，像是拿着剑坚定地说：

“人活着，最重要的就是责任！”

安娜总觉得他说话时很吓人，她吓得不能吃饭，总是吃一点就从餐桌那儿离开回房。吃完午饭，丈夫就回房睡午觉了，他打呼噜的声音非常大。等丈夫睡下，她就回娘家看看父亲和弟弟。当她来到父亲家门口时，父亲和两个弟弟总是用一种奇怪的眼神打量她，就像是之前他们还在背后指责她为钱而委屈自己嫁给一个并无感情的男人。她那漂亮的裙子，华贵的手镯、项链，走起路来叮当作响。她身上散发的贵妇气质使他们感到羞辱，他们面对面前这位熟悉又陌生的太太都沉默着说不出话。但是他们依然爱她，自从她嫁人后，他们还不习惯没有她一起吃饭，吃那带着一股怪味儿的煎土豆。彼得·列昂契奇颤抖着端起酒瓶，倒了一杯酒，用复杂的表情一口喝下去，接着又喝了一杯，又一杯……那两个瘦小的、苍白的脸上瞪着一双大眼的男孩从他手中夺过酒杯，慌慌张张地说：

“爸爸，别喝了，够了……”

安娜也跟着劝他不要再喝了，可他却突然发火，使劲拍打着桌子。

读书笔记

读书笔记

①"不要管我，谁也不许管我！"他叫喊着，"你们这儿个坏家伙！"

不过，大家都能听出他声音里的善良和软弱，所以大家并没被他吓到。吃完午饭后，他总是对着镜子精心修饰自己的外表。他脸色发白，下巴上那道刮胡子时不小心留下的刀疤非常明显。他在镜子前向前伸着脖子，打量着自己，一会儿用梳子梳梳头发，一会儿又捋捋胡子，喷点香水，灵巧地扎好领带，戴上手套，扣上一顶圆高帽，然后去别人家里做家教。如果是节假日，他就在家里弹弹风琴，或者画画。风琴总是不听使唤，发出吱呀的响声，任凭他怎么努力也弹不出和谐优美的声音，他还经常跟着音乐唱歌；有时他还对两个男孩儿发脾气："小坏蛋们，怎么把琴弄坏了！"

每天吃过晚饭，莫捷斯特·阿列克谢伊奇就会跟住在公寓里的其他官员打牌。男人们打牌，他们的太太也都在一旁闲聊，无非是说些家长里短和嘲笑别人的话。这些长相难看、穿着低俗的女人说出的话也像她们本人一样粗俗乏味。有时候丈夫会带她看戏，中场休息时，他也不让安娜离自己太远。他总是牵着安娜去走廊转一圈或在休息室坐一坐。一碰到给他们打招呼的人，他立即就低下头小声对她说："他是五品官，还受到过公爵大人的接见……"不然就是说："这个人很有钱，家产很多……"他们散步时会经过小卖部，有时安娜想吃些点心或巧克力，但自己没钱，又不好意思开口向丈夫要。而她的丈夫，有时会停下摸一个梨，慢慢地问卖家："多少钱？"

"二十五戈比。"

②"真贵！"他说着便扭头看别的，可是来到这里不买

❶语言描写

安娜的父亲对自己的生活感到绝望。

读书笔记

❷动作描写

阿列克谢伊奇十分吝啬。

东西又感觉很没面子，于是就买了一瓶矿泉水，在路上独自喝光，喝得他都想吐。每到这时，安娜就非常讨厌他。

有时候他涨红着脸对她说：

“快向这位夫人鞠躬！”

“我并不认识她。”

“这是税务局局长的太太，别管其他的，快鞠躬啊！”他快速地说着，“鞠个躬而已，头又不会掉下来！”

①安娜听他的话向那位夫人鞠躬，她的头确实没掉，可她的心很难受。一切都按照丈夫的指示做，她恨自己，如此轻易被他骗。一开始，她嫁给他是因为他的钱，可她现在竟然比结婚之前更穷了。以前，父亲偶尔会给她二十戈比，可如今她身无分文。她又不能去偷盗，她甚至不敢向他要钱，因为非常害怕他。小时候，她觉得学校的校长是世界上最可怕的人，像是一块重大的乌云，会掉下来压死她。另一个跟那个校长一样的人物，就是那位经常提到的公爵大人，不知为什么，仿佛所有人都怕他。另外还有十来种稍微小一点的可怕力量，其中有一位就是她的中学老师，他没留唇髭，冷若冰霜。还有她的丈夫，这是最新的令她害怕的人，他的生活按部就班，长相和那位校长有些相似。安娜觉得所有这些人汇聚成了一种无比强大的力量，像是一头凶猛的野兽，向自己父亲那样软弱、有过失的人步步紧逼。②面对丈夫，她不敢说一句拒绝的话，只能强颜欢笑；面对他那恐怖和粗暴的拥抱和爱抚时，她也只能佯装快乐。

有一次，安娜的父亲欠了别人一笔钱，需要赶快还上，她鼓足勇气向莫捷斯特·阿列克谢伊奇借了五十个卢布，这可不容易！

❶心理描写

安娜在嫁给丈夫之后，非但没有获得幸福，反而心里更加的难受，不仅仅因为贫困，更因为要被迫去做自己不愿意的事。

❷概括描写

安娜出身贫寒，十分软弱，面对丈夫的欺压不能说一句拒绝的话。

“好，我可以借给您，”莫捷斯特·阿列克谢伊奇说，“但我要提醒您，您以后不能再喝酒了，否则我是不会再帮您的。您要明白，您也算是公职人员，喝酒这种不良嗜好是非常可耻的。我必须提醒您，很多有前途的人都是被这毁掉的，如果他们改掉这个毛病，说不定能有一番大作为！”

接着他又滔滔不绝地说着：“这种情况……如果……根据……所以……”结果就是这个可怜的酒鬼更加想喝酒了。

彼嘉和安德留沙总是穿得破破烂烂的就来家里看望姐姐，当然，他们也依旧逃不了莫捷斯特·阿列克谢伊奇的一番说教。

“人活着，最重要的是什么呢？是责任！”

①他从来不给他们钱，但是会给安娜买些饰品，比如镯子、戒指之类的。他说这些东西在困难时会帮到他们，他还经常查看她的柜子，看看那些东西还在不在。

❶概括描写

阿列克谢伊奇生性吝啬，为人虚伪自私。只会用好听的话语去哄骗别人，显得十分慷慨，可是通过经常查看妻子的柜子这一举动，说明他是个自私自利的吝啬鬼。

二

转眼就到冬天了。还没到十二月，当地官方报纸就发布了一条消息：每年一度的新年舞会将在十二月二十九日于贵族俱乐部开幕。②每晚玩纸牌游戏结束后，莫捷斯特·阿列克谢伊奇都会高兴地同那些太太们聊天，同时还小心翼翼地监视着自己的妻子。之后就会在房间里心事重重地踱步。终于，有一天晚上，安娜准备睡觉了，他来到她面前说：

❷细节描写

阿列克谢伊奇的生活庸俗无聊，性格自私、多疑。

“你得为自己准备一件参加舞会的衣服，知道吗？你先去和娜塔莉亚和玛丽娅她们商量商量吧。”

他交给她一百卢布。不过在准备缝制舞衣的时候，她并没有跟娜塔莉亚和玛丽娅商量，也没有找别人，只是回去告诉了父亲。她尽力回忆母亲在世时跳舞的样子及穿戴。她母亲在世时总是打扮得很入流，不仅如此，就连安娜都被她打扮得十分漂亮，像个洋娃娃。她还教安娜法语和上流舞蹈，因为母亲结婚之前做过很长时间的教师。安娜也很好地继承了母亲的心灵手巧，能把破旧的衣服重新改成新的，会巧妙地用汽油洗手套，租用高档首饰戴；[①]她也会学着母亲，眯着眼，用娇嗲的语气跟人说话，会扭扭捏捏，在不同的场景下装出或高兴或悲伤或复杂的神情。而她那乌黑的头发和眼珠，爱打扮、神经质的个性则完全来源于她的父亲。

❶概括描写

在接触到上层社会之后，安娜也开始一点点地转变，为后面她完全堕落做了铺垫。

距离舞会开始还有半小时，莫捷斯特·阿列克谢伊奇还没有穿上自己的礼服，他走进安娜的房间，站在穿衣镜前，把自己那枚勋章挂到了脖子上。他转身看到妻子那绝美的容貌和裹在华丽衣服里的婀娜身材，简直惊呆了，他得意地捋着胡子赞美道：

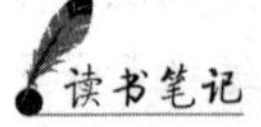

“看看，看看我美丽的太太，这么美丽的人竟然一直在我身边，我的安娜！”他突然又转换了一种语气，严肃地说：“看，你现在已经得到了我给的幸福，那么你今天也得为我做些事，让我幸福些吧。你今天在舞会上要主动去结识公爵大人的妻子。上帝啊，你跟那位太太熟识后，我就可以升职了。”

❷场景描写

写出了当时俄国上层社会的奢侈生活，与安娜贫苦的家庭出身做对比，更引人深思。

他们换好衣服来到了舞会大厅。贵族俱乐部果然非常华贵高档。[②]这里有很多看守在大门旁守着，前厅站立着一排衣帽架，衣帽架上挂着各种款式的皮衣，再向前走，便可以看到很多仆役在人群中忙碌地穿梭，还有很多袒胸露背的官太太们，她们手拿着精致的扇子挡在胸前。空气中有一股煤油灯的味道。安娜挽着莫捷斯特·阿列克谢伊奇从楼梯走上楼，她听到悦耳的音乐，舞厅里灯火辉煌，华丽的灯光照在她的身上，[①]她瞥见镜子里闪耀的自己，心里异常欢喜，就像那次在火车站被月光照亮一样。她抬头挺胸，以自信高傲的姿态向前走，她到此时才真切地感觉自己是位太太。她模仿着记忆中母亲的姿态，看着眼前的一切，她觉得自己从没有像现在这样富有、高贵，即使那个老丈夫在自己身边，她也不感觉拘束。因为，从她踏入舞厅开始，她就明白，身边这个老男人不仅不会使她看起来廉价，相反，还会增加她对其他男人的诱惑力。大厅里音乐已经响起，舞会马上就要开始了。安娜处在这灯火辉煌、喧闹热烈的场景之中，简直像做梦一样。她看向大厅，心里感叹道："好美啊，真好！"她在人群中看到了以前在聚会和舞会上认识的人，有教师、地主、官员、律师和其他的太太们，还有那个阿尔狄诺夫。那些太太有的长得漂亮，穿得也很优雅，有的则很庸俗乏味。她们早早地就在义卖市场那里占好了位置，打算卖东西筹备些钱，捐献给穷人们。一个长得很魁梧的军官像是突然从地下钻上来似的，伸手请求与安娜跳舞。安娜放开丈夫的胳膊，与军官跳起了华尔兹。她感觉自己像是漂浮在暴风雨中的小船，丈夫则在岸上远远观望。从华尔兹到卡德里，再到波尔卡，她换了一个又一个舞伴，每段舞都那么迷人。[②]在嘈杂的说话声和音乐声中，如痴如醉的她跟别人交谈着，俄语中掺杂着一些法语，娇声娇气，嘻嘻哈哈。此刻她心里没有丈夫，也没有别的事。很显然，舞会上的男人们都

❶心理描写

安娜自始至终对自己的美丽分外自信。

读书笔记

❷概括描写

安娜在舞会上光彩照人，大受欢迎。她沉浸在这快乐之中，仿佛已经忘记了自己身处何地，只知道别人都很喜欢她。

被她迷住了，她激动地喘着气，双手紧握着扇子，口渴得想喝水。彼得·列昂契奇穿着皱巴巴的衣服，一身汽油味，来到她面前，给了她一小碗冰激凌。

❶语言描写 作为父亲的彼得在看到女儿如此的神采飞扬之后，对自己充满了自责。

“真漂亮，你今天十分迷人，”他笑着看着她，①“我现在很后悔，后悔让你那么早结婚……因为，我也明白，你之所以这么做全是为了我们，唉……”他说着，颤抖着从口袋里掏出一沓钱，说，“这是我做家教的钱，足够还给你丈夫了。”

她吃了两口将碗给了他，马上又有人来请她跳舞了。他们牵着手去了舞厅中间旋转，穿过熙攘的人群，她看到父亲正搂着一位夫人的腰在木地板上来回穿梭。

读书笔记

“看，他没有喝酒，那么可爱！”她想着。

她又与那位身材魁梧的军官跳起华尔兹，军官身体笨重，活动缓慢，像行尸走肉一般，他一边走，一边晃动着屁股和肩膀，拍子有时也踩不对，像是不乐意跳一样。可他的那位漂亮舞伴却和他截然相反，她绕在他的身旁，像翩翩起舞的蝴蝶，尽情地展露着自己姣好的面容和曼妙的身材，用火热的眼神挑逗着他，也挑逗着舞厅里其他的男人。可他依旧冷漠，像高高在上的皇帝。

“太棒了，真是美妙！”观众纷纷赞赏。

慢慢地，魁梧的军官开始被这种气氛感染，缓缓地扭动起来，表情也变得兴奋了，整个人又充满了活力。这时她只是扭着肩，抬头看着他，她已经成为皇后了，而他只是个奴隶。②她觉得舞厅所有的目光都在自己身上，所有人都为她折服，男人们喜欢她，女人们嫉妒她。一曲舞完了，身材魁

❷场景描写 安娜在舞会中吸引了众人的目光。

梧的军官向她点了点头，道谢。突然，观众自动站成排，让出了一条通向她的通道，男人们都立正，严肃地挺着身子。从通道里走来一个肩上挂着两枚勋章的男人，没错，这个人就是大家口中的公爵大人。他正向她走来，眼睛直盯着她，嘴唇上翘，露出甜蜜的笑。①他的嘴唇有些颤抖，每当他见到漂亮女人时都是这个样子。

“很高兴……”他说，“我要惩罚你的丈夫了，把他关进禁闭室去。因为他竟然一直对我隐瞒他有如此瑰宝。我太太让我来找您的，”他向她伸出手，“她们需要您的帮助，呃……我该像美国那样，设立一个美女选拔奖，发给您奖金……我太太正等着您。”

她跟着他来到义卖市场，见到了大人的太太。这个太太脸又长又大，尤其是下巴，格外地宽，好像嘴里含着石头。

“过来帮我们吧，”她拖着长音说道，“所有的太太都在这里进行义卖，筹集善款，大家都在工作，只有您还在那里玩，这是为什么呢？您为何不想帮我们呢？”

这位太太说完没多长时间就走了，安娜在那里继续她的工作，面前摆着茶炊跟茶杯。安娜一来，这里的生意就开始忙碌起来。安娜规定一杯茶要一个卢布，她软磨硬泡让那个魁梧的军官饮了三杯。还有那个有钱的阿尔狄诺夫，他也过来了，不过这次服装没那么古怪，只穿了一件普通的燕尾服。他看着安娜，眼神一刻也不想离开，他喝了杯香槟，给了安娜一百卢布，之后又喝了一杯，又是一百卢布。不过他一直不说话，因为他有气喘病，呼吸困难。②安娜靠自己的魅力招揽了很多顾客，收了很多善款。她自己也明白，自己

❶细节描写

从侧面来衬托安娜的美丽，也反映出这位大人的好色。

读书笔记

❷概括描写

安娜这时候终于明白，自己的美对于这些男人来说有着致命的吸引力，而为了名利，她完全可以牺牲自己的美色和尊严。

美丽的笑容和魅惑的眼神能够给那些男人极大的快乐。她现在毫不怀疑，自己就是为这豪华、喧闹的生活而生的，那些嘈杂的音乐、华丽的舞蹈、攒动的人群就是她的生活。她长久以来都非常恐惧，恐惧那些压迫她、威胁她的力量，不过现在看来，以前的恐惧是多么可笑。[1]现在她不再害怕了，心里只有一丝惋惜，对母亲去世的遗憾，不然，母亲看到她如此成功，一定非常高兴。

❶心理描写 安娜把陷入纸醉金迷的堕落生活视为成功。

彼得·列昂契奇脸色发白，晃晃悠悠地走着，到安娜面前，要了杯白兰地。安娜涨红着脸，生怕他因醉酒说出什么上不得台面的话，可她没想到，他一饮而尽，从那一沓票子中抽出一张扔到桌子上，就一言不发地转身走了。不一会儿，安娜就看到他跟一位太太跳起了舞，他已经站不稳了，踉踉跄跄地转着圈，还在叫喊，那位太太一脸尴尬。安娜突然想到，三年前，在一场舞会上，父亲也曾这样失态，在舞厅里喊叫、撒野，最后警察来了，把他送回了家，第二天校长就威胁要辞退他。这个时候想起这个还真是扫兴。

读书笔记

傍晚的时候，大家熄灭了茶炊，忙碌了一天的善良的太太们将筹集到的钱交给了大人的太太。阿尔狄诺夫牵起安娜的手，一起走进大厅。大厅里已经备好了晚餐，虽然吃饭的只有二十来人，不过依旧非常热闹。大人端起酒杯说道："我们在豪华的饭桌前聚集，现在让我们为这次筹集善款的成功干杯！"陆军将领接着说道："为那种连炮弹都要屈服的力量干杯！"大家站起来相互碰杯。这种日子简直太快活了！

第二天天亮时，安娜才被人送到家，厨房的仆人们都去买菜了。她心情很好，还有些醉意，感觉生活充满了新鲜的东西，她筋疲力尽，倒在床上就睡了。

一直到下午一点，女仆来到房间将她唤醒，说阿尔狄诺夫来了。她快速地换好衣服，打扮了一下，来到客厅与阿尔狄诺夫见面。送走阿尔狄诺夫不久，公爵大人也来到了家里。大人为义卖的事向她表示了感谢，他还是那样，露着甜蜜的笑，嘴唇微动，他亲吻了她的手，还告诉她，希望她能够欢迎自己以后的拜访。送走了大人，她站在客厅里发呆，她简直不敢相信，她的生活正在发生巨大的变化，这种变化太快了。[①]这时，莫捷斯特·阿列克谢伊奇回家了，他露出甜蜜的笑，谦卑地站到她面前，像个奴仆一样。她心里既高兴、痛快又恶心，她知道，不论她现在如何对他，他都不敢怎样，于是她一字一句地说道：

“蠢货，滚出去！”

从那以后，安娜就一刻也不闲着了，因为她有很多约会，要去郊游、聚餐、看演出。她每天都玩到凌晨或天亮才回家，回来后累得筋疲力尽，就躺在客厅的地上睡，不过她却向别人描述自己是如何睡在花里的。[②]她现在也需要钱，不过不像以前那样穷了，她不再怕那个老丈夫，而可以随意地花他的钱。她从不向他开口要钱，而是直接把账单或者要钱的条子给仆人，让仆人交给他，上面写：“派人送二百卢布”，或者“速拿五十卢布”。

舞会过后的第二年复活节，莫捷斯特·阿列克谢伊奇获得了一枚安娜勋章。他来到公爵大人家里道谢，大人撂下手中的报纸，在圈椅上动了动，眯着眼说：

❶动作描写

仅仅因为经过了昨天的舞会，阿列克谢伊奇对待妻子的态度就发生了天翻地覆的转变，不敢再像从前那样对待安娜了。

❷概括描写

安娜不再像以前那样穷了，有了名气和地位，可是我们都知道，她已经堕落了。

❶语言描写

在安娜刚结婚的时候，她的丈夫，那个口口声声遵从道德标准的男人就告诉过她，他不想大人说出这样的话，可如今大人还是说出了。

❷动作描写

安娜最初之所以嫁给阿列克谢伊奇，就是为了帮补家里，可是在上层社会腐化堕落之后，再也没有想起自己的父亲和弟弟。父亲看着女儿这一路的堕落却无能为力。

[1]“你现在可是有三个安娜了，”他看着自己嫩白的手，“一个挂在你的纽扣上，另外两个在脖子上。”莫捷斯特·阿列克谢伊奇用两根手指压着嘴唇，以免自己的笑声太大，他回答道：

“如今在下只盼着小弗拉基米尔的到来。到那一天，请大人做他的教父吧。”

他在这里说的是弗拉基米尔勋章，他早就想好如何用双关语巧妙地回答大人的话了。他觉得自己的回答非常机智成功，他还在酝酿着再说一句这样的话，不过，大人却只点点头，继续低头看报纸。

安娜出游时总是坐最豪华的马车，她经常和阿尔狄诺夫一起出去，或是看演出，或是去打猎，或只出去吃饭。她在家的时间越来越少。彼得·列昂契奇酗酒的毛病更严重了，他没有筹到钱，就把自己的那些乐器卖掉换钱。家里的两个男孩也不敢让他一个人去街上，总是在他出门时跟着。一次，他们在基辅街看到安娜乘着华贵的双套马车，阿尔狄诺夫坐在车夫的位置。[2]彼得马上摘下帽子，准备冲着马车大喊，可是被两个男孩拉住了，这两个男孩用请求的语气说：“爸爸，够了……别这样……”

（1895年）

注释

基辅街：地名。

精华赏析

本文描述了美少女安娜因为家庭贫困，为了帮助家里人和改变自己的命运，嫁给一个富有丑陋的老头，在上层社会纸醉金迷的生活中渐渐堕落的故事。

延伸思考

1. 安娜结婚的时候多少岁？

2. 安娜为什么会嫁给阿列克谢伊奇？

3. 文章最后，两个弟弟为什么拉着父亲不让他大喊？

相关评价

作者通过安娜的堕落，批判社会上那些虚荣、庸俗和自私自利的人，也讽刺了沙皇俄国社会的黑暗和拜金主义的不良习气。

带阁楼的房子

名师导读

画家在风景如画的乡下度假时遇到了莉达姐妹，渐渐地爱上了妹妹米修斯。而米修斯却因为姐姐的阻拦远走他乡，只留下画家望着米修斯家带阁楼的房子独自惆怅。

一

故事发生在六七年前，那时我还住在某个县城里的一个庄园里，庄园的主人叫别洛库罗夫。①别洛库罗夫是个很年轻的地主，他每天都会早起，穿着他那件带褶的衬衣，开始一天的活动。每天傍晚他都要喝酒，喝得微微醉，然后来向我诉苦，说没有人可怜他之类的话。他的卧室在花园中间的厢房，我的卧室则是庄园老房子的一个大厅。大厅里有个很宽的大沙发和一张方桌，除此之外，没有别的。我一般都是在沙发上睡觉，偶尔会在桌子上玩会儿牌。卧室里的那个老式的阿摩司式炉子，大晴天的时候

①概括描写 乡下的生活平淡而又枯燥，所以庄园主别洛库罗夫才会总是微醉着向“我”诉苦。

也嗡嗡地响；在雷雨天气，房子颤动得像要散架了似的。如果这发生在晚上，那就更加吓人了，十来个窗户一齐被闪电照亮，十分可怕！

①我好像自出生以来就很闲散，可以一整天什么事都没有，就只坐在窗边望着外面的天空，看着飞翔的小鸟，看着被太阳照射的树木的影子，或者读读邮递员送来的报纸杂志和书信，或者在沙发上睡觉。

❶概括描写 可以看出“我”的生活十分清闲。

有时候，我也会到庄园外面转转，漫无目的地闲逛，到晚上才回来。有一次，我又出去闲逛，到傍晚回家时无意闯进了一个陌生的庄园。太阳都下山了，一点余晖映在麦地上，小麦的影子又黑又长。两排高大的罗汉松密密麻麻地伫立在路旁，像是两堵高墙，中间的林荫道美丽又幽暗。我没费多大力气便翻过了一道栅栏，接着往前走，路上覆盖了一层厚厚的罗汉松叶。周围非常安静，脚踩在树叶上的声音也听得格外清楚。天已经暗下来了，远方的树梢上透过微弱的光，把树上的蜘蛛网映照得非常漂亮，空气中飘散着浓重的罗汉松叶味。我在路的尽头拐进另一条椴树林荫道，在夜晚，这条道显得异常破旧荒芜，树叶在脚下发出悲凉的响声。没多远，我的右边出现一片果园，里面有一只老黄鹂在疲倦地鸣叫。不知不觉，我走出了椴树林，走过一栋白色的房子，眼前立刻开阔起来。②我眼前是一栋别墅和一个面积不小的池塘。池塘周围种满了柳树。池塘对面是一个村子，那里有一座高大狭窄的钟楼，钟楼在微光的照射下发出温柔的光。站在这里，我突然有一种非常亲切的熟悉感，仿佛很早就见过这令人痴迷的景象。

读书笔记

❷环境描写 描写了乡村的美景，也表达了“我”对这里生活的热爱。

白色石头砌成的大门隔开了院子和田野，大门旁边雕刻着威猛的狮子。两个姑娘站在大门旁，其中一位长得非常清秀漂亮，皮肤白皙，有一头浓密蓬松的栗色头发，她年纪比另外一位姑娘稍微大些，看到我时噘着嘴，看起来很不屑的样子；[1] 另外那位姑娘非常年轻，看起来只有十七八岁，皮肤白皙，嘴巴和眼睛都很大。我走到她身旁时，她非常吃惊，对我说了句英语，不过有些难为情。对这两位姑娘，我也有种熟悉的感觉，就这样，我心里充满了这种感觉，回到家时就感觉像做梦一样。

❶外貌描写：写出了一位清秀的美少女形象。

没过多久，一天中午，我跟别洛库罗夫在庄园里散步，一辆马车从庄园外来到了院子，车里坐的人正是我那天见到的两位姑娘中的一个，是年纪稍微大些的那个姑娘。她来这里是要为遭受火灾的灾民们募捐，并且带来了捐款名单。她一下车就开始给我们讲述火灾的事情，说了西亚诺沃村的灾情，比如有多少房子被烧毁，有多少灾民无家可归，还阐述了救济委员会的救灾措施，她自己也是委员会的委员。她给了我们单子，我们签完之后，她就收起来告辞了。

读书笔记

她看着别洛库罗夫说：“彼得·彼得洛维奇，您没忘了我们吧？如果某先生（是指我）想参观一下他的才能仰慕者的生活，我妈妈和我都将非常欢迎。”

我向她点头示意。

她走之后，别洛库罗夫开始给我讲这位姑娘的事。这位姑娘出身高贵，姓沃尔恰尼诺娃，名字是莉季娅，她居住的地方叫作舍尔科夫卡，跟池塘对面的村子一样。她的父亲在世时地位很高，在莫斯科任三等官。她家里很富有，不过一直在乡下居住，一年四季从不离开。莉季娅现在是村庄自治会开办的学校的老师，薪俸每月二十五卢布。这些钱足够她自己的生活开支，她为能靠自己的劳动养活自己感到很自豪。

“她们的家庭非常有趣，”他补充道，“或许我们可以抽空到她们家拜访，她们应该会很欢迎的。”

一个假日的午后，我们吃完午饭，百无聊赖时突然想起了沃尔恰尼诺娃家，于是便一起去到了舍尔科夫卡。她们母女恰巧都在家。两位姑娘的母亲叫做叶卡捷琳娜·帕甫洛夫娜，或许以前她长相漂亮，不过如今却异常肥胖，还患有哮喘、忧郁症，她尽力与我交谈绘画方面的知识。她女儿告诉她我有可能到家里拜访，于是她就努力回想从前在莫斯科画展上看过的我的几幅风景画，然后问我关于那几幅画的问题。莉季娅是家里的长女，家里一般称呼她莉达。她跟别洛库罗夫交谈的时间比较长。她还是一脸严肃的表情，问别洛库罗夫为什么不替地方自治会服务，为什么不参加他们的会议。

读书笔记

“您这样做不好，彼得洛维奇先生，”她严肃地责备他，“您应该为此反思。”

“对，莉达说得有道理，您这样不好。”母亲附和莉季娅说。

①“巴拉金现在控制着整个县城，”莉季娅接着说，“他任职参议会主席，他任人唯亲，给自己的侄子和女婿们都安排了职位。他们想做什么就做什么，没人能制止他们。可我们得跟他们斗争，我们要拿出青年人的气魄，团结起来。可是，看看您，彼得·彼得洛维奇，我们怎么团结呢！”

❶语言描写 莉达表明了她自己的人生态度和对政治的热衷。

注释

哮喘：呼吸急促，喉间发出特殊声息，并多与气候变化有关的疾病。

莉季娅的妹妹燕尼娅，我们在讨论这些政治问题时，她并没有插话。因为在家里她被看成是未成年，被当成小孩子，家里人称她为米修斯，因为她小时候这样称呼她的女家庭教师。她一直在一旁用好奇的目光看着我，当我翻看她们的家庭相册时，她就过来为我讲解："这位是我的舅舅，那位是教父……"她边讲边用手指着，像个孩子一样，将身子轻靠在我的肩膀上，我们离得非常近，①我看到她那柔弱的、还未完全发育的胸部，瘦弱的肩，以及被腰带勒得有些紧的纤细的身段。

❶细节描写 通过描写米修斯瘦弱的还未完全发育的身体，来显示她的少女身份。

之后我们打网球、玩棒球、喝茶、散步，然后用很长时间来享用晚餐。在那个竖立着圆柱的空旷大客厅里住习惯之后，来到这个面积不大但却非常舒服的房子里，墙上没有装饰那些过于粗俗、色彩鲜艳的画，大家对待仆人也非常礼貌，用"您"来称呼他们，我的心里有一种轻松愉快的感觉。再加上两位年轻的姑娘，这一切都让我觉得年轻纯真、干干净净。吃完晚饭，莉季娅依然跟别洛库罗夫讲巴拉金和地方自治会的事情，讲学校的事情。莉季娅活泼、真诚、热情、有坚定的信仰，她讲话很有趣，虽然嗓门有些大，话也多，这或许是因为她是老师。可是别洛库罗夫从大学开始就习惯把所有的谈论都变为争论，他的话总是枯燥无味，他还喜欢长篇大论，以显示自己非常有才华，思想很进步。他在争论时还比着手势，不小心撞翻了装酱汁的碟子，他跟前的桌布也被弄湿了。②不过好像除了我，并没有别人注意这个小意外。

❷细节描写 体现了"我"对日常生活的细致观察。

我们告别她们，踏上了回家的路，路上漆黑、寂静。

"有没有把酱汁洒在桌布上并不能说明一个人是否有教

养，要不要把这件事宣扬出去才能看出一个人的教养，”别洛库罗夫争论着，他突然叹口气说，“没错，很好，她们很有教养，我比不上她们。唉，跟不上潮流了，全是因为各种事，各种事！”

他经常说，要想成为优秀的庄园主，就必须要做好多事。[1]可我心里却认为：你是那么懒惰、拖拉！他只要一严肃地与别人谈事，就会很紧张地拖长声音“唉，唉……”并且他做事也是拖拖拉拉，办事效率很让人担忧。有一次，我托他帮我寄信，结果他竟然一直把信放在身上，忘了这件事。

❶心理描写

“我”作为一个旁观者，知道彼得性格中的缺陷，他总是自怨自艾，做事拖拉。

“真是难过，”他对我说，“好难过，你一直在工作、工作，却没人同情你，一个都没有！”

二

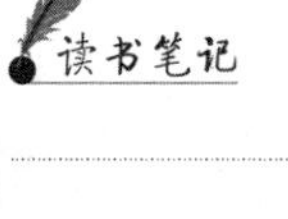

从那时起，我便成了沃尔恰尼诺娃家的常客，经常坐在阳台下面的台阶上。我对自己的生活状态很不满意，心里为此感到焦急，为自己的人生感到惋惜。时光飞逝，每天的生活却没有什么意思。我常常想，我的心那么不舒服，要是能把它掏出来看看就好了。正当我在台阶上发呆时，我听到了阳台上翻书的声音和衣服摩擦的声音。没用多长时间我就了解了这里的生活规律：白天的时候，莉季娅通常会给人看病，给大家发小册子，她白天一般不戴帽子，去村子的时候就打上遮阳伞；晚上她便充满激情地给大家讲自治会和学校的事。这个美丽清秀的姑娘总是一副严肃的表情，她每次谈论这些时总是冷冷地对我说：

❶语言描写

莉达的这句话充满了对“我”的偏见，因为她自认为她所做的是高尚的事业，而“我”不过是一个自私自利的懒汉。

[1]“您对这些事是不会有兴趣的。”

她心里并不喜欢我，对我没什么好感。那是因为我经常画风景画，并且擅长风景画，她认为我不关注人民疾苦，相反，她在乎的就是受尽苦难的广大人民，并为他们而斗争。这令我想起以前在贝加尔湖附近碰到过一个骑着马的布里亚特女孩儿，她身穿蓝布上衣和裤子。我想要买她的烟袋，便开始与她交谈。她看我的眼神有一种轻蔑，她打量着我的欧洲面孔和穿着，不一会儿就厌烦我了，骑着马飞奔而去。现在莉季娅也是那样，将我看作陌生人。虽然她表面上并没有表现出有多么厌恶我，不过我可以感受到。于是我就独自坐在阳台下的台阶上，在那里生闷气，心里想着，你又不是医生，给农民们看病那是欺骗他们，你有那么多地产，做慈善简直轻而易举。

❷比喻描写

米修斯有着热切的求知欲，是一个温婉的美少女。通过比喻的手法，写出她对知识的热情渴望。

莉达的妹妹米修斯则是个没有任何烦心事的姑娘，就像我一样，每天都过得悠闲。她从早上起床就捧着书，坐在阳台上的一把圈椅上读书，那圈椅很深，她的脚几乎是悬空的；有时她拿起书跑到那片林荫道里安静地看起来；有时她干脆出了庄园去到田野中读书。[2]她每天都要看书，她看书时的眼神就像是沙漠中饥渴的探险者见到水一样。等到她的目光变得呆滞、脸色发白时，大家才能看出这阅读使她筋疲力尽。每当我到这里拜访，她一看到我，就小脸泛红，放下手里的书，跑到我面前，用那双大眼睛盯着我，讲述这几天发生的事情。比如，某个仆人办了什么好笑的事情，某个工人厉害地抓到一条大鱼，等等。她常穿浅颜色的衣服和藏青色的裙子。我们常常去田野边散步，去果园摘樱桃，去划船。当她摘樱桃或划起船时，纤细的胳膊就从宽大的袖子里露出来。我有时会在这里写生，她就站在我身后，静静地看着。

七月底的某个礼拜天，我吃完早饭就早早地到沃尔恰尼诺娃家去了。我在花园里随意游走，在离她们的房子比较远的地方找白蘑菇。①夏天的时候这种蘑菇很多，我在一些白蘑菇旁边做了记号，打算一会儿和米修斯一起采。夏日的暖风使人非常舒适，我抬头看到米修斯和她妈妈正从教堂出来，她们穿着浅色的裙子，米修斯害怕风把帽子掀掉，用手压着它。之后，我听见她们在阳台上喝茶的声音。

❶细节描写　“我”已经开始在心里默默地想着米修斯，只是自己还未意识到这一点。

我是个悠闲的人，整日无牵无挂地生活，对我来说，这里的每个夏日清晨都那么迷人。花园里花花绿绿的植物身上还沾着晶莹的露水，像一颗颗闪光的星；房子周围的夹竹桃和木樨散发出沁人的芳香；青年们从教堂出来，坐在花园里饮茶；他们每个人都充满了活力，脸上洋溢着笑容，当你了解这些年轻、健康、美丽的人在这一天中什么也不做时，你不由得希望他们的一生都能如此。②我就这样想着，在花园里随意走着，并且打算一直这样漫无目的地走着，走过整个夏天。

❷心理描写　这阶段里，“我”的生活是非常平静安逸的，自然希望能就这样一直走下去，把时光留在这一刻。

燕尼娅来了，手里还提着个篮子。她要来花园找我。我们一起在花园里采蘑菇、聊天，如果她有话问我就会走到我面前，看着我的脸。

注释

木樨：木樨，又作木犀，即桂花的别称。

“昨天这里发生了一件神奇的事情，”她眨着眼神秘地说，“村里有个女人叫彼拉盖雅，她腿瘸了，在床上躺了一年，好多医生都没能把她治好，可是昨天来了一个老婆子只是念叨几句就把她治好了。”

读书笔记

“这算什么神奇，”我回答她，“老婆子治好了她就很神奇，那生活本身算神奇吗？我们理解不了的东西都可以称为神奇。”

“您对这些无法理解的东西感到害怕吗？”

“不害怕，对那些无法理解的事情，我会更加勇敢地去探索，我不会屈服。作为人，就要认识到人胜过什么星星、野兽、自然界中的一切……否则他就不能称为人，只能是一只见到什么都害怕的老鼠。”

燕尼娅觉得我算是艺术家，因此也懂很多东西，并且能够明白一切未知的东西。她希望能够跟着我进入一个她不知道的世界，进入一个美的世界。她喜欢和我谈论生命的奥秘，谈论上帝，谈论无法解释的奇迹。我也认为人死后，他的思想不会就此消失。[1]我告诉她："人是不朽的！""对，生活是永恒的。"她相信我的话，不求证实地。

❶语言描写 “我”所说的话，燕尼娅都选择不加证实地相信，体现了她对“我”的信赖。

我们走到了房前，她突然停下来问我：

“莉达人很好，是吗？我很爱她，甚至愿意牺牲生命来保护她。可是您可以告诉我，您为什么总是和她争辩，为什么总是因为她生气吗？”

“因为她的想法和做法是错的。”

燕尼娅摇着头，眼眶里的泪水一涌而出：“真是无法理解！”

此时莉达回来了，她拿着马鞭，站在门廊旁。她那苗条的身材在阳光的照射下显得更加漂亮挺拔。[1]她正大声地跟一个人交代什么事情，之后就急急忙忙地回到房子里，给几个患者看病，然后她又翻箱倒柜，在找什么东西，接着就自己去了阁楼。午饭时间到了，大家叫了她很久才把她叫下来。她坐下来吃饭时，我们已经喝完汤了。不知为何，这些凌乱的琐事我都记得很清楚，并且非常享受。那天并没有发生什么让人印象深刻的事，可我却像把那一天印在脑海里一样。吃完午饭，燕尼娅又坐在那个圈椅中读书，我去到阳台下的一层台阶上坐着，我们没有交流。天空阴暗下来，头顶上的乌云喷洒着小雨，但天气仍然很热，也没了风，这一天真漫长，像是永远不会过去。女主人叶卡捷琳娜睡完午觉，眯着眼，拿着一把扇子向阳台这边走来。

❶动作描写 体现莉达的实干。

“妈妈。”燕尼娅亲吻了下母亲的手，“午睡对身体不好。”

她们彼此怜爱，当其中一人向花园走去，另一个则站在阳台向下喊：“嗨，妈妈！”或者是“燕尼娅，你在哪儿？”她们关系很好，信仰相同，祈祷也总是一起，她们心灵相通，不说话也明白对方的心。她们待人接物的方式也相同。叶卡捷琳娜对于我的存在也已经习惯了，她对我很好。如果我有几天没有到庄园去，她就会派人来看我，看我是否身体不适。她欣赏我的画作时就像她的小女儿一样，惊叹着、夸赞着。她跟燕尼娅一样直率，喜欢讲这里发生的琐事，甚至还把家里的秘密讲给我。

❶概括描写

描述了莉达的性格特点，她只专注于那些严肃的正事，对于艺术从来没有多大的兴致。

① 莉达不像妈妈和妹妹，她不会特别亲热地对待别人，与别人谈话也只是谈些严肃的正事，她有自己的独立空间和生活。在母亲和妹妹看来，她仿佛是个高冷的将军。

“莉达很棒，特别了不起，”母亲经常这样说，“你不这样认为？”

外面淅淅沥沥地下着雨。

“她确实了不起，”母亲说着回头看了看屋门，又用低沉的嗓音继续补充，“这种好姑娘到哪里去找，可是，您明白吗，我现在有些担心她。药房、学校、自治会，她做得都很好，但她都二十三岁了，是时候要考虑下自己的事情了。我不想让她的生活就这样在那些小册子和药品中度过……总该嫁人吧。”

❷细节描写

此处并没有说燕尼娅有多热爱知识，而是从她读书读累了的细节描写来体现她对知识的不懈追求。

② 燕尼娅读书读得有些累了，她抬起头，露出发白的脸，看着妈妈，轻声说：

“妈妈，上帝会给她最好的安排！”

说完她又低下头看书。别洛库罗夫来了，他穿着流行的带褶上衣和一件绣花背心。我们打了一会儿网球，直到傍晚，我们又吃了很长时间的晚饭。莉达与母亲谈论着学校的事以及那个只手遮天的巴拉金的事迹。那天晚上，我们很晚才从她们家出来。我带着一整天漫长的回忆走在路上，我突然明白，无论多么美好、多么漫长，人世间的一切都有结束的时候。燕尼娅把我送到大门口，看着我离开，或许因为一天中我和她相处的时间最长，如果没了她，我会非常寂寞吧。这一家可爱的人使我感到亲切，在这个漫长的夏天，我第一次有了想要好好画画的念头。

①“您说，您为什么会觉得生活无聊、乏味？”在回家的路上，我问别洛库罗夫，“我的生活也一样枯燥乏味，那是由于我是画家。我一直都是个怪人，我年轻时就因为自卑，不满自己的生活，还嫉妒别人而过得非常辛苦。我一直就这样四处游荡，没有固定收入。相反，您有钱、有房产，您应该会非常快活的，怎么会感到无趣呢？您为什么，比如，一直没有爱上沃尔恰尼诺娃姐妹中的一个呢？”

❶语言描写

“我”看到了生活中的乏味和无聊。

“您不知道吗？我已经心有所属了。”他回答道。

他说的心有所属是指柳波芙·伊万诺夫娜，他女朋友。他们一起住在厢房，②我每天都能看到那个柳波芙拖着她那丰满、肥胖的身体在花园中散步。她穿着俄式衣服，戴着珠串，打着遮阳伞。仆人们一会儿喊她吃东西，一会儿喊她喝茶。三年前，她租了这里的一间厢房，从那时起就住在这里，现在看来她还要住更久。她比他大十岁，并且对他管得非常严，别洛库罗夫每次出门都要向她报告，经她准许。这个女人还非常喜欢哭，她那大嗓门像男人一样，让人无法忍受。每当她哭喊的时候，我就让仆人跟她说，如果她再发出号叫，我就会搬走，接着她就会停止哭喊。

❷外貌描写

描写了一个养尊处优、生活无聊的女人形象。

读书笔记

一到家，别洛库罗夫就一下子坐到沙发上，凝眉沉思，我在客厅里来回踱步，心里泛起一丝丝激动，就像是恋爱的悸动。此时我很想跟别洛库罗夫谈谈沃尔恰尼诺娃一家。

“莉达只能看上和她有同样信仰的恶人，”我说，“为了她，去参加那个地方自治会的人，就是像神话中那样，穿上破铁鞋也可以。那么燕尼娅呢，她是那么可爱！”

别洛库罗夫又开始拖拖拉拉地讲起了“世纪病”，也就是悲观主义。他语气非常肯定，像是在反驳我一样。他自己坐在沙发上不停地说，好像也不打算停下来。①此时的我苦闷到了极点，就算是站在一片寸草不生的荒漠，也不至于如此枯燥无聊。

①心理描写　“我”本来平静的乡村生活终于迎来了波澜，内心变得十分苦闷。

“悲观主义和乐观主义并不是问题的本质，”我提高音调，生气地说，“本质是几乎人人都没有用来思考的脑子。”

别洛库罗夫生气地走了，他觉得我这句话是针对他。

三

“公爵访问了马洛焦莫沃，他向您问好，”莉达从外面回来，对母亲说，“他说了很多有意思的故事，他还答应在省议会上讨论为马洛焦莫沃设立医疗救助站的事情，不过他也表示，对这件事不能抱太大希望。”之后她转向我，冷冷地说：②“不好意思，您应该对这些事没什么兴趣吧。”

②语言描写　莉达对于“我”总是带着偏见，不经了解地认为“我”只是一个自私自利、不关心社会的懒汉。

我心里充满一股愤懑之气。

“为什么我会没兴趣？”我耸着肩反问她，“我看是您不想听我的意见吧，不过，我可以保证，我对这件事很有兴趣。”

“哦，是吗？”

“对，很有兴趣。在我看来，那里不需要什么医疗救助站。”

我的回答激怒了她，她眯着眼问我：

注释

马洛焦莫沃：地名，在今天的俄罗斯境内。

“那您觉得需要什么？需要一间画室？”

“那也不需要，什么都不用弄，什么都不需要。”

她摘下那双皮手套，打开一张最近的报纸。过了一小会儿，她努力控制着情绪轻声说：

①“上个星期安娜因为难产去世了，如果我们建立医疗救助站，她就不会死了。你们这些艺术家在这方面也该有些信念吧。”

“我的信念很明确，这个我能保证。”我回答，但她似乎不想再跟我谈论下去，把那张报纸展开挡在脸前，“我认为，学校、药房、医疗救助站等等都是为奴役服务。人们像是被大锁链锁着一般，您不想办法解开这条锁链，反而为加固这个锁链而努力。这就是我的想法。”

②她抬眼看了看我，带着嘲笑的眼神冲我微笑了下。我没有太理会她，继续说着自己的思想：

③“问题的本质并不在于安娜因为难产而死，而是在于所有这些安娜们起早贪黑，不停歇地劳动，这种超出身体负荷的劳动迫害了她们的身体，她们的整个人生都是在为孩子们的饥饿担忧，一生都生活在对死亡和患病的恐惧中，她们不停地治病、复发、治病，最后年纪轻轻就衰老、凋零。以后她们的孩子也将踏上这条老路。这样的情况持续了几百年，多少人为了一片面包像牲畜一样，甚至不如牲畜，永远活在恐惧之中。之所以造成这种恶性循环的原因，就是他们没有时间思考，没有时间看清自己的灵魂。饥饿、寒冷、无休止的劳动就是他们思考路上的障碍。人和牲畜最大的区别就在于人的精神活动，思考是人类区别于动物的本质。您能

❶语言描写

莉达是一个十分善良的姑娘，关心民间疾苦，热衷于社会慈善事业，这是她性格中的优点。

❷神态描写

莉达在听到“我”的“见解”之后，带着居高临下的姿态和嘲笑的眼神冲我微笑，以此来表达她内心对“我”的轻视。

❸语言描写

这一大段话，是“我”对莉达的反击，也是“我”的人生观和价值观。

读书笔记

够为他们看病，让他们认字，可这些并不能真正解放他们，相反，他们会在奴役的道路上走得更远。因为您为他们的生活带去了更多东西，同时也使他们有了更多的需求，他们光买药和买书就得向自治会交钱。因此，您的帮助使他们更加困苦。”

“我不想和您争论，”莉达将报纸放在桌子上，“我知道您的意见了。不过您不能对此袖手旁观。您说得对，我们拯救不了全人类，我们的做法也有不恰当的地方，但是我们至少能为那些人做些什么，所以我们也没错。作为一个有知识的人，我们有为人服务的责任，我们要想尽办法发挥所长去帮助别人。可您却看不上我们做的一切。不过没关系，我们不可能让每个人都满意的。”

“莉达的话有道理。”母亲附和着。

❶神态描写：说明莉达在家里的地位是很高的。

母亲总是有些害怕莉达，①她一边附和着女儿，一边胆怯地看着她，生怕自己的话不合她的心意。她从来不会反驳女儿，总是说：“莉达说得有道理。”

“农民们认字了，可那些小册子，还有医疗站，它们既不能让农民脱离愚昧也不能避免他们过早去世。这些设施就像是从窗子中透过的阳光，并不能照耀到整个花园。”我继续反驳她，“您并不能帮他们，您这样做下去只会让他们有更多的需求，为此付出更多的劳动。”

❷语言描写：莉达在听了“我”的见解之后，仍固执己见，在心里仍然蔑视着“我”，体现了她性格中偏执的一面。

②“噢，上帝，我们总不能什么都不做吧！”莉达垂着头说，我知道，她根本不认同我的意见，我仍然被她轻视。

“真正帮助他们的做法是让他们从沉重的劳动中解放出

来，”我继续解释道，“只有让他们的工作轻松些，有休息的时候，他们才可能有时间去思考人类自身和存活的意义，如果他们一辈子都在田野间和炉火旁劳累，那么他们如何能解放自己。人最大的特点就是思考、探索。如果您使他们摆脱那牲畜一样的劳作，让他们享受到自由的美好，到那时您就会明白这些小册子和医疗站是多么无用。一旦人们能真正认清自己，那么他们就不会在那些琐碎的事情上浪费生命了，而是会投身艺术、科学……”

读书笔记

“摆脱劳动？”莉达冷笑一声，“怎么可能呢？”

①“这是可以实现的。不过每个人都要分担一些。您想想，如果大家，不论来自城市或农村，都能够共同承担满足人类需求的劳动，那我们每个人的工作都会变得轻松。不论贫富，每个人每天工作三小时，那剩下的时间就可以自由支配了；并且我们可以发明先进的机器，让机器来代替人们工作，又会减少一些工作；我们还可以减少自己的需求，比如锻炼自己和孩子们，我们身强体壮能够更好地应对饥寒。那时我们就再也不会像安娜那样整日为自己和孩子的健康担忧。您可以想象，我们不用去看病，不用去药房，不用去各种工厂，那我们会有多少自由时间来发展科学和艺术。像农民们一起干活一样，只要我们大家齐心协力，共同探索真理及存在的意义，我相信，我们一定能找到真理，人们必将从压迫、困苦的恐惧中走出来，甚至我们还可以摆脱死亡的威胁。”

❶语言描写

契诃夫毕生关注俄国现实社会，希望能够拯救劳苦人民。这最美的理想就是这段话所说的，天下大同，没有剥削，只有通过努力获得的幸福生活。

“您的话前后矛盾了，”莉达说，“您一直否定读书认字，可又大谈科学和真理。”

读书笔记

“认字，如果说认识那几个字就是为了去小酒馆的时候认清招牌和菜单，那种识字的方式和目的在几百年前就实现了，可是农民如今的生活与几百年前有什么区别呢。我们现在需要的不仅是认字，更是要通过认字来进行精神上的思考。我们需要大学，而不是学单词的小学。”

“可您还认为医学也没有存在的必要。”

“对，我认为医学的存在并不是为了给人治病，而是为了研究疾病本身。如果要治一种病，我觉得应该消灭病的根由，并不是仅仅治疗症状。产生疾病的主因是什么呢，是长久的劳动。如果没有了繁重的劳动，人就不会得病。因此我不承认能治病的科学。”我说得有些激动了，“真正的艺术与科学追求的是长远的，普遍的，而不是某个个体的目的。它是用来探索真理、寻求生命奥义的，是表达人类本质的东西。如果把它们和琐碎的日常以及贫困混在一起，把它们和图书馆、医疗站扯上关系，那么它们只能使生活更加困难和复杂。学校教大家识字，因此我们有了很多医生、教师、药师、律师，可是还十分缺乏诗人、数学家、生物学家。人们把所有的精力和智慧都放在了短暂的、眼前的需秋上，只有少数的艺术家、科学家还在追求真理的道路上缓缓前进。他们通过努力使生活变得舒适，使自己的需求增多，可到达真理的路途还非常遥远，人们还是像以前那样，仍然是头猛兽。整体看来，人类是退化的，他们没有了生命力。在这种环境下，艺术家和科学家的存在也没有什么意义了。因为他的才能越高，他的地位就越是奇怪，无法理解，慢慢地他会发现原来他也只是在维护这旧制度。因此，我现在不去工

读书笔记

作，以后也不会去，就让地狱慢慢地吞噬这世界吧……”

①“米修斯，快出去！”莉达对燕尼娅喊道，很明显，她不想让这个小姑娘听到我的“谬论”。

②燕尼娅看看我们，忧心忡忡地出去了。

“某些人总是会用漂亮话来为自己的冷漠开脱，否定一件事要比做一件事容易轻松得多。”

“莉达的话很有道理。”母亲附和道。

“您说您不会去工作，”莉达接着说道，“看来，您对自己现在的工作很满意。我们没有必要再争论了，这样争论下去也不会有结果。我认为，您看不上的那些图书馆和医疗站要比一切风景画更珍贵。”之后她便转过身用柔和的语气跟母亲讲公爵的事情：“他瘦了好多，他要到维希去……”

我知道，她这样做是不想再跟我说话了。她涨红了脸，靠近桌子，低下头翻弄着报纸。主人已经不高兴了，我便颇有自知之明地告辞了。

四

外面的万物也都沉默着。池塘对面的村子也没了灯火，大概都已经进入了梦乡。池塘平静的水面被月光照射出一道淡淡的光。燕尼娅站在大门旁的石狮子前，一动不动。她为了送我才站在那里。

“村子里的人都睡了，”我告诉她，想在这黑夜中看清她那可爱的小脸，但只看到一双悲伤的眼望着我，“偷东

❶**语言描写**

莉达在和“我”争论的过程中不仅没有听取“我”丝毫意见，反而赶燕尼娅出去，不想燕尼娅受到“我”的影响，损害她的面子。

❷**神态、动作描写**

“我”和莉达在家里开始了争论，这让夹在中间的燕尼娅很难堪。她之所以忧心忡忡，就是因为担心“我”和她姐姐的关系会变僵。

注释

风景画：以风景为题材的绘画。

西的贼也都太太平平地睡了，可我们有修养的人却还在争吵、生气。”

❶环境描写

通过对夜晚环境的描写来烘托“我”内心的忧郁。

①这个八月的夜晚有些凉、有些忧郁，因为都可以闻见秋天的味道了。月亮在红色的云雾中慢慢穿梭，微弱的光照着树木中间的道路和两旁的黑土地。几颗流星从天空中滑落，燕尼娅在我身旁走着，她低着头，极力控制着不看夜空，以免看到那些正在坠落的星星，不知道什么原因，她害怕流星。

“我认为您说得对，”她对我说，夜晚潮湿的空气使她不由得打了个寒战，“如果每个人都能够团结一致地思考、进行精神活动，那么很快我们就能解放所有人。”

“当然，人类是高级动物，最高级的，如果人类都能认识到自己的伟大力量，都能够去追求最高目标，那人类世界就会变得像天堂一样。不过，这只能存在于我的幻想中了。很明显，人类在退化，任何天才都会消失。”

我们一直走着，直到夜幕掩盖了大门。燕尼娅停下了，她转向我，握住我的手：

“晚安，”夜晚的潮气使她的身体颤抖，她只穿着一件单薄的衬衣，“欢迎明天再来！”

❷直接抒情

在“我”和燕尼娅相处了这么久之后，终于发现自己爱上了她。因为只有她在一直支持和包容着自己。

一想到接下来的路要独自走，还生着闷气，觉得自己做得不好，别人也同样不好，我就害怕起来。我也像燕尼娅那样，极力控制自己不去看那些坠落的流星。

“求您……”我开口说道，“再陪我走一会儿吧。”

②我喜欢眼前这个纯洁的姑娘，可能是因为她总是接送我，可能是因为她总喜欢跟着我，总支持我的意见。她苍白

的小脸、修长的脖颈、纤柔的双手、柔弱的身躯，看书时的专注，一切都是那么迷人！她虽然没有傲世的才华，可她喜欢读书，拥有开阔的思维和视野。她的思考方式和对事物的认识不同于她那严肃的姐姐，莉达对我存在偏见，而燕尼娅却很喜欢我。或许是因为我是个画家，她才如此崇拜我、喜欢我，现在的我也渴望今后只为她一人挥舞画笔。我想象着她是我一个人的皇后，我们一起统治着森林、田野、晚霞、雨雪，一起统治着美妙的大自然。但是此刻我又觉得自己是那么孤单和无力。

读书笔记

"再陪我走一会儿吧。"我重复道。

我脱下外套，罩在她那柔弱的肩膀上。她可能是觉得我的宽大的外套使她显得滑稽，便笑着脱下还给我。我难以控制地顺势抱住她，并不停地亲吻她的脖子、脸颊和双手。

"晚安！"她轻声说，然后又小心翼翼地抱了抱我，①"我、姐姐和妈妈之间是没有秘密的，所以……我回去得把所有事告诉她们……妈妈肯定不会说什么，她也喜欢您，可是姐姐，我有些怕……"

❶语言描写

表达出了燕尼娅的单纯可爱，也为下文姐姐不同意她与画家的爱情埋下了伏笔。

她往回跑着，大声喊了句"再见！"

之后我就听到一阵奔跑的脚步声。我不想回去，反正在哪里都是一个人。我在原地停留着，愣了一下，又开始往燕尼娅家的方向走。我想再看看她住的地方，一栋可爱的房子，那阁楼上微弱的灯光像是在眨着眼看我，仿佛能进到我的心里。我在微弱的月光下来到了网球场，旁边有棵上了年纪的榆树，我就坐在树下的凳子上，默默地看着她的房子。燕尼娅的房间亮了，她回到卧室了，之后亮光变弱了，成了绿色的柔光，她罩上了灯罩。网球场和树木的影子游动着，我突然感到一种宁静平和的满足感。我为自己能爱上某个人而高兴，我为这种爱情的感觉而高兴，可我又有些不痛快，因为那栋房子里还有个人不喜欢我，莉达，她甚至是讨厌我。我一直在树下坐着、等着，希望燕尼娅能突然出现。我竖着耳朵，想要听清房子里的说话声。

一个小时过去了，燕尼娅房里的灯光消失了，她要睡了。[1]月亮已经升得高高的了，淡淡的光默默地照着沉寂的花园和田野。房子前的玫瑰花正娇艳地开着。天气越发冷了，我裹紧外套，离开这里，慢慢地往回走。

❶景物描写

玫瑰花正娇艳地开着，心中的爱情也正在甜蜜地酝酿着。

第二天吃完午饭，我又来到了这栋房子前，那扇往花园去的玻璃门没有关。我依旧坐在阳台下的阶梯上等燕尼娅，我认为她马上就能从花园或者林荫道跑过来，不然就能听见她从客厅里传来的声音。等了一会儿，我去到了客厅，又走到了餐厅，大房子里空荡荡的，没有人。我走过餐厅，穿过一条走廊，到了前厅，之后又返回去，因为在走廊尽头听见了莉达的声音。

“上帝给了……一只乌鸦……”她拖着长音大声读着，像是在让别人默写，“上帝给了一只乌鸦一块奶酪……谁发出的声音？”她忽然向门外喊道。

“是我。”

“抱歉，我在上课，不能马上见您。”

“叶卡捷琳娜·帕甫洛夫娜在房间里？”

“没有，她和米修斯去外省的姨妈家了，一大早就走了。冬天快来了，她们可能要出国……”她清了清嗓子，接着上课，“上帝给了一只乌鸦一块奶酪……写完了吗？”

①我退到前厅，呆呆地看着池塘和对面的村庄，不一会儿又听到了莉达讲课的声音。

❶动作描写 “我”的内心自然十分悲伤。

于是我顺着初次到这里的路线，向相反的方向走去，离开了这里。我从院子出来，穿过花园，路过房子和池塘，走到了伫立着两排椴树的林荫道。我独自走在树木中间，一个孩子迎面向我跑来，给了我一张纸条。

②“我把所有的事都告诉了妈妈和莉达，莉达让我离开您……我必须听她的话，我不能违背她使她伤心。愿上帝保佑您得到幸福，请您原谅，如果您能看到我的心是多么痛苦……”

❷语言描写 通过信里的句子不难想象米修斯写信时的痛苦心情。

我在漆黑的道路上走着，茂密的杉树使道路显得阴森森的，田野上还有破旧的篱笆，我第一次来到这里时，黑麦花正开，小鸟还鸣叫着，现在只有几头牛在慢慢地游荡。远处高地上的秋播作物已经长出了嫩绿的幼苗。③我的心重新恢复了清醒和平淡，我开始为我以前在沃尔恰尼诺娃家的一些言论感到羞愧，我的生活又回归了无聊。我游荡着走到家，简单收拾了行李，连夜回到了彼得堡。

❸心理描写 因为如果不是自己的这些言论，就不会导致燕尼娅离开这里。

后来我再没见过莉达、叶卡捷林娜·帕甫洛夫娜，还有燕尼娅。前不久，我去克里米亚时在火车上见到了别洛库罗夫，他还是以前的装束，带褶的上衣和绣花背心。我向他问候，他回答：“托您的福。”我们交谈了一会儿，他已经卖了庄园，买了一处小地产，并且是在他的女朋友柳波芙名下。他并没有谈太多沃尔恰尼诺娃家的事，只简单地说莉达还住在原来的房子里，在学校教书。她还集合了一些志向相同的人组织了一个派别，使巴拉金在自治会的选举中落败。关于燕尼娅的情况，她只说她不住这里，不知道去了哪里。

慢慢地，那栋池塘边上的房子淡出我的记忆了，只有偶尔看书或画画时才会想起那晚窗户里发出的微弱的绿光，想起那晚我悸动的心以及走在寒冷的道路上的脚步声。[①]但是当我孤独、抑郁的时候，也会模模糊糊地想起那些往事。我心里一直觉得，她也在某处想念我、等着我、期待着见我……

❶心理描写 米修斯已经成为“我”记忆中最美丽的样子，让“我”多年之后依然对她念念不忘。

我的米修斯，你到底在哪里……

（1896年）

精华赏析

这篇文章讲述了一个凄美的爱情故事，画家在乡下度假时认识了美丽的姑娘燕尼娅，两情相悦，最终却被不喜欢画家的莉达无情拆散。

延伸思考

1.莉达喜欢“我”吗？

2.燕尼娅喜欢“我”吗？

3.“我”为什么在多年之后都还忘不了燕尼娅？

相关评价

这篇小说在乡下唯美的环境中展开，描述了“我”与莉达的冲突，以及我和米修斯之间未果的爱情。通过细致的景物描写，抒发对爱情的歌颂，也借“我”之口揭露当时社会制度的弊端。

套中人

名师导读

中学老师别里科夫，长期封闭自己，与世隔绝，好比一个装在套子里的人，生活因而变得死气沉沉。最后因为看到喜欢的女子骑自行车，认为太不体面，去和她弟弟争吵，从楼梯上摔倒，不久后就去世了。

兽医伊万·伊万内奇和一位叫作布尔金的中学教师因打猎晚了误了回家的时辰，便留宿在米罗诺西茨科耶村的村长普罗科菲家的一间杂物间里。伊万·伊万内奇的姓氏非常奇怪，叫作奇姆沙·吉马莱斯基，这个罕见的奇怪姓氏并不适合他，因此人们一般只称呼他的父称和名字。他住在郊区的一个养马场里，为了呼吸新鲜空气才出来打猎。① 布尔金每年都会来打猎，到伯爵家做客，所以他对这里非常熟悉。

❶概括描写

说明布尔金跟伊万内奇不一样，他是个打猎高手。

他们都睡不着。伊万·伊万内奇长得又高又瘦，有五十多岁，留着长长的唇髭。他坐在门口，抽着烟向外看，月光

注释

唇髭：胡须。

洒在他瘦长的身体上。布尔金躺在屋里的干草堆上，被黑暗淹没了。

他们没有睡意，因此开始聊天。他们说到了普罗科菲的妻子玛芙拉。[①]这个女人非常健康，脑子也很正常，可她一辈子都没有出过村子，没有到过城市，没有坐过火车，几十年来一直守在家里，只有晚上出来散步。

①语言描写 通过两个猎人夜间的聊天，由一个孤僻的女人引出主人公的出场。

“这算什么，”布尔金说道，“可能她性格孤僻，不喜欢与人接触。有很多这样的人，他们就像寄居蟹，只想尽力钻到自己的壳里面。或许这是人的返祖现象，他们想像原始的独居动物一样生活，不习惯群居生活。也或许这就是一种生存类型——谁能搞懂，我又不是研究人员，讨论这个问题也不在我的能力范畴之内。反正，玛芙拉这类人是很常见的。先不说远处的，就说说我们身边的吧，我的一个同事，教希腊语的老师，叫别里科夫，已经去世两个月了，他就是这样。您可能听说过他的事迹，他这个人跟别人很不一样。大晴天的时候他也会穿着套鞋，出门必须带伞，还穿着厚厚的棉衣。他所有的东西都装在一个套子里，包括雨伞、手表还有削铅笔的小刀，每件物品都有相对应的套子。不仅如此，他还总是穿着衣领可以竖起来的衣服，这样他就可以把脸藏在衣领里了，仿佛衣领就是他用来装脸的套子。他戴着墨镜，穿着厚绒衣，耳朵里也塞着棉花。如果他要坐马车，那么他肯定会让车夫将车篷支起。总之，别里科夫所有的行为都显示着：[②]他要用一层层的壳将自己裹起来，为自己编织一件大套子，将自己安全地放在这个套子里，不受外界的一丁点影响。生活中有太多的事情刺激着他，他非常害怕，总是活在惶恐之中。或许他是为了掩饰自己对现实的恐惧，为

读书笔记

②细节描写 别里科夫在生活中没有安全感，只能靠一层层的壳将自己包裹起来。

了掩饰自己对现实的排斥，他总是赞美过去的日子，赞叹那些虚幻的东西。他教授的希腊语也是古语，这或许跟他的套子是一样性质的——为了躲避现实。

“‘希腊语是多么悦耳，写起来是那么优美！’他总是带着喜悦的表情来赞美自己所教授的语言，眯着眼，用一根手指指着前方，抬着头说：‘安特罗波斯！’

“别里科夫不仅把所有的东西装在套子里，就连他的思想，他也都尽力把它们放进套子中。① 在他眼里，只有那些明令禁止的告示和文章才能让他更清楚明白。他看到学校贴出的告示，禁止晚上九点后出校门；又看到报纸上的一篇文章，表明禁止性爱，他就会觉得非常清楚——是禁止做的。而那些被批准可以实行的事情，他就会特别怀疑，觉得并没有说得透彻。每当新成立的茶馆、阅览室、戏剧组得到许可时，他就忧心忡忡地摇着头，自言自语道：

“‘虽然这样是不错，但是可别弄出乱子来啊！’

② “不管大小，任何破坏规律、不合常规、违反禁令的事情都让他感到难受，虽然一些事跟他简直挨不上边。比如，参加祷告时有人迟到了，个别学生在课堂上捣乱了，或者是听说女校的女学监跟军官们在一起厮混，碰到这些事他就会非常愤慨，不停地念叨着：‘可别弄出乱子来！’学校的教师会议上，他也总是提出一些神经兮兮的、过于夸张的意见，这使我们感到非常压抑。他说现在所有青年学生的品行都非常差，上课捣乱，总是乱哄哄的。唉，可别让领导们看到，再闹出什么乱子就不好了！还说如果二年级的彼得罗夫和四年级的安德烈能被学校开除就太好了。后来我们终于屈服在他那絮絮叨叨、长吁短叹和那苍白严肃的小脸下，我

❶直接描写

别里科夫为人谨慎、胆小怕事。只遵从政府制定的规矩，对一切的新事物都充满了恐惧与抵触。

❷概括描写

别里科夫墨守成规已经到了不可救药的地步。

们会议决定扣除那两个孩子的道德分，关他们禁闭，最后那两个可怜的家伙被开除了。别里科夫还有一种奇怪的行为习惯，那就是经常到各个老师的家里去。到了一位老师的家里，他就呆呆地坐着，不说话，也不动，只是偶尔扭着头，像是在观察房子，就这样沉默着待上一两个小时，他就告辞离开。他强调这种行为能够拉近同事之间的关系。不过，很明显，他到别人家里一言不发，在那里呆坐着，他也是不舒服的。他去每个教师家里拜访或许只是因为他觉得这是在尽同事之间的义务。我们学校里的老师都有些怕他，甚至连校长都怕他。这也很奇怪，学校里那些思想正派、头脑清醒，受过屠格涅夫的教育的老师也怕他。这个总是行为奇怪，带着各种套子的人将学校禁锢了十五年，不仅是学校，就连整个城市都受他的影响。城里的太太们怕他知道，连礼拜天的家庭晚会都取消了。①城里有很多别里科夫式的人，在这些人的影响下，十几年来，城里的人都活在恐惧之中，不敢大喊大叫，不敢与陌生人交谈，不敢读书，不敢帮助别人，不敢写信……”

伊万·伊万内奇张了张嘴什么也没说，他清了下嗓子，点着了手中的烟斗，抬头看着天上的月亮，慢慢地说：

②“对啊，头脑清醒、思想正派，读过屠格涅夫、巴克尔的人竟然一直忍受、屈服于这种人……这就是问题的关键啊。”

“别里科夫同我住在一幢房子里，”布尔金继续讲道，“同一个楼层，他就住在我的对面。我很了解他的生活，他的生活也是那一套，睡觉必须穿睡衣和戴睡帽，窗户上钉着护板，门上安着门闩，还有一大堆的清规戒律要遵守。还有

读书笔记

❶语言描写

别里科夫式的人和事，在当时的俄国社会已经形成了恶劣的风气。

❷语言描写

那些受过先进教育的人也不敢起来反抗，这就是当时社会的悲哀所在！

他的那句口头禅‘可别弄出了乱子啊！’不能只吃素食，荤腥又不能吃，因为别人或许会说别里科夫竟然不自律不斋戒。于是他想出个好办法，用奶油煎鲈鱼吃，这样一来，自己既吃到了肉，别人也不能说那是斋期禁忌的菜。他家里没有雇女佣，因为他怕引起别人的误会，他就只雇了一个上了年纪、性格古怪，脑子反应慢的老头儿给他做饭。这个名叫阿法纳西的老头曾经是勤务兵，做饭还可以。他总是双手抱于胸前，靠在门口，长吁短叹地轻声重复一句话：①‘现在他这样的人可不少啊！’

“别里科夫睡觉的屋子非常小，就像是个长方形的箱子，床上还挂着一顶蚊帐。他一躺到床上就用被子把自己蒙起来。房里又热又闷，风拍打在紧闭的门上，厨房里的炉子嗡嗡地响着，还伴随着一阵阵叹息……

②“他自己在漆黑的被窝里胡思乱想，越想越怕。他生怕夜晚会出什么乱子，怕他的厨子阿法纳西半夜起来宰了他，怕有小偷半夜闯进来，之后他恐惧地睡去，被一整夜的噩梦折磨。第二天早上我们去学校的时候，他脸色发白，昏昏沉沉。可以看出，他还害怕去咱们那所人很多的学校。他这种孤僻乖张的人，跟我们一起走，应该也特别难受。

“‘我们班里的学生太吵了，’他对我说，像是在说明他为什么看起来这么没精神，‘真是不让人安生。’

“但是这个别里科夫，像是装在套子里的这个人，您猜他怎么了，竟然差点跟人结婚！”

伊万·伊万内奇向房间里瞥了一眼，说道：“开玩笑吧！”

❶语言描写

旧秩序的维护者们抱着一大堆理由来打压新事物，他们人数众多，思想陈腐，力量强大。

❷心理描写

别里科夫式的人心里充满了对社会的恐惧。

“真的，虽然觉得有些不可思议，但这确实是真的。我们学校那时新来了一名历史老师，是个乌克兰人，叫作米哈伊尔·萨维奇·科瓦连科，他的姐姐名叫瓦莲卡，跟他一起到了这里。米哈伊尔是个年轻的小伙子，高个子，黝黑皮肤，有一双大手，嗓音低沉。①他的姐姐应该有三十岁左右，个子也很高，长得很匀称，黑色的弯眉毛下面是绯红的脸颊。她像一块水果软糖一样，非常活泼可爱，喜欢与人说笑，嘴里总是哼着浪漫的乌克兰歌曲，她喜欢大声地笑，人们总能听见她那‘哈哈哈’的笑声。我们跟这对姐弟是在校长的命名日宴会上认识的。在一群拘束、紧张、无聊的人中，一位阿佛洛狄特式的人让我们眼前一亮，她满脸笑容，双手叉腰，边走边跳，她唱着《风儿吹》，之后又非常动情地唱了几首浪漫的歌曲。我们都被她迷住了，包括别里科夫。他向她走去，坐在她身边，露出甜蜜的笑，跟她交谈：‘乌克兰语美丽动听，就像古希腊语。’

❶语言描写

通过对瓦莲卡的外貌和性格描述，让我们知道这是一个活泼开朗、热情奔放的女子。

“别里科夫的话让她很高兴，她便热情又真诚地对别里科夫讲起她和她母亲的故乡。她们住在嘉奇县的一个村子里，那里有好多可口的梨，有很好的香瓜，还有很多美味的卡巴可。卡巴可是乌克兰人对南瓜的称呼，他们还把酒馆叫作什诺科。他们喜欢将茄子和红甜菜一起煮汤喝，非常美味，好吃极了！’

读书笔记

“我们在一旁听着、看着，忽然，大家有了一个共同的想法。

注释

红甜菜：亦称“红菾菜”。甜菜品种名。

①“‘他们如果能结婚该多好。’校长夫人在我身旁轻声说。

“突然，我们大家才猛地想起，我们的同事别里科夫还是未婚。我也一时间感觉很奇怪，他的生活里一直没有女人，这么大的事我们竟然没在意。那么他是如何对待女人的，他对自己的婚姻是否有过想法呢？②以前我们习惯他一直一个人的状态，从没想过他结婚的事，现在突然发现，这个一年四季不管阴晴雨雪总是穿着套鞋，把自己裹起来的人竟会恋爱。

“‘他都四十多了，而她也不小了……’校长夫人说，‘我认为，她应该会愿意的。’

“我们那里的人，个个闲得无聊，有个事就都来了兴趣，他们不知做了多少这样无用的蠢事！可能是因为大家根本不想做有必要的事。就像给别里科夫做媒一样，大家从来没想过他能结婚，可他们为什么又极力促成他和瓦莲卡结婚呢？校长的夫人以及学校其他同事的太太们突然变得积极起来，感觉外貌也变得好看起来，像是生活中有了为之奋斗的目标。校长的太太还在戏院里定下一间包厢，我们去到包厢，发现瓦莲卡坐在那里，她打扮得非常精神，高兴地笑着，摇着手中的扇子。别里科夫就坐在她的身边，弯曲着身体，驼着背，像是被人从家里提到这里的。我要在家里举行一个小晚会，那些夫人太太们让我把别里科夫和瓦莲卡也请来。总之，撮合他们的行动进行得热火朝天。瓦莲卡也并不反感嫁给别里科夫，因为她和弟弟过得并不愉快，他们整天吵架。有一次，科瓦连科穿着一件绣花背心走在街上，他一手提着一捆书，一手拿着根粗木棍。瓦莲卡在他身后，手中

❶语言描写

大家之所以希望别里科夫能结婚，是因为这样就可以让他不要再活在自己的世界里，总拿着那些陈旧的教条去苛求别人。

❷语言描写

大家都习惯别里科夫沉闷迂腐的样子，反抗不了他，突然来了这样的机会，所以大家都很积极地想撮合他们。

读书笔记

拿着一本书。

"'米哈伊里克，我说你，肯定没读过这本书！'她大喊道，'我可以发誓，你绝对没读过！'

"'我告诉你，我读过！'科瓦连科反驳道，用木棍用力敲着地面。

"'天啊，你这是要干吗，发火吗？我们不过是讨论个问题而已！'

"'我说了，我读过！'科瓦连科更大声地喊道。

"不管在哪里，旁边有没有人，他们姐弟俩都是这样吵架的。可能瓦莲卡不喜欢这种生活，她想要有自己的空间，并且她年纪也不小了，已经过了精挑细选的年纪了，她只要能嫁出去就可以，哪怕是这位年纪更大的别里科夫！①原因很简单，那就是像绝大多数姑娘一样，只要能嫁出去就行，嫁给谁都无所谓。反正，瓦莲卡也开始对别里科夫表示好感了。

❶原因介绍

解释了瓦莲卡为什么会愿意嫁给别里科夫，也体现了当时的社会风气，绝大多数姑娘没有追求爱情，只要能嫁出去就行。

"别里科夫呢，他也常常去科瓦连科家坐会儿，就像去其他老师家里一样。他一言不发地坐在科瓦连科家，瓦莲卡陪他坐着，给他唱流行歌曲，或用她那炯炯有神的眼睛看着他，或者是突然'哈哈哈'地大笑。

"在恋爱问题上，尤其是婚姻问题，旁人的劝导、周围人的撮合能起到极大的作用。同事们和他们的太太们都在跟别里科夫说他应当结婚，别里科夫自己也明白，结了婚，他的人生就没什么缺憾了。我们都来向他贺喜，一本正经地说着那些客气的俗套话，比如，婚姻在人生中是多么重要；瓦莲卡长得漂亮，人也聪明；她的家世不错，还有庄园；瓦莲卡为人真诚热情，等等。②如此一来，别里科夫的头脑被这

❷心理描写

别里科夫虽然迂腐沉闷，可是在众人的赞美之下，不免有些飘飘然，准备娶瓦莲卡。

些赞美所占据，真的决定要娶瓦莲卡了。”

“这样一来，别里科夫的那些套子都要收起来了。”伊万·伊万内奇插嘴道。

“怎么可能呢，他办不到。虽然他将瓦莲卡的相片摆在桌子上，也常来我家里谈论瓦莲卡，谈论婚姻方面的事，说结婚对人是如何重要，他也常去找瓦莲卡。可是他那套子般的生活却一点也没改变，更甚的是，① 决定结婚这件事使他更加难过，他变得比以前更瘦，脸色也很难看，像是更深地钻进他的套子里去了。

“‘瓦尔瓦拉·萨维什娜是个很好的姑娘，我也很喜欢她，’别里科夫告诉我，他苦笑一下，‘我明白，人们都得结婚，但是……这一切发展得太快了……您明白吗，我想我需要好好考虑下。’

“‘有什么需要考虑的呢？’我劝他说，‘结婚，结了婚在一起就行了。’

“‘不对，结婚是大事，结婚前得首先考虑婚后面临的责任与义务……不然以后会闹出乱子的啊。我心里对这件事还是有些忧虑的，为了这件事我整夜难以入睡。我还有些害怕，她和她弟弟的思维方式很奇怪，您知道吗，他们谈论事情的方式很奇怪，她的性格活泼热情，她结婚后恐怕是要闹出乱子的啊。’

“结果，他一直没有求婚，一直就这样拖着，校长夫人和学校里的其他夫人们都丧气极了。② 他总是想着婚后的责任与义务之类的事情，但是他又经常约瓦莲卡散步。或许，他觉得这是最好的做法。他也经常到我房间跟我谈话，总是谈论家庭生活方面的事。要不是那件突然发生的事，他们可

❶概括描写

和瓦莲卡这样活泼开朗的女孩子在一起之后，别里科夫非但没有收获爱情的愉悦，反而脸色更加难看，这是为什么呢？

❷心理动作描写

别里科夫惧怕一切新的事物，即使是和瓦莲卡结婚这样美好的事情，也犹豫不决。

能就结婚了，然后一桩愚蠢的、无聊的婚事也就被我们撮合成功了。您要知道，这样的婚事在我们这里可不少见，因为人们总是无聊地忙于一些不必要的事情。那件事还要从科瓦连科认识别里科夫说起。科瓦连科第一眼就厌恶别里科夫，无法忍受他。

“‘真是搞不懂，’他耸着肩跟我们说，‘搞不懂，你们为什么能忍受这么长时间，[1]那个卑鄙的家伙，那个告密者。先生们，你们是如何在这里生活的呢，我简直要窒息了，这里真是糟糕透了！你们是政府的官员啊，你们不是老师？这里也不是学校，是警察局，还散发着一股酸臭。各位兄弟，我就在这里住几天就回去了，回我们村子，在那里打鱼捞虾，教乌克兰的孩子们读书写字。我迟早是要回去的，你们就和你们的犹大待在这里吧，你们肯定会倒霉的！’

❶语言描写

科瓦连科作为外地人，受不了这里压抑的氛围，这也是当时俄国社会的真实写照。

“不然他就是像他姐姐那样哈哈哈地笑，笑得眼泪都流出来了。他有时用他低沉的嗓音，有时又故意发出尖厉的声音，耸着肩问我：

“‘他为什么来这儿坐着啊？这是干什么呢？就那样坐着，两眼无神地直视前方。’

“他还给别里科夫取了个‘蜘蛛’的绰号。我们也没有告诉他我们打算撮合他姐姐和‘蜘蛛’结婚。有一次，校长夫人试探他，说要是瓦莲卡能够与别里科夫这么可靠、稳重的人一起生活，那倒是件好事。他听到后，皱着眉回答说：‘那跟我没关系，我从不干涉他人生活，即使她跟毒蛇一起过我也没意见。’

“后来又发生过一件事，不知是哪个捣蛋鬼画了张漫画。[2]画的是别里科夫打着伞，脚穿套鞋，卷着裤腿，瓦莲

❷内容描述

这幅漫画的内容最终被广泛流传，因为它体现了人们对别里科夫的嘲讽。

卡挎着他的胳膊，两人一起散步。画的下面是画的名字‘热恋’。您知道吗，那幅画画得特别逼真，人物脸上的表情也很真切。画家肯定是用了很大工夫才创作出来的。学校里的老师都收到了这幅画，就连其他学校的老师也都收到了，这其中当然也包括别里科夫。这幅画让他可难堪了。

“那天正好是五月一日，是礼拜天，我们学校里的老师约好要在这天去散步。我们到学校集合，往城外的田野出发。别里科夫也来了，他满面愁容，脸色阴暗。

“‘怎能有如此歹毒、邪恶的人存在！’他小声嘟囔着，气得嘴唇发抖。

“我都开始有些同情他了。我们跟着队伍走着。您猜我们看到了什么？科瓦连科骑着自行车出现在我们面前，瓦莲卡也骑着车子跟在他后面。[①] 瓦莲卡脸色红润，虽然有些累，但是依然很快乐。

“‘我们先往前走了！’瓦莲卡喊道，‘哇，天气真好啊！真好，简直太好了！’

不一会儿，他们就不见了。别里科夫像是被定住一样站在那里，脸色苍白，他扭过头看着我问：‘这，这是什么事？是我眼花看错了？一位中学老师跟一个女人骑自行车玩闹，这是什么事？成什么体统？’

“‘这有什么大不了的？’我回答他，‘别管他们了，让他们玩好了。’

“‘怎么能这样？’他叫道，看着我毫不关心的样子，他非常惊讶，‘您知道您在说什么吗？’

“他非常震惊，生气地回去了。

“第二天来到学校，他总是不自觉地掰手，还不时地哆

读书笔记

①概括描写

瓦莲卡活泼可爱，代表着世界上美好的新事物。

读书笔记

嗦，看得出，他很不舒服。没放学他就匆匆走了，也没吃午饭，要知道他可是从来不这样。天气慢慢变热，已经到了夏天了。傍晚的时候，他还是穿得很厚，慢慢地向科瓦连科家去。瓦莲卡不在，只有科瓦连科一人。

读书笔记

"'请坐。'科瓦连科冷冷地对他说。科瓦连科一脸倦意，或许是刚从午睡中醒来，他心情也不好。

"别里科夫在那里沉默着坐了一会儿才开口说话：'我来这里是为了减轻心中的痛楚，我很难受，非常难受。有个人画了幅漫画，画中是我和一个与我们都非常亲近的女孩。那个人非常卑鄙，他把我们画得很可笑。我来是想告诉您，这件事绝不是我指使的，这跟我没有任何关系。我从没做过任何卑鄙的事情，相反，我是个正派的人，一直都是。'①科瓦连科一言不发地坐着，噘着嘴。停了一会儿，别里科夫用忧伤的语气说：'还有一件事，我想给您些建议。我作为一名教师工作了很多年，而您还年轻，没什么经验，所以我觉得我有责任提醒您。骑自行车这种游戏对一位从事教育事业的人来说影响很不好。'

❶动作描写

说明科瓦连科对别里科夫的厌恶。

"'为什么这么说？'科瓦连科用低沉的嗓音发出疑问。

"'这么明显您不明白吗？米哈伊尔·萨维奇，如果连老师都带头骑自行车，那学生们会做什么呢？他们只能头顶地那样走路了！我可没有看到当局贴出告示说可以这么做，既然没有那就是不允许。昨天，您和您姐姐骑车经过时，我十分震惊，女人骑车，这像什么样子！'

"'说实话，您到底想怎样？'

②"'我就想要提醒您、警告您。您还年轻，有光明的前途，做事得小心谨慎。可您呢，太随便了，什么都不操心。

❷语言描写

仅仅是因为科瓦连科骑自行车，他就能在别人家里大义凛然，啰唆半天，就是想要科瓦连科认同他。

您经常穿绣花背心出来，还在大街上吵闹，现在又和姐姐骑自行车玩。校长知道了会怎样，督学听说了又会怎样，您这样能有好结果吗？'

读书笔记

"'我们骑自行车关别人什么事！'科瓦连科涨红着脸说，'谁要是敢干涉我们家的事，我就让他赶快滚！'

"别里科夫气得脸煞白，站起身来。

"'如果您一直这样跟我说话，那我想我们无话可说了。'他说，'不过，请您千万不要用那种语气说领导，您应当学会尊重领导！'

"'我说领导坏话了吗？'科瓦连科生气地问他，'我不喜欢跟您这样的人说话，我是正派的人，而您是告密者！'

① "别里科夫慌慌张张站起来，穿上大衣，脸上的表情显得十分慌乱。您要知道，他这一辈子从没听到过如此无礼的话。

"'那你喜欢说什么就随便说吧，'他边说边往外走，到了楼梯口，'可我先说明一下，可能有人偷听我们说话，为了避免引起误解、闹出乱子，我要把我们谈话的内容报告给校长。'

"'报告校长？尽管去吧！'

"科瓦连科从后面揪住他的衣领，猛地将他推了下去。别里科夫从楼梯上滚了下去，他的鞋套拍打着楼梯，啪啪作响，幸好他平安无事。他站起来，碰了碰眼镜，幸好也没碎。可是，就在这时，瓦莲卡来到了楼梯下，身后还跟着两位太太。她们正看着他，这对别里科夫来说简直是天灾。② 他想哪怕摔断了腿和胳膊也比这样好，因为，很快大家都会听说这件事，他就成了公众取笑的对象，校长和督学也会

❶神态描写

别里科夫外强中干，所以才会把自己裹在套子里，他这辈子都在威逼着别人，第一次有人说无礼的话，让他十分慌乱。

❷心理描写

一系列的想法，表现了别里科夫内心的怯懦。

读书笔记

知道。可别弄出乱子来啊！这样或许又有人会画出什么漫画……最后说不定他就会被辞退……

“瓦莲卡认出别里科夫后，看着他那好笑又狼狈的样子，不知道发生了什么，以为他是自己不小心滚下来的，于是禁不住大笑起来，她的笑声一直很大，大得整栋楼的人都可以听到：

“‘哈哈哈！’

“这一阵响亮的笑声结束了一切：别里科夫和瓦莲卡的婚事、别里科夫的生命。①他没有听到瓦莲卡说了些什么，也没有看她。他急匆匆回到家，一进门就把瓦莲卡的照片从桌上收了起来，之后便躺下了，此后再也没起来。

❶动作描写 描写出别里科夫是多么的狼狈。

“三天后，厨子阿法纳西来到我家，说他主人病了，想要派人请医生。我去到了别里科夫家里，他躺在床上，裹着被子，只回答是或不是，其他的什么也不说。他躺着，阿法纳西皱着眉头在床边走来走去，唉声叹气，他身上还有一股酒馆子里的浓烈酒味。

“才一个月，别里科夫就断气了。大家都去参加了葬礼。男子中学、女子中学、宗教学校的老师和学生都到场了。别里科夫躺在棺材里，脸上的表情柔和、愉快，他好像非常高兴自己终于可以钻进套子里了，并且再也不用出来了。是啊，他终于实现了理想。出殡那天，上天仿佛也在向他致敬，天空灰暗，下着雨。我们都套着套鞋，打着伞。瓦莲卡也来送葬了，当棺材放进土里时，她哭了一阵。我发现，很奇怪，乌克兰的女人不是笑就是哭，完全没有两者之

读书笔记

注释

出殡：指移棺至墓葬地或殡仪馆。

间的情感过渡。

“说实话，将别里科夫送进墓穴是件快活的事情，但是我们没有一个人表露出这种情感。葬礼结束后，在回来的路上，我们都是忧郁的。① 不过大家都有种快活的感觉，就像是孩子趁父母不在家，到外面疯玩了几小时一样，那是自由的感觉，自由，自由啊！哪怕只是一丝希望、一种预示，人们也会为此高兴！

“我从墓地回来后，心情很好，其他人也是这样。可是还没过一个星期，生活就又恢复成往常那样，乱七八糟、压抑和疲倦。虽然没有当局的告示说禁止这样的生活，可也没有人说允许啊，别里科夫死后，情况还是那样。② 实际上，别里科夫被葬在了墓穴里，可是还有很多别里科夫依然活着，将来又会有多少，我们无法估量！”

“这就是问题所在。”伊万·伊万内奇点着了烟斗。

“将来还有多少像他一样的人啊！”布尔金重复着。

他从杂物房里走出来，这位中学老师头顶都秃了，他长得矮矮胖胖的，留着长长的黑胡子。他身后还跟着两条狗。

“月亮真漂亮！”他看着天空说。

已经到半夜了，月亮的光照着整个村庄。长长的街道向远方蜿蜒着，一切都进入了梦乡，那么安静，没有一丁点声音，大自然竟能如此寂静。在如此清亮的月色下，看着宽阔的街道、银色的农舍、熟睡的树木，这一切使心变得非常平和。在这个远离悲伤、纷扰、劳苦而被温柔的夜色包围的静夜里，村落也是那么柔和、忧郁，天上的星星像在眨着眼柔情似水地看着它，仿佛恶已经不存在了，一切都那么美好。左边是大片的田野，那里没有东西遮挡，可以看得很远，直

❶心理描写

别里科夫的去世为大家带来了自由的希望，人们仿佛觉得只要这个人死了，一切又都会好起来。

❷概括描写

社会上的情形并没有什么变化，说明了那时守旧者的力量十分强大。

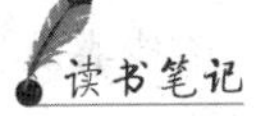

看到天地相接的地方。那一大片田野沉浸在银色的月光里，同样非常寂静。

“这就是问题所在。”伊万·伊万内奇又重复一遍，①“我们生活在城市里，烦闷拥挤；我们写些没什么意义的公文、玩纸牌游戏——这些不也是一个个的套子吗？我们在愚蠢浪荡的女人、懒汉、爱计较的人当中度过一生。自己说些废话，也听别人说些无用的话，这不也是套子吗？如果你想听，我也给您讲一个很有教育启发的故事。”

❶语言描写 如何揭下自己身上世俗的套子、找到自由，这才是关键所在。

“不，太晚了，该睡了，明天吧。”

他们一同走进杂物房，躺在干草上，盖上被子，准备睡觉，忽然听见一阵脚步声，听着声音，人应该就在不远处。没走几步，脚步声就没有了，过了一小会儿，脚步声又响起来了，周围的狗也开始叫唤起来。

“是玛芙拉。”布尔金说。

脚步声停了。

②“你看着别人说谎，听着别人的谎话，”伊万·伊万内奇躺着说，“别人会因为你忍受这种欺骗而说你愚蠢。你容忍别人的欺骗和侮辱，不敢公开自己是站在正义和自由的一边，这样，你自己也是撒谎了，还得表现出一副奉承的样子。你所做的这一切就是为了活下去，有口饭吃，有个暖和的窝，再得到一个不值钱的官职！不行，不能再这样活下去了！”

❷语言描写 这段话，是对人性懦弱的批判，也意在启发世人，不能再这样活下去了，必须站出来反抗。

“得了，伊万·伊万内奇，您扯得太远了，”布尔金说，“睡吧。”

没过十分钟布尔金就睡着了，伊万·伊万内奇翻来覆去地难以入睡。后来他索性起来，走到门边，点燃了烟斗。

（1898年）

精华赏析

本文描绘了一个守旧势力的形象，他迂腐死板、因循守旧，害怕社会上的一切新生事物。

延伸思考

1. 别里科夫为什么要把自己装在套子里?

2. 人们喜欢别里科夫吗?

3. 为什么人们不敢反抗别里科夫?

相关评价

作者从别里科夫的日常生活着手，描写他把自己的一切都藏在套子里，这还不要紧，他把自己的思想也藏在沙皇政府的法律套子里，并且还要把别人也拉进套子里。小说对当时的俄国社会有着深刻的讽刺，也有对社会的反思。面对沙俄专制政府的恐怖统治，只有少数的人起身反抗，他们得不到同情，表达了作者对反抗者的同情和赞美。

醋栗

名师导读

税务局的小职员伊凡内奇一直都有一个梦想，就是到乡下去过平静的生活，并最终实现了。这听上去是个挺美好的故事，可事实会是这样吗？让我们去读读吧！

---

❶环境描写

文章的开头就通过天空的描写，来渲染一种沉闷的气氛，也奠定了全文悲凉的基调。

大早上，天空就是阴暗沉闷的，天气不太热，但是没有风，很闷。[①]但凡是灰蒙蒙的日子，田野早就被乌云笼罩，雨欲下未下时，都是这种感觉。中学老师布尔金和兽医伊万·伊万内奇走得有些累了，他们感觉这田野像是走不到头一样。米罗诺西茨戈耶村还很远，但已经能隐约看到村里的风车了，右边绵延不绝的山丘一直蜿蜒到村子后面很远很远。他们知道，在河岸的对面是一大片绿油油的草地、翠绿的柳树以及漂亮的庄园，爬到一个小山丘的顶上向下看，一望无际的田野、各种电讯设备以及一串串向前爬行的列车尽收眼底，晴天时甚至可以欣赏到整个城市。今天没有刮风，大自然显得温和异常，像是一个沉稳的思考者。兽医和中学教师两个人迷醉在此刻的景色中，他们想着：这里如此辽阔，一切都是那么美丽！

“上次我们来这里时住在村长的杂物房里，那时您说过要给我讲个故事。”布尔金对伊万·伊万内奇说。

①“哦，是的，当时想给您讲讲我弟弟的故事。”

伊万·伊万内奇长叹一声，点着了烟斗，准备讲故事。可是天公不作美，这时下起了小雨。没过几分钟，雨就变大了，雨串不停地滑落，谁也说不好何时才能停下。这两个人站在雨中，努力想找个避雨处。被淋得湿漉漉的狗也站在他们旁边，用柔和温顺的眼神看着他们。

“我想我们得找个地方避雨了，”布尔金说道，“阿廖欣家离这里不远，去他家吧。”

“那我们赶紧出发吧。”

他们拐了弯，沿着广袤的田野的一边走着，一会儿直着走，一会儿又拐弯，走过弯弯曲曲的路，他们终于来到了大路上。没走多远，路两旁就出现了一排排的白杨树，还有花园，接着便是建有谷仓的红房子。②雨滴落在河水上，河水波光粼粼，突然眼前豁然开朗，出现一个磨坊和一座水滨浴场。阿廖欣就住在这里，名字叫作索菲塔的村子。

磨坊工作的声音很大，把雨声也压了下去，水坝也在微颤着。几匹被淋得湿漉漉的马站在大车旁，一个个都耷拉着脑袋。披着麻袋的人们在路上穿梭。这里潮湿、肮脏，河水看起来冰凉，令人不爽。布尔金他们两个人全身潮湿，被湿漉漉的衣服裹着很不舒服。他们走在泥泞的道路上，脚上沾了不少污泥，脚步变得沉重起来。他们顺着水坝爬向阿廖欣的谷仓。他们彼此没有交流，像是被这雨淋得很生气。

❶语言描写

先从伊万内奇口中引出本文的主人公，这样的安排，增加了文章的可信度，也不会让读者觉得单调乏味。

❷环境描写

勾勒出一个平静恬淡的小乡村。

有一个谷仓非常嘈杂，里面的簸谷机正轰隆隆地工作着，尘土飞扬。一个四十岁左右的男子站在门口，他很高很胖，头发很长，像是一位艺术家，而不是地主，这个人就是阿廖欣。[1]他穿着件白衬衫，但是因为太久没洗，已经变成了灰色，腰间系着一根绳子，下面穿了一条短裤和一双长靴，靴子上沾满了灰尘和麦秸，脸上也被灰尘弄得黑乎乎的。他一看到布尔金和伊万·伊万内奇就露出了笑容，非常热情。

❶外貌描写 体现乡下的生活清贫。

“先生们，快请进，我一会儿就去。”

这栋房子有两层楼，阿廖欣在楼下的两个屋子里住，那里有几扇小窗子，一开始是给管家住的。屋里面只有简单的几样家具，充满着一股黑面包、廉价白酒的混合味。二楼是正房，他平常一般不去，除非有客人来，他会在那里接待。他们走进屋子，一个漂亮年轻的女人热情地接待了他们，这是阿廖欣的女佣。

读书笔记

“先生们，你们不知道我见到你们有多高兴啊！”阿廖欣说着，跟他们一起来到了前厅，“真想不到啊！佩拉格娅，”他转身对女佣说，“拿些干净衣服给客人吧，给我也拿一件。不过我要先洗个澡，我大概有两个月没洗澡了，你们要和我一起去浴场吗？”

美丽温柔的佩拉格娅非常迷人，以至于客人们都忍不住地多看她几眼。不一会儿，她拿来了毛巾、衣服和肥皂。阿廖欣就跟客人们去浴场了。

“我真是太久没洗澡了，”他边脱边说，“这浴场不错

注释

黑面包：麸皮面包，或者全麦面包。

吧，这还是我的父亲修建的。可我呢，总是没空来洗澡。”

他泡了一会儿，开始坐在台阶上用肥皂搓洗，一眨眼，他周围洗澡水的颜色就变深了。

“是啊，我觉得也是……”伊万·伊万内奇看着他颇具意味地说。

“我太久不洗了。”阿廖欣又重复一遍，他有些不好意思，低下头接着用肥皂搓洗着，[①]没一会儿，洗澡水的颜色就变更得深了。

❶细节描写

洗澡水颜色的变化，表明阿廖欣的身上有多么的脏。

伊万·伊万内奇一下子扎进水里，冒着小雨游起泳来。他伸展胳膊，在水里扑腾，水中便泛起层层波浪，像是一朵白色的百合盛开在水中央。他游了一段便潜入水下，过了一分钟后上来吸口气又潜下去，一直这样游到很远，他或许还想钻到河底。“上帝啊！”他边游边说着，感觉很痛快。“上帝啊！”他不断重复着，一直游到了磨坊那里，和那里的工人们说了些话，然后又往回游，直到水中央。他躺在水上，任雨点拍落在他的脸上。阿廖欣和布尔金已经擦干身体要穿衣服了，他还在游泳。

“上帝啊，上帝！”他还在重复着。

“快上来吧，你已经游了很长时间了！”布尔金说。

他们回到了楼里。二楼的客厅亮起了灯，伊万·伊万内奇和布尔金穿着丝绸睡衣，在圈椅上坐下。[②]阿廖欣则穿着新衣服在客厅踱步，一副非常享受、愉悦的样子，或许洗完澡后，舒适的衣服、暖和的屋子使他感到惬意。佩拉格娅温柔地推开门，送来了一些甜点和茶。这时候，伊万·伊万内奇才开始讲他弟弟的故事，像是不单单讲给布尔金和阿廖欣，也讲给那个金边镜框里的男女老少以及军

❷神态描写

体现了阿廖欣对自己在乡下的生活十分满意。

官们。

“我们家兄弟两个，”他开始讲，“家里除了我，还有一个小我两岁的弟弟，叫作尼古拉·伊万内奇。我上了专业的兽医学校，成为一名兽医，尼古拉十九岁的时候去了税务局工作，后来便一直在那里。我的父亲叫作奇姆沙·吉马莱斯基，他当过少年兵，之后被提拔为军官，我们家也就成了贵族，还有了一份地产。我父亲死后，那份不大的地产抵债给了别人。[①]虽然并不是太富裕，但小时候我们也算是过得自在。我们在农村生活，和其他农民的孩子一样，整天在田野里和树林中玩耍，捕鱼、扒树皮、看守马匹……你要知道，如果一个人有过一次捕鱼的经历或者在秋天的时候看过一次候鸟南飞的情景，那他就不想做城里人，他就会一直怀念那时自由自在的日子，就像我的弟弟，在税务局上班时也一直想念乡下的生活。年复一年，他一直都坐在办公室的那个位子上，从没换过位置，在那里伏案抄写文件，心里也是一直思考着一件事——如何回到乡下。慢慢地，这种思念变成了一个心愿，他总是梦想着有一天能在河边或湖边买下一个小庄园过安逸的生活。

❶语言描写 说明伊万内奇从小生活在一个小康之家，不用担心温饱。

读书笔记

“尼古拉温和善良，我非常爱他，可是他要把自己关进一个小庄园里待一辈子的想法，我一点也不支持。有句俗话说，一个人只需3俄尺。但是，你们知道，那是说死人，不是指活人。现在还有人解释说，知识分子贪图安逸，想有个庄园，但是这庄园也跟3俄尺差不多。[②]远离城市，离开钩心斗角的生活，离开喧闹的纷争，躲进乡下的庄园里，那并不是生活。那是逃避、是自私、是懒惰，是没有什么大志向的僧人的做法。一个人活在世上，不是只要3俄尺就够的，

❷语言描写 尼古拉想逃避自己的工作和生活，写出了尼古拉自私自利的灵魂。

比3俄尺更大的庄园也不是，我们要的是整个自然、整个地球。只有在大自然中，我们人类才能够发挥出自己的优秀品质。

“尼古拉坐在自己的位子上，整日幻想着自己在自己海边的庄园里悠闲地晒太阳，什么都不干坐上几个小时，眺望着远方的树林和田野；幻想着吃自己家的白菜汤，那菜汤清香的味道飘荡在整个庄园，他就在花园的草地上野餐。农艺书成为他的必修书籍，还有那些农业方面的节气，都能让他非常欢快，那是他的兴趣所在。他喜欢看农业方面的报纸，报纸上所有关于种菜种花的技巧他都要熟记。如果看到出售庄园、花园和池塘的，他就会想象自己买下了这些地方，并想象自己如何布置它，在哪里种花，在哪里修条小路，总之，每次都能根据广告上不同的地方描绘出不同的场景。但是，不论哪个场景，里面都会有醋栗。[①]因为他无法想象，那么美好的地方居然没有醋栗。

“他常常对我说：‘乡下的生活是最惬意的，空闲时间很多，偶尔到阳台上喝茶闲坐，看着自己养的小鸭子在池塘里游来游去，闻着空气中的花香，并且……还有成熟了的醋栗。’

“他经常在纸上绘制他未来庄园的规划草图，每张纸上不外乎就是那几样东西，主人住的房间、佣人们住的下等房、菜园子和大片的醋栗树。他生活节俭，对自己非常苛刻，总是穿得像乞丐一样寒酸。他把节俭下来的钱全部存进银行。见他这样，我也非常心痛，时常给他些钱花，逢年过节也会给他钱，让他过得舒心些，可他把这些钱也存起来了。他非要这样，别人是一点办法都没有的。

读书笔记

①语言描写

尼古拉的梦想十分简单，就是回到乡下去过与世无争的生活，可是他总想着醋栗。“醋栗”代表着什么？

读书笔记

读书笔记

“过了几年，他职位调动，去了外省工作。他年纪已经不小了，都四十多了，可依旧是幻想、攒钱这样过日子。后来，他娶了个寡妇。这个寡妇不仅长得丑，年纪还很大，但是手里有些钱。尼古拉跟她结婚当然不是跟她有什么感情，而是看中了她的钱。他们结婚后，尼古拉不仅自己节俭，就连那个寡妇也得跟着他过节俭的日子。尼古拉把她的钱存到了银行，还存在自己名下。那个女人以前的丈夫是邮局局长，他们吃馅饼、喝葡萄酒，可跟了尼古拉后，她经常饿着肚子。于是没过多久，她的身体就很虚弱，还不到三年就去世了。①尼古拉可从没想过她的死与自己有关系。金钱把人拉进了贪婪的地狱，把人变成了魔鬼、怪物。以前，我们那里有个商人，他死之前吩咐仆人给他弄来一大碟子蜂蜜，然后把自己的钱全部和着蜂蜜装进肚子里，谁也不给。还有一次，我在火车站检查牲口，一个马贩子不小心摔进轨道里，一条腿压断了。我们几个抬着他准备送往医院。他出了很多血，命在旦夕，但是却叫嚷着把那条腿找回来。原来那条断腿上的靴子里藏着二十几卢布，他怕找不回来。”

❶语言描写　金钱让尼古拉变得冷酷无情，也体现了作者对金钱的态度。

“您离题了，先生。”布尔金插嘴说。

“尼古拉在那个女人死后就开始物色地产了，”伊万·伊万内奇停了一会儿接着说，②“不过，虽然他小心谨慎地看了五年，但最后还是没有如意，买来的庄园不是想象的那样。尼古拉从一个中介那里买到了一个抵账的庄园，占地一百多俄亩。庄园里有主人住的上等房，也有给佣人住的下等房，也有花园，但是没有果园，没有醋栗，更没有池塘。旁边倒是有一条小河，但那河水是深棕色的。因为庄园

❷语言描写　尼古拉实现了自己长久以来的梦想，可是却觉得不如意，这是为什么呢？

右边有个烧砖厂，后面是加工兽骨的厂子。[①]尼古拉并没有为此特别沮丧，他去买了二十来棵醋栗树，栽在了花园旁，过起了地主般的生活。

❶概括描写

在尼古拉的心中，醋栗代表了高品位的生活，所以才会去买二十来棵醋栗树来种植，这样一来，他就志得意满了！

“去年我曾去他那个庄园见过他。尼古拉曾给我写信说他的庄园叫作吉马莱斯克耶。那天下午我到达了他的吉马莱斯克耶庄园。那天天很热，庄园外有一道围墙和篱笆，还有很多沟渠，以及成行的杉树，让进入院子的人无从下脚，也不知道把马安置在哪里。走进庄园，一条红色的狗出来迎接我，这条狗很肥，像头猪，它懒洋洋地，似乎想叫一声，但又马上耷拉下脑袋了。厨娘急匆匆地从厨房出来，赤着脚，也像猪一样胖。她告诉我尼古拉正在屋里午休。我走进尼古拉的房间，他坐在床上，腿上搭着一个薄被子。谁也经不起岁月的折磨，他也是，脸上有了很多皱纹，身材也发胖了，皮肤松弛，五官都向前凸起，看上去也像头猪。

读书笔记

“我们很久没见，拥抱着留了几滴泪。这眼泪中既有激动、兴奋，又有一丝悲凉，我们当年离开家时还是年轻的小伙子，现在见面却都成了半截入土的老头。他穿上衣服，带我参观庄园。

“‘在这里过得还舒适吗？’我问他。

“‘还可以，上帝怜悯，我在这里很自在。’

“[②]他跟以前那个文弱、胆怯的年轻人一点也不一样了，现在他更像是个地地道道的地主老爷。他在这里住得舒适、习惯，并且非常喜欢这种生活。他吃很多，还经常去浴池洗澡，也胖了很多。他跟村里的人和工厂都有过官司。村民们要是不称他为‘老爷’，他就要怪人家。他还学着别的地主老爷的派头做慈善。虽然是慈善，但也不是单纯做些

❷对比描写

尼古拉以前是一个文弱、胆怯的人，可如今却像极了一个地地道道的地主老爷。

读书笔记

好事那么简单，而是先摆出地主老爷的架子，并且做的好事也不见得是好事。比如，他告诉村民们苏打和蓖麻油包治百病。他的命名日那天，他在村子里做谢恩祈祷，然后给村民们发了半桶白酒让他们喝。他认为这就是地主老爷该做的。这酒也是神奇的酒！今天这位胖地主向长官控告农民们放出的畜生糟蹋了他的作物，而明天正好碰上节日，胖地主给村民们弄上白酒，喝醉了的农民就开始向他叩首。只要生活变好，吃饱穿暖，可以闲着，俄罗斯人就会不自觉地产生一种厚脸皮的自大心。①尼古拉以前在税务局工作时连自己的意见都不敢表达，可现在呢，他说的每句话就像是真理一样，并且还总是用高级文官的口吻跟别人讲话，说什么'教育对国家来说非常重要，但对于百姓来说，还有些早'，'体罚是不可取的，是有害的，但在特定场合下，它是个非常好的方法'。

❶对比描写 对比了尼古拉的变化。

"'我非常了解老百姓，我知道如何对付他们，'他说道，'现在他们都尊敬我，只要我想做的事，他们都能给我办了。'

"②他说这些话时脸上带着慈善温和的笑容，他经常把'咱们这些贵族''我作为一名贵族'这些话挂在嘴边，反复念叨。很明显，他已经忘了自己的祖父是个地道的农民，父亲一开始也只是个小兵。就连我们奇怪的姓氏奇姆沙·吉马莱斯基，在他眼里也变得那么高贵、美丽。

❷语言描写 说明尼古拉已经把自己当成了一名贵族，变成了剥削阶级中的一员。

"不过，这问题在我。我跟你们讲讲我在庄园里的几小时发生的变化。那天傍晚，我们正在喝茶，厨娘将一满盘子醋栗端来放在桌上。这些醋栗可不是买来的，是庄园里种

注释

醋栗：醋栗为醋栗科植物山麻子的果实，浆果球形，径7~9毫米，红色，果期在7~8月，采取成熟果实，晒干。

的。从栽下醋栗树，这还是头一次收到果实。尼古拉看着那些醋栗，沉默了很长时间，然后激动地哭起来。他拿起一颗果实送进嘴里，像小孩子得到心仪已久的玩具一样，高兴地对我说：‘非常美味。’

“他很享受地吃着，一直重复着：‘非常好吃，您也尝一个吧！’

“醋栗味道酸涩，果实坚硬。可是，普希金曾说过，‘比起那些真理，我们更喜欢使人高兴的谎言。’我看到那个实现毕生梦想的人，他现在过得非常幸福，他的生活目标也已实现，他得到了一直想要的东西，他满意现在的安排。[1]以前我只要想到幸福就会觉得有一丝哀伤，现在亲眼看到这得到了幸福的人，却感觉有一种绝望。尤其是在夜晚，这种绝望就更为沉重。喝完茶，仆人们在主人的隔壁房间给我弄了张床，让我睡在那里。我听到尼古拉的房间时常有动静。他还没睡，他总是下床，去到桌子旁边，从盘子里抓一个醋栗吃。我睡不着，便想世界上有多少幸福满足的人存在啊，那该是多么令人难过的势力！看看这个社会吧，强大的人可以什么都不干还蛮横无理，弱小的呢，他们只能像牲口一样，整日劳动，却穷得要活不下去了，他们的生活充斥着谎言、酗酒、拥挤、伪善……可是这世界上竟然到处都非常平静，不管是每间房子里，还是大街上。这城市有几万居民，我们却看不到有一个人出来大喊，发泄心中的郁闷。人们的生活一直就是那样，白天吃喝、买东西、劳动，晚上睡觉，这一生都在说废话、发牢骚、结婚、衰老、平静地送

读书笔记

❶语言描写

尼古拉为了自己那个看似美好，实则庸俗的梦，已经抛弃了一切美德。因此，令“我”感到绝望。

读书笔记

❶概括描写

"我"一想到还有那么多的穷人为了温饱和社会地位苦苦奋斗却并没有一个人出来呐喊，就觉得十分绝望。

❷语言描写

揭露了沙俄政府治下的社会贫富分化严重。

读书笔记

走去世的人。[①]那些正在受苦的人，那些生活背后正在发生的不可想象的事情，我们却一无所知。这世界太安静了，以至于只有那些统计数据能够显示出不平静：有多少人发疯，有多少儿童因为缺乏营养而死去，整个地区一年喝掉多少酒……这个社会制度是不合理的。[②]幸福的人为什么能感到幸福，那是因为那些不幸的人正沉默地背负着他们的重担。如果那些不幸的人不再沉默，那么幸福的人也就无法幸福了。可所有人都是那么麻木不仁，所以他们想要变幸福也是非常困难的。这就需要到每个幸福的人房门前用小锤子敲打他的房门，提醒他们，世界上还有很多不幸的人，不管现在如何幸福，生活迟早会给他降临灾难，包括疾病、贫穷。到那时，他就会陷入孤苦的境地，没有人理会他，就像他现在不理会别人的不幸一样。可现实并没有人拿着锤子提醒他们，幸福的、不幸的人还是一如既往地活着，一切看起来都平静如常。"

"这个晚上使我认识到我自己也是得到了幸福的人，我也很满足。"伊万·伊万内奇站起身说，"我也曾在各种时候教育过其他人，告诉他们什么才是真正的生活，应该如何生活，如何信仰宗教，如何控制百姓。我曾说过，教育是非常有必要的，学问是非常有前途的，可普通人只需要能认字就行。我也曾说过自由如空气一般重要，但是我们要等待。我以前常这样说，可我现在却很困惑，我们为什么要等？"伊万·伊万内奇用愤怒的眼神看向布尔金，"你们说，为什么要等？在考虑什么？人们常说，没有任何事是一下就能办成的，生活中的新事物新思想都要一步步慢慢地被接受，一切都顺其自然、水到渠成。谁能证明这话就是正确的呢？人们做事都讲求自然规律，可是人类是活的，是有脑子、有思想的。如果我站在一条壕沟前，我本可以轻松跳过去，或者是架桥过去，可我非要等着自然规律，等它自己被填满或合拢才可以走过去吗？为什么要等？等到什么时候才算完？人们现在急切地渴望自由和幸福啊！”

“那天早上天一亮我就离开了尼古拉的庄园。从那以后，我再也无法平静地住在城里，城市中的平静使我感觉压抑。我不敢看别人家的窗户，因为一家人幸福地围坐在一起喝茶这种场面使我感到难受。① 我的年纪慢慢变大，我不会为斗争什么而骄傲，我也不会再去恨什么，现在我的心里只有忧郁、烦闷。每晚我的脑子都会被各种想法充斥，整晚失眠……如果我还是个年轻小伙子该多好！”

❶心理描写

在“我”讲述了尼古拉庸俗的生活之后，内心始终不能平静，充满着对生活的质疑。

伊万·伊万内奇在房间的两头踱步，他重复着：“要是还是小伙子那多好！”

他走着，突然来到阿廖欣面前，抓住他的手。

“帕威尔·康斯坦丁内奇！”他的目光和语气充满请求，“请你一定要清醒，不能自我满足！您现在还年轻，有精力，您要趁着这美好的年华多做些好事，做些有意义的事。世界上不该有这样的幸福。② 如果您想要生活有意义，那您追求的绝不应该是自己现在的满足，而是比自己的幸福更伟大的东西。请您一定多做好事！”

❷语言描写

这句话是对世界上一切没有精神追求、对社会漠不关心的人说的。生活的意义来自不断的奋斗，如果只有贪图安逸的梦想，那么这样的梦想极有可能是十分庸俗的、自私的。

伊万·伊万内奇在说这些话时是近乎可怜的神情，像是在恳求别人一样。

这三个人在客厅的圈椅上坐着，没人说话。伊万·伊万内奇讲的故事并没有让这两个听众有满足感。那些在镜框中的男女老少和军官们在昏暗的光线下像是活人一样，他们听到尼古拉的故事也觉得无聊，或许他们想听一些美丽的女人和高尚的人的故事。这个客厅里的所有物品——蜡烛、圈椅、地毯，都诉说着那镜框里往外看的人也曾在这里喝茶、聊天。迷人的佩拉格娅进来了，这或许比故事更吸引人。

阿廖欣困得要睁不开眼了，他早上不到三点就要起床忙庄园里的事，他的上下眼皮像是粘了胶水一样难舍难分。可是他害怕自己走后，这两个人又会讲一些有趣的事，所以他就在这里撑着。伊万·伊万内奇刚才跟他说的那些非常恳切的话语是否有道理他并没有去认真细想。①今晚的谈话并没有涉及簸谷机、麦粒、干草、庄园、煤油，他们谈话的内容跟自己的生活没有任何直接的联系，所以他也很乐意听他们继续讲。

> ❶概括描写　阿廖欣只想着自己的庄园和财富，对于美和人生的意义根本不想去追寻。

"该睡了，"布尔金先站起身说，"先生们，我就在这里跟你们道晚安吧！"

阿廖欣也告别他们，下楼回房间睡觉了。布尔金和伊万·伊万内奇仍然在楼上。他们被仆人带到一间大屋子里，这里有两张木质的雕花床，墙上刻着耶稣受难像。佩拉格娅给这两张床铺上干净的床单，并拿来了新的被褥。新床单被褥的味道很好闻。

伊万·伊万内奇没有说话，他脱掉衣服，躺下了。

②"主啊，原谅我们吧！"说完，他便蒙上被子。

> ❷语言描写　写出了启蒙者伊万内奇的悲凉，他希望通过自己的力量去改变人们对庸俗生活的看法，可是却无人理会。

他之前放在桌子上的烟斗，散发出浓烈的味道。布尔金躺下后，翻来覆去不能睡。他很困惑，这么浓的烟味是从哪里来的呢。

雨点拍打着窗户，整夜没有停。

（1898年）

精华赏析

本文讲述了税务局小职员尼古拉为自己的庸俗梦想变得更加庸俗，而作为启蒙者的伊万内奇却无人理会的故事。

延伸思考

1. 尼古拉的梦想庸俗吗？

2. 是什么让尼古拉有了这么大的转变？

3. 你认为人生的意义是什么？

相关评价

在这篇小说中，作者契诃夫用他一贯犀利的笔触把社会的庸俗和人性的罪恶展示给人们看。让人们明白人生的意义在于不断奋斗，而不是一味追求安逸。

姚内奇

名师导读

青年医生姚内奇在被喜欢的女孩拒绝之后，生活开始变得腐化和堕落。他在社会中沉沦，在多年之后再想起以前那个积极上进的自己，不免感慨万千。

外地人刚刚来到C城的时候，总会抱怨这里简单和无聊的生活，但当地的人们可不这么认为，在他们眼里，C城非常棒，有戏院、图书馆以及俱乐部等等。[1]这里还有非常幽默风趣、有才华的居民。屠尔金一家就是这样的人。

❶概括描写 说明屠尔金一家在当地有着不低的名气和声望。

屠尔金原名伊万·彼得罗维奇·屠尔金，家住C城主街，在省长官邸附近，是一位中年男子，身材魁梧，留一把连鬓的胡子。他是一位幽默风趣的人，会讲许多笑话、字谜、俗语。他热爱慈善事业，喜欢在慈善活动中扮演各种各样的角色逗大家开心。薇拉·约瑟福夫娜是他的妻子，她身材纤细、戴着眼镜，喜欢写各种小说，并且朗诵给客人听。叶卡捷琳娜·伊万诺夫娜是他的女儿，年轻漂亮多才多艺。总之，屠尔金家每个成员都有自己的才华，他们热情好客，喜欢在客人面前真诚地表现自己的才能。屠尔金一家住在很宽敞的大房子里，窗户朝着绿油油的花园，春天能听到花园里夜莺欢唱，夏天则很凉爽；每逢来客人，他们家厨房就叮叮当当地响起来，香味飘荡在整个院落。

嘉里日距离C城只有9俄里，[①]德米特里·姚内奇·斯塔尔采夫就在这里任地方自治会医生，他同屠尔金一家一样有才气，他们是最应该彼此认识一下的。在冬日的一天，他在大街上结识了伊万·彼得罗维奇，他们简单地聊了聊，之后伊万·彼得罗维奇邀请他去家里做客。到了四五月份，也就是耶稣升天节的时候，斯塔尔采夫在完成工作后，打算进城放松放松，也买点生活用品。他不紧不慢地走在安静的道路上，不由得哼起了歌："在我没有喝掉生命之杯里的泪水……"

❶人物介绍

引出本文的主人公姚内奇，介绍了他的身世，也说明他在当地有和屠尔金一家一样大的名气。

今天天气很好，[②]他在城里吃过饭后便到公园里散步了。在公园里，他看到有人在表演喜剧，他便不自觉地想起了人们口中幽默风趣的屠尔金一家，想起了屠尔金对他发出过的邀请，于是便决定亲眼去见见他们一家人。

❷心理描写

姚内奇早就想见见屠尔金一家，才会在看到别人表演喜剧的时候就联想到人们口中幽默风趣的屠尔金一家。

"您好，有人吗？"听到声音的伊万·彼得罗维奇迅速地从屋子里出门迎接客人，"见到你真高兴，请到屋里坐。这是我的妻子薇拉。"随后他转向妻子说道："我就说过，他不应该老在医院里待着，他应该多抽时间出来走走，享受这大好时光。"

"请您过来这边坐。"薇拉·约瑟福夫娜指着自己身旁的位置说道，[③]"我的丈夫是个小心眼儿，但您不用介意，您仍可以向我献殷勤，我们尽量不让他看出来就是了。"

❸语言描写

薇拉俏皮的语言里带着些许幽默，从语言上呼应了人们之前说她幽默风趣。

"哎呀，你这小淘气，不知天高地厚了。"伊万·彼得罗维奇边说边用手轻轻地在她脸上捏了一下，趁她不注意在她额头上狠狠地亲了一口。

“您来得真是时候。”他对姚内奇说道。

“我的妻子最近刚刚写完一部长篇小说，正想着要朗诵给人们听呢！”

“告诉奇克”，薇拉·约瑟福夫娜对丈夫说，“让人拿来我的茶。”

正值花季的姑娘叶卡捷琳娜·伊万诺夫娜被人介绍给斯塔尔采夫相识。①她长得随母亲，身姿纤瘦，肌肤娇嫩，圆润的脸上透着一股稚气。她那刚刚发育完的胸部圆润、坚挺，透着青春的气息。随后，大家吃点心、喝茶。天色渐暗，待客人来得差不多了，伊万·彼得罗维奇微笑着对大家说道：“欢迎大家，下面让我的妻子为大家朗诵自己写的小说。”来宾们都严肃地听薇拉·约瑟福夫娜朗诵她的小说。“寒气渐袭……”窗口传来厨房里阵阵叮叮当当的做饭声，不一会儿香喷喷的饭香扑鼻而来。大家都很享受这种感觉。正值夏日黄昏，院里时不时飘来阵阵花香，街上说笑声不断，这种气氛和小说中寒气加重、冷光照在雪原和单身路人身上的情景有些格格不入。小说讲的是年轻貌美的伯爵小姐在村里兴办学校、医院和图书馆，并爱上了一个流浪汉画家的故事。小说中的人物和故事是虚构的，现实生活中不存在的，但薇拉·约瑟福夫娜却将它们描写得十分生动形象。

“读得真好……”伊万·彼得罗维奇情不自禁地夸赞

①外貌描写 说明了伊万诺夫娜是一个美丽的少女。

读书笔记

注释

伯爵：贵族爵位的等级。

道。即使再精彩的朗读也会有人思想跑小车，有一位客人听着听着思想跑到了遥远的地方，他小声嘀咕道："对啊，是的……"

时间滴答滴答地走着，公园旁有正在演奏的乐队，有正在唱歌的合唱队。[①]薇拉·约瑟福夫娜停了下来，大家静静地听了首合唱队演唱的《卢奇奴什卡》，这是存在生活中而小说里没有的东西。

"您会在杂志上发表您的作品吗？"斯塔尔采夫向薇拉·约瑟福夫娜问道。

"当然不会，"她回答道，"我的生活衣食无忧，不需要依靠写作赚钱维持生计，所以我的作品哪里都不会发表，我写完就把它收藏到柜子里了。"

听完他们的对话，大家不约而同地缓了口气。

"让我的女儿来为大家弹个曲子吧。"伊万·彼得罗维奇说道。

大家听后便自觉地过来帮忙打开钢琴盖、翻开乐谱。叶卡捷琳娜·伊万诺夫娜拿了个凳子坐了下来，两只手看起来很费力地按起了琴键，她像用尽了全身的力气在按，她的肩膀和胸部都在颤抖。这是一首很有难度的乐曲，又长又单调，弹起来很费力。随着弹奏的投入，地板、天花板、家具等，整个客厅都被巨大的音响震得颤抖起来。[②]斯塔尔采夫听着音乐眼前不禁呈现出一幅画面，许许多多的石头从山上翻滚下来，石头越来越多越来越多，他迫切地希望石头快点停下。此时的叶卡捷琳娜·伊万诺夫娜却越弹越投入，她的脸颊通红，浑身充满了力量，一丝秀发突然落在了她绯红的前额上，这一幕触动了他的心。[③]斯塔尔采夫一整个冬天都待在嘉里日的病人和农民之间，现在能悠闲地坐在这里看如

❶场景描写

薇拉的小说没有对现实生活的描写，空洞乏味，大家才会在听她读小说时都静静地听合唱队的演唱。

❷联想

伊万诺夫娜的琴声响彻客厅，如石头滚落般。

❸心理描写

姚内奇初见伊万诺夫娜就为她的美丽所打动，为下文他爱上伊万诺夫娜做了铺垫。

此年轻漂亮、含苞待放的女子弹奏乐曲，虽然有点喧闹、嘈杂但仍令人激动不已。

“哎呀呀，科季克，你今天演奏得真是太棒了，比以往任何时候都要精彩。”伊万·彼得罗维奇兴高采烈地对着刚刚演奏完毕的女儿说道。

读书笔记

客人们纷纷向她祝贺，说好久没听到这么美妙的音乐了。叶卡捷琳娜·伊万诺夫娜得意极了。

“真是太棒了！”

“太棒了！”斯塔尔采夫也跟着夸奖起来，并随口问道，“您在哪里上的音乐学院？”

“我目前没有上音乐学院，只跟着扎洛夫斯卡娅太太学钢琴。”

“您在哪里读的中学？”

“没有，”薇拉代替她回答，“我们请教师到家里来教，到古典文学或贵族女子中学去上学，会受到不良影响。女孩在成长阶段只应当接受母亲一个人的熏陶。”

“我一定要去上音乐学院的。”叶卡捷琳娜有些生气地嘟起嘴反驳道。

①概括描写

屠尔金在众人口中的幽默风趣，就是他靠卖弄这些俏皮话来逗别人开心，这颇有些哗众取宠的味道。

看到女儿妻子的表演受到大家的夸奖，彼得罗维奇也忍不住要来展示自己的才能了。①他又开始卖弄他说俏皮话的本领了，像“太好了”，“真不赖了”，“十二万分感谢您了”，等等，都是他特有的用来搞笑的语言。他故意提出可笑的问题，然后再自己回答，还时不时摆出各种搞怪的表情来逗大家开心。

注释

科季克：对叶卡捷琳娜的爱称。

当大家吃完香喷喷的饭菜后，客人们到前厅拿大衣，小听差帕瓦在客人中忙碌。帕瓦，名帕瓦鲁沙，十四岁左右，胖胖的脸蛋，留着齐耳短发。

①“帕瓦，来表演一个！”伊万·彼得罗维奇喊道。

“去死吧，倒霉的女人。”帕瓦熟练地做了一个亮相，用悲哀的腔调说，逗得大家哈哈大笑起来。

“真是太精彩了！”斯塔尔采夫情不自禁地感慨道。

回去的路上，他兴致来了，走到临街小卖铺买了啤酒和烟袋，抽着烟，得意扬扬地哼着曲子：“你的声音那么迷人，令人心醉……”

9俄里的路，不知不觉就走完了，可他不觉得累了，他倒是有种再走20俄里路的冲动。

“今天真是太好玩了，真是精彩。”他带着一脸幸福、满足的表情美美地进入了梦乡。

❶语言描写

彼得罗维奇是家里的主人，一心想要用各种方式来逗众人开心，他让帕瓦来表演只是想用帕瓦窘迫的样子来逗大家开心。

二

由于上次玩得极好，斯塔尔采夫便老想着再次到屠尔金家去玩，可是工作太忙，很多时候身不由己。②整整有一年多的时间，他总也没抽出空闲时间来，直到一封城里的来信改变了这一切。

❷概括描写

说明这时候的姚内奇积极上进，所有的精力都放在工作上，与后文形成对比。

科季克一心吵着要上音乐学院，最近更是闹得厉害。薇拉·约瑟福夫娜的偏头痛也复发了，经科季克这样一闹，更是发作得频繁，病情越来越严重。她几乎看遍了城里所有的医生，病情也没有好转。最后无奈，只好求助斯塔尔采夫——地方自治局医生。薇拉·约瑟福夫娜在信里表现得很诚恳，她恳求斯塔尔采夫能帮助自己减轻痛苦，斯塔尔采夫也不好拒绝。自此，他便成了屠尔金家里的常客。他也确实缓解了薇拉·约瑟福夫娜的头痛。薇拉·约瑟福夫娜也四处宣扬斯塔尔采夫是一位优秀的医生。[①]不知从何时起，为薇拉·约瑟福夫娜看病已不是他去屠尔金家的唯一目的了。

❶心理描写

姚内奇去屠尔金家不仅仅是为了给人看病，更是因为虚荣心开始慢慢滋长。

今天是基督升天节，叶卡捷琳娜·伊万诺夫娜弹完了她的表演曲子并没有马上离去，而是两手托着下巴，安静地在饭厅里坐着，好像有什么心事。伊万·彼得罗维奇还是照旧发挥他的幽默特长，给大家讲了笑话。这时，前厅来了新客人，屠尔金便上去招待客人，斯塔尔采夫见状便溜到了叶卡捷琳娜·伊万诺夫娜身边，语无伦次地说道："小姐，请您给我一点时间，请您给我一个机会，求求您了，我们上外面单独聊聊吧。"

[②]她感到迷惑，不知道他在说什么，自治局医生怎么会找自己单独出去聊聊。虽然疑惑，但她还是很有礼貌地陪他去了。

❷动作描写

伊万诺夫娜这时候还只是一个单纯善良的小女孩，所以在面对姚内奇的邀请时，才会感到迷惑。

"小姐，您不是弹琴表演，就是陪妈妈坐着，很久前我就想找您聊聊，可是一直没机会，我多么希望您能抽出时间陪陪我啊，哪怕是一刻钟，我恳求您了。"他边走边说着。

夏天就要过去了，天气渐凉，公园里的小道上撒落了一层厚厚的落叶，寂静得有些悲凉。天色也渐渐黑暗了。

"我都好几天没见到您了，我很是想念您，我想念您的声音，想念您的容貌，您能明白吗？"斯塔尔采夫自顾自地说着。

他们边说边走着，走到了一个亭子下面，那里有供人们休息的长凳。

"请坐，请您坐下听我说。"斯塔尔采夫继续说着。

读书笔记

①“请问，您有什么事吗？”叶卡捷琳娜·伊万诺夫娜仍带着些许疑惑问道。

❶语言描写 面对姚内奇直白的求爱，美少女伊万诺夫娜仍然还是不明白这到底是什么意思，这才符合她单纯的人物设定。

“我整整一个礼拜没见到您了，我非常想念您的声音，我渴望听到您的声音，您就陪我说说话吧。”

她的娇艳，她的眼睛和面孔的天真烂漫，使他心神荡漾。由于她天真烂漫和纯朴优雅，所以甚至在她的穿着上，他看着也觉得格外妩媚动人。同时他又觉得她很成熟，超过了她的实际年龄。他能够与她谈论文学和艺术，也能够向她倾诉对命运坎坷和世态炎凉的不满。尽管也碰到过这种情况：在严肃的谈话中，她突然无缘无故地笑了起来，或者跑回屋里去。她跟C城所有的姑娘差不多，看的书很多（一般说来C城人看书的极少，当地图书馆声称，要是没有姑娘们和犹太青年来借阅，图书馆就该关门大吉了）。这对斯塔尔采夫来说真是喜之不尽，他每次跟她见面时，总要激动地问她看了些什么书，而听她回答又不由神魂颠倒。

读书笔记

“这个礼拜您都看了些什么书？”他问她，“请您谈谈吧。”

“我看了本皮谢姆斯基的作品。”

“是哪一本呢？”

“《一千个农奴》，”科季克回答道，“皮谢姆斯基的名字真滑稽，叫什么阿列克塞·菲奥费拉克迪奇！”

“您到哪里去？”她蓦地起身，向房子走去，斯塔尔采夫惊叫起来，“我有话要跟您说，我需要向您表白…请您再陪我五分钟，我恳求您。”

读书笔记

她张了张嘴，欲言又止，有些羞涩地递给他一张卡片，头也不回地向家跑去了。

“今晚十二点，捷梅季墓碑，不见不散。”

"嗯？她约我了？可是怎么会是墓地呢？这是什么意思呢？"斯塔尔采夫心里充满了疑惑。

"怎么会选择大半夜在墓地约会呢？城市里偌大的地方难道都找不到一个约会的场所吗？这本不该是一个年轻小姑娘提出的啊！她一定是在跟我开玩笑，一定是！我可是堂堂正正的地方自治局医生啊，怎么可能去干这种傻事。若是同事、朋友知道了该怎么讨论我呢？这种恋爱怎么可以呢？"斯塔尔采夫脑子里反复思考着这些问题，在屋里自言自语地走来走去。他忽然看到墙上的钟表，十一点半，离约好的时间还有半个小时，他顾不了那么多了，为了自己喜欢的人，他还是要不顾一切地去赴约。

读书笔记

他在半年前用自己的积蓄购买了一辆双马车，还雇了一个车夫，叫潘捷列蒙，他穿一件丝坎肩。[①]月光轻柔，带动着小树小草一起翩翩起舞。他很享受这种感觉，带有丝丝凉意，让人心旷神怡。城郊养鸡场里的狗听到动静便汪汪汪地叫起来。他将马车停在胡同口，自己徒步走到墓地。

①环境描写

衬托姚内奇此时的心理。人在心情好的时候，周围的一切都是美好的。

"真不知道现在的女孩子心里是怎么想的，真会玩弄人，竟能想到来这种地方约会。但是谁知道呢，也许她真的会来。"他沉浸在自己的想象中，在漆黑的田野里约莫走了有半俄里路，找到了墓地。

读书笔记

放眼望去，白色砖瓦砌的围墙，里面仿佛是一片树林，又仿佛是一个大花园，走近了便看到围墙的大门，在月光下隐约可以看见几个大字："大限临头……"

斯塔尔采夫便从门口走了进去，首先映入眼帘的是一排白色和黑色的东西以及映到地面上的白杨树影。那白色和黑色的东西是一排排十字架和墓碑。这里要比城区和野地里亮许多，枫树叶的影子映到地面及石板上，形状酷似野兽的爪子。墓碑上的题词都看得清清楚楚。他是生平第一次见到这样的情景，难免有些惊讶，以后大概都不会再有机会看到这些了。这完全是他没见到过的另一个世界。

这里的月色真美啊！①他不由得闭上眼睛贪婪地享受这里的美好，感觉自己就要睡着了，这里大概是没有任何生命的，静得只听得到他一个人的喘息声。这里的每一棵树和坟墓里的每一个人好像都在遵循着早已许诺好的宁静、美好和永恒。林荫道、十字架、墓碑、大树……这里的一切都在传递着一种宽恕、哀伤和安宁。

❶细节描写

通过对墓园宁静的描写来凸显姚内奇此时激动的心情。

漆黑的夜空一片静寂。斯塔尔采夫的脚步声在这样一种氛围下显得格外响亮。他在想象着自己已经死去，将永远埋葬在这里。教堂的钟声忽然响起，扰乱了他的思绪，他忽然感到了一种无声的烦闷和沮丧，也许这并不是他想象的安宁和恬静，他反而感到了一种绝望。

捷梅季是一位意大利歌唱家，曾经随歌舞团来 C 城表演，意外身亡，便埋葬在了这里，竖了墓碑。她的墓碑顶上有个小天使，看上去像个小教堂。城里大概无人记得她了，可墓门口的油灯还在发着微亮的光。

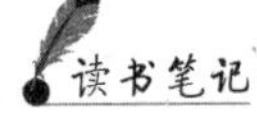

大半夜谁会来这里呢？这里一个人也没有，斯塔尔采夫还在期待着，他在期待着他心爱的女人前来赴约，他在想象着见面时激情相拥的情景。他手里拿着帽子，一会站起来走走，一会在石凳上坐坐，他的脑海里忽然呈现出一种画面："这里应该埋葬了许许多多美丽、迷人的女人吧，她们也许都经历过爱情，在激情四溢的夜晚，沉溺在爱人的爱抚里。她们曾经也是美丽迷人的。"这样想想大自然母亲也真是残忍啊，想到这里他便又有了些许委屈与不满，他越想越觉得不服，心底有个强烈的声音在呐喊：我也要爱情，不顾一切地要爱情！想着这些，前面的白色大理石在他眼中便也不是石头了，而是一具具美丽的肉体。他仿佛看到了一个个赤裸裸的形体羞涩地躲在树荫里，他似乎感觉到了肉体的温度。想象着这些，他有些受不了了，这真是件折磨人的事啊！

❶环境描写……

通过环境的变化来衬托姚内奇从热切期待到失望懊悔的心理变化过程。

[1]月亮被乌云遮了起来，天空仿佛被一块幕布遮住了，周围忽然变得一片漆黑，斯塔尔采夫终于找到了大门，他决定不再等了，出了大门走了大约两个小时才找到了自己的马车。

“真是太累了，我要立即坐下。”他喘着粗气对潘捷列蒙说道。

他一下子就瘫坐到了马车里，说道：“发胖了，真是动起来就吃力，真不能再胖了。”

三

第二天傍晚，他再次来到屠尔金家，他要向叶卡捷琳娜·伊万诺夫娜求婚。不巧的是，叶卡捷琳娜·伊万诺夫娜正准备去俱乐部参加舞会，她请了理发师在房间里替她梳头。

读书笔记

他只好在饭厅里边喝茶边等着了。伊万·彼得罗维奇担心他会无聊，便从口袋中拿出一张小字条念了起来，是一个德国籍管家写的可笑的信：“庄园里的一切矢口抵赖已坏了，羞怯垮台了。他们应该会给很多嫁妆的。”斯塔尔采夫心不在焉地听着。

由于昨晚没休息好，他看起来一副无精打采的样子，上眼皮重重地搭在下眼皮上，恨不得用一根杆子才能撑起来。心里昏昏沉沉的却又满腔热血，脑子里又有另一种声音——“要放弃吗？现在还来得及，你们俩真的合适吗？她娇生惯养、任性倔强，饮食起居毫无规律，而你只是自治局医生，教堂执事的儿子……”

①“我只想和她在一起，只要能在一起，她想怎么着就怎么着吧。”他心里自我安慰道。

“你们要是结婚了，她的父母让你辞掉离家远的工作，搬到城里去住，怎么办？”

“住城里也不错的，他们一定会给不少嫁妆，到时候也够我们成个自己的小家了……”

叶卡捷琳娜·伊万诺夫娜从自己的屋里出来了，她穿着华丽的礼服，看起来干净、美丽，令人眼前一亮。②斯塔尔采夫激动得有些说不出话了，咧着嘴看着她傻笑。

她要去参加舞会了，而他自己再坐下去也没什么意义。天色不早了，他说要走了，家里还有好多病人等着他看病呢。

“既然您很忙，那我也就不留您了，正好请您顺道把科季克送到俱乐部吧。”伊万·彼得罗维奇说道。

天下起了雨，外面一片漆黑。伊万·彼得罗维奇给他们拿了手电筒，潘捷列蒙已经将马车支好了篷。

“走吧，路上注意安全。”伊万·彼得罗维奇边说边把女儿扶上马车。

“昨天我在墓地上等了您好久，您都没来，您怎么可以这么狠心，让我大晚上跑那么远的地方去等您，您也不赴约。”

❶心理描写

在面对和伊万诺夫娜巨大的生活差异时，姚内奇没有退缩。

❷动作描写

这个动作说明他此时内心的紧张与激动。

读书笔记

“什么？您真的去墓地了？”

“是啊，我当然是去了，等了您两个小时没见到人，我才回去的。”

“您怎么没有一点幽默感呢，开玩笑的话您也信，那您活该受罪了。”

❶动作、神态描写 说明孩子气的伊万诺夫娜，不懂得爱情的力量。

① 叶卡捷琳娜·伊万诺夫娜看到他被捉弄反而有种成就感，得意扬扬地哈哈大笑起来。

这时，由于马车跑得快，在进俱乐部大门时急拐了一下弯，车身歪了下，她吓得大叫了一声。斯塔尔采夫便把她抱在了怀里。由于刚才的惊吓，她便也没拒绝。他狠狠地在她的嘴巴上亲吻了一下，紧紧地把她抱在了怀里。她被抱得几乎踹不上气了。

“闹够了没有？”她有些生气地大声说道。

❷神态描写 伊万诺夫娜在面对姚内奇意外的亲吻时，非常生气，因为她觉得自己受到了侮辱，也表现了她此时不懂得什么是爱情，也不喜欢姚内奇。

② 车在俱乐部门口停了下来，她到了，慌慌忙忙地跑了下去，连声谢谢都没有说。看到有人把车停在门口，一个貌似警察的人便大声吼道：“这里不让停车，赶紧离开。”

于是，他们驾车离开了。过了一会，斯塔尔采夫又回来了。这次，他打着白色领结，穿了一件燕尾服。可能是因为第一次穿这种衣服，领口老是打理不好，白色领结老是开着。夜深了，他坐在俱乐部的休息室里盯着叶卡捷琳娜·伊万诺夫娜说道：“那些没有经历过爱情的人是不懂爱的，因为他们没有爱过。但凡真正爱过的人，还没有人能准确地描写出爱情。那种温柔，那种美妙，那种身不由己，是文字描写不出来的。不过，何必要说这么多呢？何必费这些工夫来描写爱情呢？我的爱是无限的……我想求您一件事，请您认真听着，我求您做我的妻子吧，亲爱的叶卡捷琳娜·伊万诺夫娜小姐！”

读书笔记

"德米特里·姚内奇，"叶卡捷琳娜·伊万诺夫娜有些惊讶随即严肃起来，她想了想说道，[①]"德米特里·姚内奇，我非常感谢您对我的欣赏，我敬重您，不过……对不起，我不能答应您的请求。德米特里·姚内奇，我想我们应该谈一谈，您知道，音乐对我的重要性，我热爱艺术，热爱音乐，发疯一样地爱，我会把我的一生奉献给它。我梦想成为艺术家，功名、荣誉、自由是我所追求的，而嫁给您，我将被困在这座城里，继续过着空虚无聊的日子，这不是我想要的生活。对不起，我无法做您的妻子。人应该往高处看，向着自己的光辉目标努力，家庭会成为我前进的绊脚石，这不是我想要的。德米特里·姚内奇（这时她忽然有些想笑，每次念到他的名字，她都忍不住想到"阿列克赛·菲奥费拉克迪奇"），您是好人，您是善良、仁慈、聪明的人，您真的很好……"

❶语言描写

伊万诺夫娜对自己的人生充满了积极的追求，为了艺术甘愿牺牲一切，不愿被困在这座城里过着空虚无聊的生活。

她说着说着眼眶有些湿润了：[②]"我真心对不起您……您是好人，不过……希望您能明白我的意思……"她越说越激动，有些控制不住自己的情绪了，便起身离开了休息室。斯塔尔采夫的心倒也不像刚才那样不安了，他也走出了俱乐部，来到大街上，松了松早已让他感到不自在的领结，深深地叹了口气。他多少还是有些失落，他感到有些伤自尊，因为他一向很自信，没想到她会拒绝他。他有些接受不了，他满心期待的、苦苦追求的爱情还没真正开始，就已经结束了。他突然觉得自己就像个小丑，在自讨没趣。他越想越难过，为自己的感情，为自己过早夭折的爱情感到痛惜，他好想大声地痛哭一场，哭出心中的委屈。

❷语言描写

伊万诺夫娜虽然拒绝了姚内奇的求爱，可是出于善良，她对姚内奇充满了愧疚。

读书笔记

接下来的几天，他吃不下饭、睡不着觉，几乎什么都不想做。直到他听了叶卡捷琳娜·伊万诺夫娜进了莫斯科音乐学院的消息才慢慢地释怀了，又恢复了以往的精力，过起了本就属于他的日子。

读书笔记

后来，他也时不时地想起半夜到墓地赴约的情景，还有他到处找朋友借舞会衣服的场景。他有些羞涩地自言自语道："以前真是幼稚啊，真疯狂啊！"

四

不知不觉，四年过去了。斯塔尔采夫的自治局医生工作依然很繁忙。①早上在嘉里日给病人看病，中午还要到城里去给病人看病，他的车也已由以前的双马车换成了由三匹马拉的三马车。找他看病的人很多，他每天都要忙到很晚才回家。他的身体胖了许多，行动起来更加不轻便了，这段时间又患上了气喘病，他更是不愿意走路了。他的车夫潘捷列蒙也像是被他传染了似的发胖了。由于身体沉重，他也不时地抱怨自己命苦，就是赶马车的命。

❶概括描写　暗示姚内奇的生活已经开始变得富裕起来。

斯塔尔采夫虽然给很多病人看过病，也到过很多家庭去会诊，但他跟谁也不亲近。他看不惯那些小市民的言谈举止，看不惯他们的人生观、价值观，甚至他们的外表他都有些看不惯。②接触多了，他便慢慢地懂得了，与这些小市民也就合适打打牌或者吃个饭，他们倒还是宽厚、朴实，有些智慧的。只要一跟他们讨论政治科学方面的事，他们便会显得有些迷茫，或者就是大声地、片面地大发议论起来，他便只好默不作声了。他不愿与他们争论。斯塔尔采夫有时候也想找些思想上比较先进一点的人聊一聊。比如谈论到随着人类的进步，将来有一天会不会取消公民证和死刑时，这

❷概括描写　姚内奇渐渐地看清这些小市民的本质了。

些人便会用轻视的充满质疑的眼神看着他，并用不屑的语气问道："您的意思是说到时候人们就可以在大街上随便杀人了？"

斯塔尔采夫参加社交活动时，有时会谈论到人们必须工作，不能坐享其成、游手好闲，这时总是会有些人觉得他像是在指桑骂槐，话里有话，他们甚至会生气、发脾气，大声同他争论。而事实是，他们确实什么也不好好做，游手好闲、眼高手低，对什么也不感兴趣。经历过几次这样的争论，他便不愿意再同他们谈论什么，于是他便尽量避免同他们谈话，遇见什么交际场合，他就只是坐着，两眼盯着盘子，一言不发地吃饭，或者就玩"文特"。有时实在无聊，他也会默默地听会儿他们的谈话。他觉得他们说的话都是那么的无聊、可笑、愚蠢。他有时也会感到气愤、激动，但始终不吭声。①他不愿再次加入他们的争论中，他觉得这一切都是那么的没意思。由于他经常都是两眼盯着盘子，一言不发，只是吃饭，大家便给他取了绰号叫"自高自大的波兰人"，即使他根本就不是波兰人。

他对戏剧和音乐这一类娱乐不感兴趣，但他有一个爱好一直保持着，那就是每天都要玩上两三个小时"文特"，玩得十分投入。斯塔尔采夫还有一个嗜好就是：②每天晚上睡觉前都会把白天看病赚来的大大小小的票子从塞得满满的口袋里拿出来仔仔细细地数上几遍。由于这些票子是从形形色色的人们手中拿来的，所以票子上也是带有各种各样的味

读书笔记

❶心理描写

庸俗的社会环境使姚内奇开始变得沉默，一切都好像失去了意义，表达了姚内奇内心对社会的失望。

❷动作描写

体现姚内奇内心对金钱的渴望。

注释

指桑骂槐：指着桑树数落槐树，比喻表面上是骂这个人，实际上是骂那个人。

道：有香水味，有酸醋味，有鱼油味等等。每次凑够几百卢布时，他便会拿到信用公司去存上。

读书笔记

叶卡捷琳娜·伊万诺夫娜到音乐学院后，他几乎很少到屠尔金家去。薇拉·约瑟福夫娜曾邀请他去过两次，依然是为了治疗偏头痛，但他并没有看到叶卡捷琳娜·伊万诺夫娜。据说她每年夏天都会回家住上几天，但终究不知道是什么原因他们总没有见到面。如今，时间已走过了四年。今天天气很好，医院里收到了一封来信，写着德米特里·姚内奇收，他有些好奇谁会给自己写信，他拆开了信封。原来是薇拉·约瑟福夫娜的来信，说是她的头痛病又犯了，想再次恳请他去看病，并说今天是她的生日，他们一家人欢迎他去做客。信下面还写了一句话："我和母亲一起期待您的到来——叶卡。"

斯塔尔采夫犹豫了一会，最终决定到屠尔金家去坐坐。

"欢迎您的到来。"伊万·彼得罗维奇微笑着上前迎接他。①许久没见，薇拉·约瑟福夫娜头发苍白，脸上多了许多皱纹，看上去老了许多。她见到斯塔尔采夫有些激动地握住了他的手，装腔作势地叹了口气说道："再次见到您真好，我都好久没见到您了，因为我老了，所以您都不愿意来我们家多走动了。"

❶细节描写 说明姚内奇已经几年没有见到屠尔金一家了！

科季克面带微笑地站在一旁看着他们聊天，现在的叶卡捷琳娜·伊万诺夫娜看起来变化还是挺大的，她看起来瘦了许多，皮肤也比以前更白皙了，身材也更加匀称，比以前更加迷人了，只是没了以往的稚气、天真。

读书笔记

"您好，真是好久不见。"她说着，向斯塔尔采夫伸出手示好。她看起来有些不安，有些紧张，她看了看他的脸接着说道："您看起来变化不大啊，只是皮肤变黑了，看起来更加健壮了。"

[①] 斯塔尔采夫觉得她依然很可爱，只是他觉得她不再是以前的科季克，她身上像是多了些什么，还是缺失了些什么，反正他感觉到她有些陌生。他找不到以前的那种感觉了。他不喜欢她那白得不同寻常的脸，她的表情，她的拘谨，甚至于她的装扮，她坐的圈椅等，他都不喜欢。他想到自己那时候差点就娶了她做妻子，心里不禁有些恐惧，想到自己曾那么疯狂地追求过她、追求自己以为的爱情……他越想越觉得不自在。

吃过甜点，[②] 依然是由薇拉·约瑟福夫娜朗诵她自己写的长篇小说，小说里写的永远都是生活里不存在的事。斯塔尔采夫若有所思地看着她那美丽的白发斑斑的脑袋，听她念完。

"最愚蠢的不是不会写小说的人，而是不会把写的小说藏起来的人。"斯塔尔采夫心里想。

"朗读得真精彩！"伊万·彼得罗维奇鼓着掌说道。

接下来，依然是叶卡捷琳娜·伊万诺夫娜弹钢琴，她弹得很动听，大家都听得很入迷，一曲终了大家纷纷向她发出赞赏、恭维。斯塔尔采夫若有所思地听着，感觉弹了好久好久……

"幸好我当时没有娶她为妻。"斯塔尔采夫想。

[③] 她用示好的眼神看着他，像是有什么话要跟他说。但他依然独自坐着，没作出任何反应。

"我们出去聊聊吧？"她主动走到他跟前邀请他，"您日子过得怎么样？您还在做医生的工作吗？您最近好吗？这些日子我一直在想着您。"她有些激动地自顾自地说着，"我心里一直惦记着您，我曾经好几次想要给您写信，还想过要

❶心理描写

经过这么几年的时间，伊万诺夫娜变得比以前更加美丽大方，也没有了当年的单纯可爱。姚内奇心中那种疯狂爱慕的感觉也找不到了！

❷叙述

契诃夫是一位著名的批判现实主义艺术大师，注重小说对于现实生活的意义。薇拉的小说里永远都是生活中不存在的事，空洞而又虚幻，也体现了她根本不懂小说，附庸风雅的习气。

❸神态描写

伊万诺夫娜对姚内奇屡次示好，跟当年面对姚内奇的求爱断然拒绝做对比，到底发生了什么，让她有这么大的转变？

到嘉里日去看望您，可是……我有些不好意思，这些念头也就都打消了。知道您今天要过来，我心里简直太兴奋了，请您陪我到公园里去走走吧！”

读书笔记

天色渐黑，他们来到公园，依然坐在四年前坐的长凳上。

“您这几年过得怎么样？”叶卡捷琳娜·伊万诺夫娜问道。

“没什么变化，还跟以前一样。”斯塔尔采夫不冷不热地回答道。他想不出有什么话要说，她也找不到什么可谈的话题了，于是他们都沉默了。

“再次见到您，我真是太高兴了。”叶卡捷琳娜·伊万诺夫娜有些激动地说着，“在家里真是好啊，看见大家都是这么高兴、快乐，我还有些不适应呢！我觉得我们有必要谈一谈这几年值得回忆的东西，估计说起来一晚上也说不完。”

他们坐得很紧，他可以很清晰地看到她的脸，她美得放光的眼睛，让她看起来比在房间里更加美丽动人。[①]他好像又看到了她身上那种稚嫩，又看到了那个天真、可爱的科季克。她也的确在以一种稚嫩的神情注视着他。她离他越来越近，她好像要认真地、仔细地看看这个曾经那么疯狂、那么痴情地爱过自己的男人。她的眼神中透露着一种感激之情。他的思绪也被带到了过去，他不由地想起过往的点滴。[②]他曾经在漆黑的夜里到墓地去赴她的约，他在墓地里如何徘徊等待，如何艰难地回到家里，每每想到这里，他就会觉得那时候自己真是爱得卑微，甚至为此感到悲哀。

❶心理描写

说明伊万诺夫娜不再是当年的伊万诺夫娜。

❷心理描写

姚内奇回忆起当年狂热迷恋伊万诺夫娜时他所做的那些事情，所有的心酸，以及那些压抑的情感在这一刻都得到了释放。

“不知道您还记不记得那个下雨天我是怎么送您到俱乐部的……”他回忆道。他心里的火苗似乎又燃烧起来了。

他的话匣子打开了，越说越来劲儿了，他太想找个人听他诉说了，他又要忍不住开始抱怨生活了……

“您问我过得怎么样，我都不知道该怎么给您说了，我的生活没有活力、没有激情、没有思想，每天重复着。一个白天、一个晚上，一天就算过去了。我的生活有哪一点值得称道的？”

“您有您喜欢的工作，有理想，有目标。我那时候是一个不懂事的孩子，整天活在自己想象的生活里，想象着自己是大钢琴家、大艺术家，做着不切实际的梦。[①]现在我懂得了生活、认清了自己，我这个所谓的钢琴家，就像我妈妈所谓的作家一样，我们都是普通人，没有什么特别的。对不起，我当时没能理解您。我在莫斯科一直想着您，您做着自己喜欢的医生工作，救死扶伤，为老百姓服务，这是多么幸福的一件事。”叶卡捷琳娜·伊万诺夫娜激动地说着，“您在我心中是崇高的、受人尊敬的、完美的人。”

斯塔尔采夫想起了那时候每天晚上心满意足地数钱的情景，心里的火苗又熄灭了。

他准备回家了。她拉住了他的胳膊，激动地说道：“您是我见过的最好的人，希望我们以后还能经常见面、聊天。[②]我不是什么大艺术家，我以后都不会再和您谈音乐的事了，我不会再做一些不切实际的美梦了。”

“幸好她当时没答应我的追求，我没娶她做我的妻子。”他看着她忧郁而感激的眼神，心里暗自思量着。

他要回家了。

“您来我们家做客，怎么能不吃饭就走呢？”伊万·彼得罗维奇极力地挽留他。

“帕瓦，来给我们表演个节目吧！”伊万·彼得罗维奇跟前厅里的帕瓦说道。

读书笔记

❶语言描写

伊万诺夫娜之所以转变了对姚内奇的态度，是因为在生活的打磨下已经放弃了自己的梦想，开始变得庸俗起来。

❷语言描写

曾经有着远大理想，立志要成为音乐家的伊万诺夫娜在岁月的摧残下，放弃了曾经的理想，变得十分庸俗。

“去死吧，倒霉的女人。”已经不是小孩子的帕瓦亮了个相，用悲伤的腔调说。

这里的一切都是那么的无趣，斯塔尔采夫想要以最快的速度离开。他坐上了马车，看着这里的房子和花园，想到这一切曾经令他那么愉快。

❶概括描写　通过屠尔金一家看似高雅、实则庸俗的生活，体现了作者对整个社会的鞭挞。

①约瑟福夫娜朗读长篇小说，科季克喧闹的弹琴表演，伊万·彼得罗维奇的搞笑言论……他想到这里的人怎么都这么的庸俗，就连全城公认的最有才华的一家人也不过如此。

过了几天，斯塔尔采夫收到了一封帕瓦送来的信。

“您这几天怎么都不来我家了？您是有什么事了吗？您是不是对我变心了？我好担心。我一想到这些，心里就好害怕。您能过来跟我好好谈谈吗？我必须当面跟您谈谈。喜欢您的——叶卡捷琳娜·伊万诺夫娜。”

“小伙子，你回去告诉她，我最近很忙，得过几天才能去。”

❷概括描写　当年姚内奇因为伊万诺夫娜的一张纸条就愿意在墓地里苦等几个小时，而如今再面对伊万诺夫娜的请求，他不再放在心上！两相对比，不由得让人感慨万千。

一天过去了，两天过去了，过了有一个礼拜了，他也没去。②直到有一天，他坐车从屠尔金家门口经过，才想起来他答应她的事。他是应该到他们家去看看的。他在他们家门口停车考虑了一会，终究还是没进去。

再后来，他们便再也没见过，他也再没到他们家去过。

五

时间又过去了几年，斯塔尔采夫越来越胖了，浑身都是赘肉，走起路来都很吃力，哮喘也越来越严重，呼吸都很困

注释

赘肉：指由于脂肪堆积，囤积在身上的肉。

难了。

潘捷列蒙也是腰圆体胖的。他赶着车，朝迎面而来的车马行人吆喝："靠右走！"派头十足，好像车里坐的不是凡人，而是一尊神。斯塔尔采夫现在的自治局医生业务规模越来越大，每天忙得都没有喘息的时间，他用自己挣来的钱，买了田庄、买了城里的房子。①他只要一听到互助信用社有房子要出售，都会跑过去看。

"这间房是做什么的？那间房是做什么的？这间又是做什么的？"他毫不礼貌地闯进每一间房，用手杖指指戳戳地问道。

看完房子，他早已气喘吁吁、满头大汗。

他很忙，每天都有很多事务要处理，拼命赚钱，贪得无厌，疲于奔命。大家给他取了个名字"姚内奇"。

"这个姚内奇今天是要上哪里去？""要不要请姚内奇过来看病？"

也不知是不是因为变胖了，他的喉咙里也长了一层肥油，他说话的嗓音也变了，变得像个小孩子，又尖又细的。

②他的脾气也变了，变得很坏、很暴躁，动不动就会大声吼起来。有时候对病人也会发脾气，用很难听的话吼道："请您不要多嘴，只管回答我的问题！"

他单身一人，生活单调。他回想来到嘉里日的这些年，日子过得平平淡淡的，好像都没有什么值得怀念的趣事。对科季克的感情也许是他唯一的趣事。也许这也是最后一件趣事了。傍晚到俱乐部玩"文特"已成了他每天的必修课，之后是他一个人吃晚饭的时间，他一个人坐在一个大桌子旁，点了一瓶"第十七号拉菲特酒"，每次伺候他的服务员都是伊万。伊万是这里年纪最长、最受大家尊敬的服务员。这里

❶概括描写

姚内奇通过自己的努力终于获得了富足的生活，可是他的贪婪也被进一步地激发出来，开始无休止地买房，暗示他已经变得物质化。

❷语言描写

时间改变的不只是姚内奇的生活，还有他的性格。当年他是一个善良的青年，如今却越来越暴躁。

读书笔记

的每一位服务员都了解他，知道他喜欢什么不喜欢什么，知道他脾气不好，所以他们都会尽所能地满足他的每一个要求。否则，他会大发脾气。

有时他也会转过身跟旁边桌上的人搭话：

“喂！你们在谈论什么事啊？”

偶尔他也听到邻桌有人在谈论屠尔金一家人。

“你们是在谈论哪家人啊？家里有个漂亮的会弹钢琴的女儿，那一定是屠尔金一家了。”

这些就是关于他的所有了。

屠尔金一家总体没有太大变化。伊万·彼得罗维奇倒是没有怎么变老，看起来和以前一样，依然喜爱说俏皮话和笑话。薇拉·约瑟福夫娜还是喜欢写小说，写完朗诵给大家听。[①]科季克每天都会弹几个小时的钢琴，但她看起来明显憔悴了许多。每年秋天科季克都会陪母亲到克里米亚去，伊万·彼得罗维奇开车送她们到车站，目送她们的车离去。他眼角流下两行泪水，挥动着手臂，大声呼喊道：

“再见吧，我最亲爱的人。”

他久久地挥动着手臂。

（1898年）

①概括描写 伊万诺夫娜在经过岁月的洗礼之后，再也没有了当年对艺术的激情。写出她生活过得并不如意。

小说讲述了医生姚内奇和美丽的伊万诺夫娜在庸俗的社会中一步步迷失自我，生活变得庸俗、无趣的故事。

1. 姚内奇的职业是什么?

2. 伊万诺夫娜的钢琴弹得好不好?

3. 屠尔金一家的生活怎么样?

相关评价

在这篇小说中，作者给我们再现了一个堕落空虚的人物形象。医生姚内奇从积极上进到一步步堕落，最终成了一个心灵空虚、生活庸俗的人。屠尔金一家的生活，则表达了作者对庸俗社会的讽刺与失望。

宝贝儿

名师导读

善良美丽的奥莲卡对待爱情热烈而又专一，只要她爱上一个人，就会全身心地投入其中，可是在她的丈夫去世之后，她却很快地又爱上了另外一个人。

坐在院子门廊上沉思的女人是退休八品文官普列米扬尼科夫的女儿，她叫奥莲卡。院子里，令人生厌的苍蝇“嗡嗡”地叫个不停，围着人叮来叮去。[1]不过，天快要黑下来了，这真的是件令人开心的事情。在不远处，伴随着一股潮湿的空气，从东方飘来黑压压的雨云。

❶景物描写 故事开篇的环境描写：闷热的天气，阴云密布，雨云飘来。

一个名叫库金的剧院班主，也就是“季沃里”游艺场的老板（在厢房里住着）在院子里站着。他望向由远及近的黑云，懊恼地嚷嚷起来：

“怎么又要下雨，怎么天天下雨啊！这老天成心跟我作对！老天是想眼睁睁看我上吊、要我破产才开心！天天都得赔上一大笔钱，多么可怕啊！”

他两只手一拍，接着对奥莲卡说：

①“奥丽加·谢苗诺夫娜小姐啊！您看，这样的生活就是我们每天过的。哎，我真想好好地哭一场！虽然我们日夜操劳、兢兢业业，总是想着把活儿干好。可是，结果总是让我们失望，我们又能怎样呢？一方面，观众只喜欢看粗俗的表演，即使我们精心准备小歌剧、梦想剧，有出色的演唱家，可是，他们根本不需要这些！他们根本看不懂啊！他们是一群没有教养的野蛮人。另一方面，看看这天气，从五月十日就开始天天晚上下雨，从五月一直下到六月，这样的日子简直不敢想象！没有一个人来看我们的表演，但是，我们还得照样付店面的租金，还有演员的工资！”

❶语言描写 剧院班主对着奥莲卡大吐苦水，诉说自己的烦恼。

可是，第二天，天快黑的时候，黑色的雨云又压下来了。库金大声地嬉笑道：“天天下雨我们又能怎样呢？想下就下呗！干脆把这个大花园浇满水把我淹死在里面！我怎么这么倒霉！还是让演员们把我交给法庭处置吧！可即便如此又能怎样！要不，还是让我到西伯利亚做苦役吧！把我送上断头台也行啊！哈哈哈！”

读书笔记

到了第三天还是这个样子……

②奥莲卡安安静静地听库金说这些话，满含着泪水被库金的遭遇感动了，就这样爱上了这个看起来又瘦又小、脸色焦黄的男人。他两鬓的头发向后梳着，说话的时候常常撇着嘴，声音又尖又细，像极了唱歌的男高音。即使大多数时候他总是垂头丧气，很绝望的样子，却还是让奥莲卡对他产生了浓浓的情感。她心里总要惦记着一个人，好像不这样就活不下去。之前她爱着她的爸爸，不过他现在生病了，呼吸困难，常常坐在圈椅上，在黑暗的房间里独自待着。她还爱过她的姨妈，可是，她们不能经常见面，只有两年一次从布良

❷概括描写 说明奥莲卡很容易被打动。

斯克回来的时候见上一面。更早些的时候，她爱上了自己的初中法语老师。[①]奥莲卡是一个善良、文静、有同情心的姑娘，目光温和，身体健康。男人看到她那白净而柔软的长着一颗黑痣的脖颈，以及她遇到高兴的事而露出的善良而天真的笑容时，不禁想着："的确，这姑娘不错啊！"而且脸上也会露出微笑来。对于做客的太太们来说，她们言谈之间会不由自主地突然拉着她的手，满心欢喜地叫她：

"宝贝儿！"

她出生在城郊茨冈区的这所房子里，一直居住到现在。这里距离"季沃里"游艺场不远，并且这所房子已登记在她名下。每当夜晚来临或者夜里，她总是听得见游艺场里的奏乐声和鞭炮声，好像库金在跟自己的命运搏斗一样，而且进攻的敌人是那群冷漠无知的观众。现在，她是幸福的，可偏偏睡不着觉。每个早晨她透过窗帘看到他回到家中，总是轻轻地敲着窗户，对她微笑……

他求婚了，她同意了，于是他们在教堂举行了婚礼。

他端详着她的脖子和健壮的肩膀，说：

"宝贝儿！"

他们结婚那天一直在下雨，虽然他是幸福的，可是失望的情绪还是一直缠绕着他。

他们婚后的生活很幸福，她负责卖票、记账、发工资，照顾着游艺场的大小事务。她天真烂漫的笑脸，有时出现在卖票的窗口，有时出现在小卖部和后台。她经常向身边的熟人说起，剧院是这个世界上最精彩、最珍贵、最重要的地方，也只有剧院才会让人获得愉悦，变得有修养。

"可是我跟他们说这些他们明白吗？"她说，[②]"昨晚上演的《浮士德》是经过改编的，可是几乎所有的包厢都是

❶性格描写

直接写出了奥莲卡的性格，她是一个性格温和、年轻美丽的姑娘。

读书笔记

❷语言描写

奥莲卡与剧院班主库金结婚后，思想和生活的全部都以库金为主，库金认为什么对，她也认为什么对，毫无主见。

空的，如果是万尼奇卡和我给他们表演一段庸俗的戏，剧院肯定是满满的。对于他们来说，粗俗的表演才好看。等到明天我和万尼奇卡一起上演《俄尔浦斯在地狱》，您就看着吧。”

库金对剧院和演员说什么，她也说什么。她和库金一样，看不起观众，觉得他们不懂艺术。在彩排的时候她也看着，让演员的动作更专业，让乐师更配合。遇到报纸上对剧院不满的言论，她也会掉眼泪，再到编辑部去解释。

演员们喜欢她，给她起名“万尼奇卡和我”，或者像库金一样称她为“宝贝儿”。她总是很善良，把钱借给他们，即便自己受了委屈也是独自流眼泪。

在冬天他们生活得也很好。他们把本地剧院租了下来一直到冬天结束，然后短期出租给小俄罗斯剧团，有时出让给魔术师来表演，有时出让给当地的业余爱好者们。① 奥莲卡胖了，她满心欢喜，脸色看起来很好。但是，库金却瘦了，脸色焦黄。即便这个冬天他们的生意不错，库金还是抱怨亏损太大。每到晚上他就开始咳嗽，她用马林果和菩提树花煮水让他喝，用香水给他擦身子，用软绵的披巾把他裹起来。

“你让我心疼，让我难过！”她虔诚地说着，一边抚摸着他的头发，“你是我心爱的人啊！”

她习惯了他陪在身边，就在复活节前的大斋期，他去了趟莫斯科，她睡不着了。② 她坐在窗口呆呆地望着星星。这个时候她把自己比作母鸡，如果公鸡不在窝里，是不是母鸡

读书笔记

❶神态心理描写

奥莲卡婚后的生活过得十分幸福，无忧无虑，所以身材开始变得有些发胖。

❷比喻描写

奥莲卡心里深深地爱着自己的丈夫，分别之后，她不仅是思念还有不知道该怎么独处。

注释

菩提树花：常绿乔木，花托略成球形，花藏在花托内，果实扁圆形。

也是睡不着呢。库金写信说，要在莫斯科待一段时间，复活节才能回来。信里还提到有关“季沃里”的几件事情。就在复活节的前一个星期，一天半夜突然有人使劲地敲门，像是有什么不祥的事情要发生。厨娘来不及穿鞋，睡眼惺忪地跑去开门。

“劳驾，开门！”一个喑哑的男低音说，“这是你们的电报！”

读书笔记

奥莲卡像是知道发生了什么一样，一时间愣在那里不知道说些什么，颤颤巍巍地拆开电报，上面写着：

“伊万·彼得罗维奇今天突然去世。拟星期二安葬，请吉示下。”

“安葬”——电报里就是这样写的。更让人不解的是“吉”字，最下面就是歌剧团导演的签字。

“我心爱的人呀！”奥莲卡歇斯底里地哭起来，“万尼奇卡，我心爱的人，为什么上天让我们相遇？为什么让我爱上你？可是，你把这些可怜的、不幸的丢给了更加不幸的奥莲卡……”

❶概括描写 丈夫的去世对于奥莲卡来说无异于晴天霹雳。

星期二在莫斯科瓦冈科沃墓地，库金被埋葬。[①]第二天奥莲卡就回了家，她在自己的房间哭得歇斯底里，街上的人和邻居都听见了。

“我的宝贝儿啊！亲爱的奥丽加·谢苗诺夫娜，看把你伤心的！”邻居们在胸前画着十字说道。

❷外貌描写 通过对穿着的描写，表现他富足的生活。

时间不知不觉过去了三个月，奥莲卡还在服丧期间，她刚刚做完弥撒回家。她的邻居瓦西里·安德烈伊奇·普斯托瓦洛夫正好也从教堂回家，跟她一起并排走着。[②]他戴一顶草帽，穿着带有金链子的白色坎肩，现在是商人巴巴卡耶夫木材场的经理。可是，单看他的模样不像是商人，倒像是地主。

普斯托瓦洛夫用掺杂着同情的庄重语调说道："奥丽加·谢苗诺夫娜，上帝早已经安排好了一切。亲人的离去，都是上帝的意思，如果是上帝想要做的事情，我们都是无力反抗的，难道我们要同上帝作对吗？所以我们只要看开想开就好了。"

读书笔记

普斯托瓦洛夫的话像是有魔力一样，深深地征服了奥莲卡的心，她认为好像就是这么回事，听了他的话之后自己好像不那么悲伤了。后来他那磁性的声音总是回荡在自己的脑海中，再后来他那标志性的小黑胡子就总是挥之不去，再后来，[1]普斯托瓦洛夫的脸、他的人，都不断地敲击着奥莲卡的心灵。在奥莲卡困惑着为什么普斯托瓦洛夫的身影总是挥之不去的时候，一个跟自己没有多少交集的太太来她家做客，提起普斯托瓦洛夫这个人是如何如何优秀，多少姑娘排着队想要嫁给他。

❶心理描写 仅仅因为普斯托瓦洛夫的几句出于同情的安慰话语，就让奥莲卡在心里爱上了这个人。

不久后，普斯托瓦洛夫亲自过来了，虽然待了只有不到十分钟，但是奥莲卡觉得那是多么美妙的十分钟啊，普斯托瓦洛夫走的时候她很是不舍，以至于晚上睡觉的时候不仅失眠了，还浑身燥热难耐。她已经爱上他了。

第二天她就主动邀请那位本来不太熟但是现在很熟的太太，不久这位太太就帮她说定了与普斯托瓦洛夫的婚事，紧接着他们结婚了。

读书笔记

他们的婚后生活也很甜蜜，奥莲卡觉得很幸福。白天普斯托瓦洛夫去上班，有事出门的时候奥莲卡就帮丈夫管理一切事务，以至于她跟顾客的关系比丈夫来得更熟络，各类木材的价格她比丈夫记得更清楚，如何判定木材好坏的技巧她比丈夫掌握得更多。奥莲卡甚至觉得，木材生意已经成了自已生活中第二重要的东西，那些关于木材的词汇都那么的亲切迷人，甚至在睡觉时说梦话，都是关于木材的。

❶概括描写

奥莲卡在婚姻生活里没有自己的主见，一切随着丈夫的思维变化，这也是她的悲剧所在。

普斯托瓦洛夫笑她已经走火入魔了，是的，①丈夫的观念是什么样的，奥莲卡也就是什么样子的观念。当丈夫说房间里太热的时候，奥莲卡也觉得好像是很热呢；当丈夫认为木材生意最近很是艰难的时候，奥莲卡也觉得好像是这样呢；当丈夫不喜欢奥莲卡以前特别喜欢的娱乐节目和节日的时候，奥莲卡觉得，好像是这样呢，娱乐节目不怎么有意思，节日也不怎么有意思。

熟人们发现奥莲卡的变化后，便经常劝她说：“奥莲卡，宝贝儿，怎么最近没见你看戏，也不见你看马戏了呢？”

❷语言描写

宝贝儿奥莲卡显然没有意识到自己的问题。

②奥莲卡则开心地回答说：“哪里有时间去呢？我和丈夫那么忙，并且我现在觉得看戏也没有什么乐趣了。”

❸细节描写

奥莲卡的一切都随着丈夫，这样使她感到幸福。

她每周六都会跟着丈夫去教堂做晚祷，节日便大清早去做晨祷，每次奥莲卡都觉得无比的幸福。③她浑身散发着香气，绸衣裙发出动人的沙沙声。奥莲卡和丈夫一起在院子里喝下午茶，一起做烤鸭、烤羊肉、煮红菜汤，每周末还会一起去澡堂，而在回来的路上人们总能看见奥莲卡脸上满足的微笑。

人们似乎总能在奥莲卡的脸上看见迷人的微笑，有一个例外就是普斯托瓦洛夫出门办事的时候。因为寂寞，她总是控制不住地要哭泣，整晚整晚地睡不着。哭声惊动了当时寄住在她家的一个兽医——斯米尔宁。斯米尔宁便会时不时地来找她聊天，有时还打打牌，转移她的注意力。有时候他还会提起自己的家庭。

斯米尔宁有个可爱的儿子，但是妻子却背叛了他，所以伤心的他跟妻子离婚了，直到现在他的心中还是有难以磨灭的伤痛。他除了每个月给儿子赡养费，几乎不跟妻子有任何接触。奥莲卡听了这些连连摇头，同情他。

读书笔记

奥莲卡不断地安慰斯米尔宁，在送他下楼的时候，她说了一句："愿上帝保佑您！感谢您来陪我度过这难熬的一晚，祝您健康、快乐。"

自从结婚后，奥莲卡一直学习着丈夫庄重矜持的样子，但是等到斯米尔宁快要远去的时候，她还是没忍住喊道：

"先生，我觉得您跟妻子重归于好才是最好的选择，因为还有孩子啊，看在孩子的面子上，您原谅您的妻子可好？"

丈夫回来后，奥莲卡压低着声音把斯米尔宁的事跟丈夫说了，夫妻俩都不住地叹气，然后决定以后一定要厚待兽医先生。

就这样，普斯托瓦洛夫和奥莲卡幸福地生活着，原以为这种生活会一直持续下去，但是六年后的一个冬天，厄运突然降临了。①普斯托瓦洛夫因为在喝热茶后出门没有戴帽子而生了病，病得很重，就算请了最优秀的医生也没有治好。四个月后，普斯托瓦洛夫撒手人寰。而可怜的奥莲卡，再次成了寡妇。

❶概括描写

宝贝儿奥莲卡命运坎坷。每当她以为找到了幸福，都会被突如其来的厄运打断。

奥莲卡在丈夫的葬礼上痛哭流涕，旁人怎么劝也劝不停。丈夫入土为安后，奥莲卡也日夜以泪洗面。她褪去了自己喜爱的连衣裙、华丽的帽子、披肩，浑身被黑色的衣服包裹了起来，除了去教堂和祭拜丈夫，②奥莲卡就像个修女似的大门不出、二门不迈。

❷侧面描写

从侧面说明奥莲卡在丈夫去世之后的悲伤心情。

直到六个月后才有了变化。

那天早上，奥莲卡出现在人们的视线中，她和自己的厨娘一起去买菜，还热情地跟街上的人们打招呼。后来就有人传出经常见兽医斯米尔宁陪奥莲卡喝茶、为她念报纸，两人相处得很愉快。但是这些就是人家花园内部的事，很多人只是听说，没有见过。直到有一天，奥莲卡自己对一位熟人这样说道：

“亲爱的，你知道吗，人们传言的喝牛奶会得病是真的呢，我听一位兽医说，因为牛奶中可能带有奶牛身上的病毒，所以我们也要重视奶牛以及其他牲畜的健康啊。咱们城市有见解有影响的兽医真的是太少了呢！”

①奥莲卡开始宣传兽医的见解了！

❶概括描写

暗示奥莲卡已经走出了前夫去世的阴影，爱上了日夜陪伴她的兽医。

就像跟普斯托瓦洛夫在一起的时候一样，奥莲卡所有的价值观和思想现在又跟兽医一样了，她又找到了可以依赖的人，在丈夫留下的厢房中。如果是别的女人做出这样的事肯定会被谴责，但是大家都不约而同地理解了奥莲卡。

而奥莲卡和斯米尔宁为了不对人们造成困惑，也是极力地隐瞒两人的关系。可是瞒不住，因为奥莲卡总是在有人来访时，插嘴兽医们的谈话，谈论牛瘟、家畜结核病等。这让兽医“窘”得要命，客人一走，他就怒气冲冲地责备奥莲卡。

读书笔记

这个时候奥莲卡总会瞪着水汪汪的可怜的大眼睛，抱住兽医，祈求兽医不要生自己的气。两个人又重归于好，幸福又回到他们的身边。

但是这种幸福并没有持续很长时间，兽医的团队要被调到很远的地方，可能是西伯利亚，也可能是其他的地方，兽

注释

西伯利亚：西伯利亚是俄罗斯境内北亚地区的一片广阔地带，西起乌拉尔山脉，东迄太平洋，北临北冰洋，西南抵哈萨克斯坦中北部山地，南与中国、蒙古和朝鲜等国为邻，面积约 1300 万平方千米。

医也要同行。

兽医走了，留下奥莲卡独自一人，她的父亲也去世了，她真正成了孤家寡人。

[1] 孤独的生活让奥莲卡失去了生命的光彩，她变得越来越丑，街上碰见她的人们也没有像以前一样热情地跟她打招呼了，大家都换了一种很奇怪的眼神看她。

奥莲卡失去了对生活所有的热爱："季沃里"乐队欢快的奏乐吸引不了她；满院子的花儿都谢了也激不起她打扫的欲望；欢快的节日气氛感染不了她。不仅如此，更糟糕的是，她对现在的生活毫无自己的看法、毫无自己的主见，甚至觉得生活毫无意义。

天为什么会下雨？人为什么要种庄稼？买东西为什么要给卢布呢？这些道理，她好像都不懂了。可是奇怪啊，库金或普斯托瓦洛夫或者兽医在的时候，这些道理她都懂啊，她都能说出自己的见解啊。为什么现在不行了呢？生活怎么会如此痛苦，这样可怕？

日子就这样无聊地，一天天地过去。多年后，[2] 她所居住的街道大变样，"季沃里"游乐场和木材场也大变样，变成了房子，变成了街道；她自己的房子发黑生锈，花园里长满了杂草，到处都是带刺的植被。奥莲卡就这样一直被孤独和寂寞折磨着。小黑猫克雷斯卡朝她亲热地咪咪叫，但这样的温暖打动不了她。

奥莲卡需要的不是猫，是爱啊！那种爱，是能控制她的身心、她的灵魂、她的理智的；那种爱，给予了她思想，指明了她前进的方向，温暖她的生活，让她整个人生变得光彩迷人、充满活力的！

[3] 爱以外的东西，奥莲卡根本不需要，没有了爱，她是

❶概括描写

奥莲卡毫无保留、全身心地爱着别人，可是却没有自己的生活，一旦离开所爱的人，就失去生活的热情，体现了她内心的空虚和性格的软弱。

❷环境描写

体现了时间的流逝，可是在这些年里，美丽的奥莲卡变得越来越丑，家园荒废。

❸直接描写

在奥莲卡的心里，爱情占据了她的全部身心，说明奥莲卡对爱情的极度渴望。

根本活不下去的。

所以即使克雷斯卡在她的脚边亲昵地叫个不停，甚至跳到她的裙子上，撒娇地舔她的手，奥莲卡也只是烦闷地说道："离我远点！"

读书笔记

这种行尸走肉的生活终结的时间，是热得让人烦闷的七月。

那天，突然有人敲门，奥莲卡心不在焉地去开了门，看着门外站着的人，她愣了，马上认清了眼前的人——头发已经花白的斯米尔宁，那个曾经狠心抛下自己的兽医。剩下的时间，奥莲卡抱着斯米尔宁失声痛哭起来。

①记忆如同开闸泄洪的洪水一般喷涌而来，新鲜的血液顷刻间流遍了全身，奥莲卡觉得自己获得了新生，她身体的每个细胞都在叫嚣、都在欢笑，尤其是在斯米尔宁说的那句话后："奥莲卡，我退休了，想在这里长期居住下去，谋个生活养家糊口。"

❶心理描写 原本颓废的奥莲卡在见到自己的情人后，身体仿佛获得了新生。

奥莲卡哽咽着说道："弗拉基米尔·普拉托内奇，我亲爱的人啊，感谢上帝又让你回到了我的身边。你确定是回来了？不走了吗？"

兽医说道："是的，我又回来了。我确定不走了，因为跟我一同回来的还有我的妻子和儿子，我们准备在这里定居，儿子还要上学。我现在就是要找地方住呢。"

②"真的吗？她们也一起来了？还找什么住处啊，你们一定要住我这里，我一分钱也不要，只要你们住下，甚至，我可以去厢房住，你们睡大房。"奥莲卡生怕兽医不肯答应，着急得又哭了起来，直到看见兽医答应，才止住了哭声。

❷语言描写 奥莲卡被重见爱人的喜悦淹没，即使面对情人的过分要求，也没有丝毫的怀疑，反而愿意把一切都给予情人，以换取情人的温存。

第二天，重新活过来的奥莲卡指挥着仆人把房子重新打扫了一遍，屋顶用了上好的油漆漆得光亮光亮的，而她也把自己的东西收拾完毕，搬到了厢房。收拾得差不多的时候，兽医带着自己的妻儿来了，奥莲卡热情地同他们打招呼。兽医的妻子不美，但儿子萨沙很可爱，白白胖胖的，眼睛像大海一样湛蓝，酒窝如同奶油一般迷人，只是个子有点小，现在迈着小短腿儿在修整好的花园里追着小黑猫来回地跑，整个花园荡漾着孩童清脆的笑声。奥莲卡不禁感叹道：能让他们住这里真好啊，小孩子真好啊，主啊，感谢万能的主啊！

读书笔记

①以后的日子里，奥莲卡总是亲热地跟萨沙聊天，把烘焙好的蛋糕、最好的红茶，都送给他。每当奥莲卡做这些事的时候，她的心里总是很甜蜜、很温暖，好像是在照顾自己亲生儿子一样，每天晚上奥莲卡都要陪着他做功课，看着萨沙粉嫩的熟睡的脸庞，奥莲卡的眼中总是充满母亲般温柔的色彩，低声地说道：

❶概括描写

只要有人能填补奥莲卡内心的空白，那么她都会毫无保留地爱这个人，这是爱情的疯狂，也是她的缺点。

“我聪明的、可爱的、乖巧的小宝贝。”

“所谓岛屿”，他朗读道，“是一部分陆地，四周环水。”

“所谓岛屿是一部分陆地……”她跟着念，在经过这么多年的沉默和思想空虚之后，这是她有信心地表达的“第一个”见解。

如今她有自己的见解，吃晚饭的时候，她对孩子的父母说，现在孩子们在古典中学里读书真不容易，但是受古典教育终究比受实科教育好，因为从古典中学毕业出来的路子宽：你想当医生也行，你想当工程师也行。

②当萨沙升入中学的时候，兽医的妻子搬到自己的妹妹家，并且从此以后再没回来，而兽医为了工作，一连好几天不在家的情况经常发生，家中只剩下奥莲卡和可怜的没人管

❷概括描写

奥莲卡喜欢萨沙只是找到了精神寄托。

的萨沙。

“哦，上帝啊，可怜的萨沙会饿死的！”奥莲卡这样坚定地认为着，她便直接让萨沙住在了自己厢房的一间里屋，亲自照顾着他。

读书笔记

每天早上，奥莲卡都准时地叫萨沙起床，但是看着熟睡的萨沙的脸庞，她很舍不得叫醒他。

但是她还是为难地、轻声地喊道：“亲爱的萨沙，我的宝贝儿，起床了。”

萨沙起床，穿衣服、祈祷，然后坐下喝茶、吃面包，但是由于没有睡醒，萨沙心情还是不好，脸上没有一丝笑容。

吃完早饭后，萨沙该去上学了，奥莲卡总是会细心地嘱咐他一些注意事项，生怕他忘了什么或做得不对，希望他努力学习。

“哎呀，我都知道了！”萨沙不耐烦地说道，“婶婶我要去上学了，再见了。”

❶概括描写

奥莲卡对萨沙的关爱可以说是无微不至，可是萨沙却不怎么喜欢她。

① 但是每次奥莲卡都会坚持要送萨沙一程，在从小道拐向大街的时候，奥莲卡就不能再送了，因为萨沙觉得身后跟着一个又高又胖的女人被人看见会很没面子。奥莲卡这个时候便会塞给他一小袋子零食，然后看着萨沙越走越远。

上帝啊，这是一种多么美好的感觉啊，相比从前她对两位丈夫和兽医的眷恋，母爱更能让她感到幸福和充实。为萨沙做任何事她都愿意，甚至献出自己的生命她也愿意。每次送萨沙上学后独自回家的路上也是她最享受的时刻。路人看见又恢复了的奥莲卡，也会不由自由地跟她打招呼：

读书笔记

“嗨，宝贝儿，看您最近气色真好啊！”

“哦，我亲爱的，你知道吗，现在的中学生都可辛苦了。”奥莲卡对熟人说道，“他们光昨晚的作业就是要把寓言背诵了，还要做那些难懂的数学题，这两个已经够难了，老师们竟然还让翻译极难的拉丁文！”

“唉，可真是不容易啊！”熟人赞同道。

然后奥莲卡便谈论起了学校、老师、学生、功课，滔滔不绝。这些都是萨沙跟她说的。谁要是问她戏院、木材或者牲畜疾病，奥莲卡估计两句话也说不全了。

奥莲卡还有一件让自己幸福的事，那就是睡觉的时候畅想萨沙的未来：

萨沙总有一天会长大的，当然会跟自己一起长大，那么萨沙以后会选择什么职业呢？一定要是他非常喜欢的才好。他以后会遇见一个怎样的女子结婚呢？等萨沙结婚了，他会有很多房子和马车，以后还要生下儿女……

想着想着，奥莲卡满足地笑了。但是突然有一天，紧急的敲门声打破了她的幻想：

“夫人，来自哈尔科夫的电报！”

哈尔科夫，是萨沙母亲的妹妹的城市，也是萨沙母亲现在居住的地方。① 电报上内容不多，却像闪电劈在自己身上一样的疼痛：

①比喻描写 形容奥莲卡此时的感受。

兽医的妻子叫萨沙赶快回哈尔科夫！

奥莲卡完全绝望了，在丈夫死的时候，兽医离开的时候她都没有这样绝望过，她浑身的血液就像凝结了一样，手脚也开始变得冰凉，在她觉得自己下一秒就要晕倒的时候，突然有人扶住了她，原来是兽医回来了。

② 奥莲卡觉得心里踏实了很多，便躺在床上想着萨沙安然入睡了。

②心理描写 见到兽医回来了，她才觉得心里踏实。

（1899年）

精华赏析

本文描写了身世坎坷、命运凄惨的奥莲卡在每一段爱情生活中都毫无保留地去爱别人而不能独立生活的故事。

延伸思考

1. 奥莲卡为什么很容易爱上别人?

2. 人们为什么称呼奥莲卡为“宝贝儿”?

3. 兽医是一个怎样的人?

相关评价

在这篇小说中，契诃夫用简练的语言写出了奥莲卡的悲情经历。作者并没有明确地对奥莲卡表示赞扬或者贬低，而是用平静的语言将故事描述出来，任世人评判。不同的人有不同的看法，这也是这篇文章的魅力所在。

胖子和瘦子

名师导读

曾经是同学的胖子和瘦子，在多年之后再相见，两人十分开心，可是瘦子在知道胖子的高官阶之后，立刻变得十分谄媚，让人十分感慨。

尼古拉火车站上，有一个胖子，刚从餐厅出来，“火车站的饭菜最近还不错呢。”胖子这样想着，他还在用纸巾不停地擦拭自己油亮的嘴，在他白胖的脸上，那嘴就像樱桃一样鲜艳。一个瘦子刚下火车，旁边还有一个下巴很长的女人和一个总是眯着眼的男孩儿，看起来像是一家人。[①]瘦子使劲儿地提着行李箱，女人不停地看左看右，看着周围穿着华丽的夫人，眼中充满了羡慕之情，男孩在不停地玩弄自己的新帽子。

❶细节描写　表现出瘦子的妻子对上层社会的向往，也说明她十分势利。

胖子突然惊喜地对瘦子说：

“上帝啊，是波尔菲里吗？上帝啊，我亲爱的老同学，咱们都多长时间没有见面了啊！”

瘦子看见胖子，也开心地说道："米沙，是米沙吧？哎哟，见到你真高兴啊！"

[1]瘦子和胖子再次见到老同学都激动得热泪盈眶的，两个人又是拥抱，又是亲吻，然后便开始互相问候。

❶动作描写 体现他们关系的亲密和此时内心的兴奋。

瘦子说："哎呀米沙，你还是跟以前一样啊，那么一表人才，那么讲究。你怎么样？发财了吗？"

瘦子指着长下巴的女人说道："这是我妻子，姓万岑巴赫，名字叫作路易莎。"

"这是我儿子，纳法奈尔，现在上中学三年级。这个是我小时候的朋友。我们一块上中学。"

纳法奈尔迟疑一阵脱下帽子。

"一块上的中学呀！"瘦子接着说道，"你还记得大家怎样拿你开玩笑吗？因为你用烟卷儿把一本公家的杂志烧了个洞，就给你起了个绰号叫赫洛斯特拉特。给我起的绰号叫厄菲阿尔特，因为我爱打小报告。哈哈……都是一帮毛头孩子嘛！纳法奈尔，别害怕！你到他跟前来呀……这个嘛，是我妻子，娘家姓万岑巴赫……新教徒。"

纳法奈尔扭扭捏捏地躲在瘦子的身后，害羞地用帽子遮住了脑袋。

胖子接着问道："朋友，最近生活如何？在哪儿高就呢？肯定供职做大官了吧！"

[2]瘦子自豪地笑了，说道："不大不大，只是个八品文官而已。我还做烟盒生意，也赚点小外快。前段时间我还是个科员，现在被调到这里当科长了，还获得了一枚勋章。"

❷语言描写 介绍了瘦子的身份。瘦子对自己现在的生活状态十分自豪。

瘦子又问道："你呢？米沙，你以前就很出色，现在至少是五品文官了吧？"

“再高两级，我现在的级别是三品，勋章有两枚。”胖子回答道。

听完胖子的话后，瘦子的脸色马上变得煞白，他的妻子也惊讶地张大了嘴，显得下巴更长了，就连他们的儿子也露出了诧异的表情。但是不一会儿之后，他们一家人脸上都换上了一种谄媚的、讨好的表情。

①瘦子重新整理好自己的衣服，恭恭敬敬地对胖子说道：“我敬爱的大人啊，再次见到您真是太开心了。啊呀，路易莎，我早就说过，大人从小就能看出来是个出色的人呢！”

❶语言描写

通过语言的变化来表现瘦子对权力的向往和恐惧。

②“我的朋友，请别这样，我既然把你当作朋友，咱们就没有身份等级的差别。”胖子有点不开心地说道。

❷语言描写

胖子的语言和称呼从始至终都没有什么大的变化。

“那哪儿行呢？大人，您如此地体恤我们，是您慈善，但是我们不能不知好歹呢，是吧。”瘦子堆满笑容地说道。

③胖子还欲说些什么，让自己的老朋友别这样，但是看着瘦子一家三口的样子，胖子此时只觉得反胃，便跟瘦子告别，转身离去。

❸心理描写

大家本是多年的老朋友，却因为权力的大小让两人变得如此的难堪。

而瘦子一家人，诚惶诚恐满脸堆笑地送走了胖子。三个人目送胖子很远很远，胖子的身影都消失不见很久了，一家人的脸上还是堆满了微笑站立着。

（1883年）

本文讲述了本是老朋友的瘦子和胖子再相遇，在知道彼此的情况后，瘦子立刻变得谄媚，让胖子觉得恶心，便道别离去的故事。

1. 瘦子和胖子是什么关系？

2. 瘦子在知道胖子的身份后，为什么会立刻变得谄媚？

3. 你觉得瘦子的做法正确吗？

相关评价

作者通过本是好朋友的胖子和瘦子关系变化的过程，深刻地揭示出当时社会小人物心中根深蒂固的奴性心理，用犀利的笔触将瘦子这个奴性十足的小官吏形象呈现在人们眼前。

名家心得

我撇开一切虚伪的客套肯定地说，从技巧上讲，他，契诃夫，远比我更为高明！

——列夫·托尔斯泰

这是一个独特的天才，是那些在文学史上和在社会情绪中构成时代的作家中的一个。

——高尔基

毫无疑问，契诃夫的艺术在欧洲文学中是属于最有力、最优秀的一类的。

——托马斯·曼

读者感悟

在读过契诃夫的小说集之后，我更能体会到俄国那个时代的社会风气，《变色龙》告诉我们，在沙俄专制政府统治下的旧时代，人还不如一只权贵家的狗有尊严。《醋栗》抨击了那些自私自利、追求庸俗理想的人。《套中人》告诉我们沙俄独裁统治下的社会有多么阴暗，无数的人选择躲进套子里而不愿去反抗社会的不公。这些小说提醒我们要关注社会现实，不要陷入自己的空想。

阅读拓展

《带小狗的女人》是契诃夫的一篇爱情小说。这篇小说的开头在电影《朗读者》中被反复提到，从此声名大噪，让更多的人开始关注这篇小说。

真题演练

1. 万卡给（　　）写了一封信。

A. 爷爷　　B. 老板　　C. 老板娘

2. 尼基丁是一名（　　）。

A. 历史老师　　B. 文学老师　　C. 数学老师

3. “变色龙”指的是（　　）。

A. 将军　　B. 警官　　C 工厂主

4. 狄莫夫的职业是（　　）。

A. 警察　　B. 画家　　C. 医生

5. 胖子和瘦子是什么关系？

1. A　2. B　3. B　4. C　5. **老同学**

爱阅读课程化丛书 / 快乐读书吧

外国经典文学馆					
序号	作品	序号	作品	序号	作品
1	七色花	31	格列佛游记	61	好兵帅克历险记
2	愿望的实现	32	我是猫	62	吹牛大王历险记
3	格林童话	33	父与子	63	哈克贝利·费恩历险记
4	安徒生童话	34	地球的故事	64	苦儿流浪记
5	伊索寓言	35	森林报	65	青　鸟
6	克雷洛夫寓言	36	骑鹅旅行记	66	柳林风声
7	拉封丹寓言	37	老人与海	67	百万英镑
8	十万个为什么（伊林版）	38	八十天环游地球	68	马克·吐温短篇小说选
9	希腊神话	39	西顿动物故事集	69	欧·亨利短篇小说选
10	世界经典神话与传说	40	假如给我三天光明	70	莫泊桑短篇小说选
11	非洲民间故事	41	在人间	71	培根随笔
12	欧洲民间故事	42	我的大学	72	唐·吉诃德
13	一千零一夜	43	草原上的小木屋	73	哈姆莱特
14	列那狐的故事	44	福尔摩斯探案集	74	双城记
15	爱的教育	45	绿山墙的安妮	75	大卫·科波菲尔
16	童　年	46	格兰特船长的儿女	76	母　亲
17	汤姆·索亚历险记	47	汤姆叔叔的小屋	77	茶花女
18	鲁滨逊漂流记	48	少年维特之烦恼	78	雾都孤儿
19	尼尔斯骑鹅旅行记	49	小王子	79	世界上下五千年
20	爱丽丝漫游奇境记	50	小鹿斑比	80	神秘岛
21	海底两万里	51	彼得·潘	81	金银岛
22	猎人笔记	52	最后一课	82	野性的呼唤
23	昆虫记	53	365 夜故事	83	狼孩传奇
24	寂静的春天	54	天方夜谭	84	人类群星闪耀时
25	钢铁是怎样炼成的	55	绿野仙踪	85	动物素描
26	名人传	56	王尔德童话	86	人类的故事
27	简·爱	57	捣蛋鬼日记	87	新月集
28	契诃夫短篇小说选	58	巨人的花园	88	飞鸟集
29	居里夫人传	59	木偶奇遇记	89	海的女儿
30	泰戈尔诗选	60	王子与贫儿		**陆续出版中……**

中国古典文学馆					
序号	作品	序号	作品	序号	作品
1	红楼梦	12	镜花缘	23	中华上下五千年
2	水浒传	13	儒林外史	24	二十四节气故事
3	三国演义	14	世说新语	25	中国历史人物故事
4	西游记	15	聊斋志异	26	苏东坡传
5	中国古代寓言故事	16	唐诗三百首	27	史　记
6	中国古代神话故事	17	小学生必背古诗词 70+80 首	28	中国通史

7	中国民间故事	18	初中生必背古诗文	29	资治通鉴
8	中国民俗故事	19	论　语	30	孙子兵法
9	中国历史故事	20	庄　子	31	三十六计
10	中国传统节日故事	21	孟　子		**陆续出版中……**
11	山海经	22	成语故事		

中国现当代文学馆

序号	作品	序号	作品	序号	作品
1	一只想飞的猫	36	高士其童话故事精选	71	大奖章
2	小狗的小房子	37	雷锋的故事	72	半半的半个童话
3	“歪脑袋”木头桩	38	中外名人故事	73	会走路的大树
4	神笔马良	39	科学家的故事	74	秃秃大王
5	小鲤鱼跳龙门	40	数学家的故事	75	罗文应的故事
6	稻草人	41	从文自传	76	小溪流的歌
7	中国的十万个为什么	42	小贝流浪记	77	南南和胡子伯伯
8	人类起源的演化过程	43	谈美书简	78	寒假的一天
9	看看我们的地球	44	女　神	79	古代英雄的石像
10	灰尘的旅行	45	陶奇的暑期日记	80	东郭先生和狼
11	小英雄雨来	46	长　河	81	红鬼脸壳
12	朝花夕拾	47	丁丁的一次奇怪旅行	82	赤色小子
13	骆驼祥子	48	小仆人	83	阿 Q 正传
14	湘行散记	49	旅　伴	84	故　乡
15	给青年的十二封信	50	王子和渔夫的故事	85	孔乙己
16	艾青诗选集	51	新同学	86	故事新编
17	狐狸打猎人	52	野葡萄	87	狂人日记
18	大林和小林	53	会唱歌的画像	88	彷　徨
19	宝葫芦的秘密	54	鸟孩儿	89	野　草
20	朝花夕拾・呐喊	55	云中奇梦	90	祝　福
21	小布头奇遇记	56	中华名言警句	91	北京的春节
22	“下次开船”港	57	中国古今寓言	92	济南的冬天
23	呼兰河传	58	雷锋日记	93	草　原
24	子　夜	59	革命烈士诗抄	94	母　鸡
25	茶　馆	60	小坡的生日	95	猫
26	城南旧事	61	汉字故事	96	匆　匆
27	鲁迅杂文集	62	中华智慧故事	97	落花生
28	边　城	63	严文井童话故事精选	98	少年中国说
29	小桔灯	64	仰望第一面五星红旗升起	99	可爱的中国
30	寄小读者	65	徐志摩诗歌	100	经典常谈
31	繁星・春水	66	徐志摩散文集	101	谁是最可爱的人
32	爷爷的爷爷哪里来	67	四世同堂	102	祖父的园子
33	细菌世界历险记	68	怪老头		**陆续出版中……**
34	荷塘月色	69	从百草园到三味书屋		
35	中国兔子德国草	70	背　影